La mujer de arriba

Freida McFadden es autora de docenas de novelas que se han colocado en el número uno de las listas de ventas de *The New York Times*, *USA Today*, *Publishers Weekly*, *Sunday Times* y *Der Spiegel*. Sus libros han sido calificados como «imprescindibles para los fans del thriller psicológico» por *Library Journal*. Freida ha ganado el Premio de los Escritores Internacionales de Thriller al Mejor Original en Rústica y el Premio Goodreads al Mejor Thriller. Con veinte millones de ejemplares vendidos, sus libros han sido traducidos a más de cuarenta idiomas y se han adquirido los derechos para su adaptación al cine y a la televisión. *La asistenta* ha sido la primera elegida para dar este salto. Freida es médica especializada en lesiones cerebrales. Vive con su familia y su gato negro en una casa de tres pisos y siglos de antigüedad frente al mar.

Para más información, puedes consultar la página web de la autora y seguirla en su cuenta de X, Instagram y Facebook:
https://www.freidamcfadden.com/
@ Freida_McFadden
fmcfaddenauthor
freidamcfaddenauthor

FREIDA MCFADDEN

La mujer de arriba

Traducción de
Carlos Abreu

DEBOLS!LLO

Papel certificado por el Forest Stewardship Council®

MIXTO
Papel | Apoyando la
silvicultura responsable
FSC® C117695

Penguin
Random House
Grupo Editorial

Título original: *The Wife Upstairs*

Enero de 2026
Reimpresión: enero de 2026

© 2020, Freida McFadden
Publicado por primera vez en Estados Unidos en 2020 por Hollywood Upstairs Press
© 2024, 2026, Penguin Random House Grupo Editorial, S. A. U.
Travessera de Gràcia, 47-49. 08021 Barcelona
© 2024, Carlos Abreu, por la traducción.
Diseño de la cubierta: Penguin Random House Grupo Editorial / Helena Boet
Imagen de la cubierta: © Nic Skerten / Trevillion Images

Printed in Spain – Impreso en España

ISBN: 978-84-663-9034-7
Depósito legal: B-17.430-2025

Compuesto en Mirakel Studio, S. L. U.
Impreso en Liberdúplex
Sant Llorenç d'Hortons (Barcelona)

P 3 9 0 3 4 A

Para mis chicas, por supuesto

1

Octubre de 2019

Si yo hubiera tardado solo un minuto en reaccionar, todo habría sido distinto.

El rostro se le habría puesto azul poco a poco. Se habría desplomado mientras sus pulmones pedían oxígeno a gritos. Luego habría llegado una ambulancia…, pero habría sido demasiado tarde. La habrían trasladado al hospital, o tal vez directamente a la morgue. Y después habrían venido las llamadas luctuosas a los familiares: un esposo, una hija, un hijo.

En la vida había hecho nada heroico. Lo más parecido fue darle de comer a un gato en una callejuela contigua a mi edificio. Pero dudo que alimentar a un gato callejero pueda considerarse una heroicidad. Además, me dijeron que el bicho había acabado mordiendo a alguien, así que a lo mejor no soy más que la cómplice de un gato con mal carácter.

Pero hoy, sentada en el banco corrido de una pequeña cafetería en la que reina la tranquilidad tras la hora punta de la mañana, veo que a la señora mayor de la mesa de enfrente le cuesta respirar. Al principio, se pone a toser. Luego, la tos se interrumpe y la mujer queda en silencio, llevándose las manos al cuello, como un personaje de uno de esos carteles que explican cómo actuar en caso de asfixia.

Miro en torno a mí, alarmada, en busca de alguien que sepa

lo que hay que hacer. Se me cae el alma a los pies al comprobar que estoy prácticamente sola en la cafetería. No hay más que un hombre con un traje de oficina, y está lejos, hacia el fondo, con la vista fija en su teléfono. No veo a la camarera por ninguna parte.

Como no intervenga ahora mismo, la cosa ya no tendrá remedio y la mujer morirá.

Me enseñaron a ejecutar la maniobra de Heimlich en un campamento de verano, cuando tenía trece años. Kevin Malone la practicó conmigo, y me hizo tanta ilusión que me tocara que me costó concentrarme en aprender la técnica. Pero, en realidad, no es algo que requiera mucha ciencia. Solo hay que rodear con los brazos a la víctima del atragantamiento, colocar el puño por debajo del esternón y presionar varias veces. Con contundencia.

Dejo mi café a un lado y me levanto de un salto. La mujer es muy menuda; no debe de pesar ni cuarenta kilos. No me cuesta nada levantarla de su asiento y rodearle el frágil torso con los brazos. Luego empujo hacia dentro y hacia arriba. Una, dos, tres veces.

Era bastante más divertido practicar con Kevin Malone.

Cuando empiezo a temer que la cosa no va a funcionar, un pedazo de salchicha sale disparado de la boca de la mujer y cae sobre la mesa con un golpe seco, junto a su plato de huevos.

La he salvado de una muerte segura. Por primera vez en la vida, soy una heroína.

—Pero ¿se puede saber qué pasa contigo? ¿Estás loca?

Me esperaba que la anciana me expresara su gratitud entre lágrimas. «Muchas gracias por librarme de la muerte. ¿Cómo podré recompensarte?». Sin embargo, no parece muy agradecida. Y decir eso es quedarse corto. De hecho, sus ojos azules y llorosos se clavan en mí con una mirada asesina mientras los carrillos le tiemblan de rabia.

—¡Has intentado agredirme! —grita la señora, apoyándose en la mesa para recuperar el equilibrio. Acto seguido, coge su taza medio llena y me tira el contenido. Por suerte, el café llevaba un buen rato ahí, por lo que ya está frío. Por desgracia, no ha perdido su capacidad de mojar. Quedo empapada.

—Estaba ahogándose —balbuceo.

La mujer suelta un bufido como si fuera la ridiculez más grande que ha oído jamás.

—Estaba perfectamente. ¡Solo he tomado un poco de agua y se me ha ido por el otro lado! Me has atacado. Yo estaba aquí sin molestar a nadie, y de repente te me has echado encima.

La camarera de mediana edad sale por fin de la cocina y viene directa hacia nosotras sin molestarse en disimular el cansancio que reflejan sus ojos marrones enrojecidos. Debe de estar llegando al final de un turno movidito y tiene toda la pinta de alguien que preferiría encontrarse en cualquier otro sitio. Se seca las manos en los vaqueros.

—¿Hay algún problema? —pregunta con voz áspera.

—¡Sí! —La señora coge su bolso rosa, que lleva a reventar, y lo sujeta contra su pecho—. Esta joven acaba de agredirme y ha intentado robarme el bolso.

¿Robarle el bolso? Pero ¿de qué va?

—Yo no...

—Creo que me ha roto una costilla —gime la anciana, llevándose la mano a un costado—. Por favor, llame a la policía.

¿La policía? Madre mía, esto no puede estar pasando.

—Se estaba ahogando... —repito con un hilillo de voz.

La anciana me fulmina con la mirada.

—Dígale a la policía que quiero presentar una denuncia —sisea—. Me aseguraré de que pases una larga temporada en la cárcel.

Ahora soy yo la que siente que se asfixia. ¿De verdad pretende denunciarme después de que le he salvado la vida? No podría permitirme un abogado. En este momento, en mi cuenta corriente hay más telarañas que otra cosa.

Alguien carraspea a mi espalda. Giro la cabeza de golpe y veo al hombre trajeado que estaba sentado en el otro extremo de la cafetería. Se ha levantado de su silla y se encuentra detrás de mí.

—Disculpe —tercia—. Yo he presenciado lo ocurrido.

A la señora se le iluminan los ojos.

—¡Así que tengo un testigo! ¡Ha visto como esta desgraciada se abalanzaba sobre mí!

—¡Se estaba ahogando! —repito por lo que se me antoja la centésima vez.

Ella se aprieta el pecho con las manos y suelta un quejido.

—¡Creo que me ha perforado el pulmón! Seguramente deberíamos llamar a una ambulancia.

—¿Una ambulancia? —jadeo.

—Usted es testigo —le dice la anciana al hombre—. Ha visto cómo me agredía, ¿a que sí?

Él se vuelve hacia mí arqueando una ceja, y yo me limito a mover la cabeza de un lado a otro.

—No, he visto cómo la ayudaba —dice—. Estaba usted atragantándose. Si ella no llega a intervenir, estaría usted muerta.

A la señora se le desorbitan los ojos.

—¡Se lo está inventando!

—No, es la verdad —replica él de forma tajante, sin dar lugar a discusión—. Le ha salvado la vida. Se habría ido al otro mundo de no ser por ella. Debería agradecérselo.

La señora desplaza la vista entre él y yo, y las arrugas de su rostro se oscurecen.

—Ah, ya entiendo. ¡Los dos están conchabados!

El hombre se vuelve hacia la camarera.

—No ha habido ninguna agresión. No hace falta que llame a la policía.

De pronto, caigo en la cuenta de que es bastante atractivo, y no solo porque está defendiéndome. Tiene el cabello castaño y abundante, los ojos de un verde intenso, y el modo en que rellena ese traje resulta bastante satisfactorio. Por lo general no me fijo en esas cosas, pero esta vez lo difícil habría sido no hacerlo.

—¡He sufrido una agresión! —insiste la mujer, aunque con menos convicción.

La camarera reprime a duras penas un bostezo. Salta a la vista que está deseando que se acabe este suplicio cuanto antes para poder ir a sentarse.

—¿Quiere que llame a una ambulancia o...?

—¡No se moleste! —ataja la anciana con aspereza.

A pesar de su presunta perforación de pulmón, sale con grandes zancadas de la cafetería, aferrando su enorme bolso rosa, y por poco la atropella un taxi cuando cruza la calle a toda prisa. Por lo que he visto, ni siquiera se ha dignado a pagar la cuenta. Con un suspiro, la camarera recoge su plato medio lleno junto con el trozo de salchicha que ha estado a punto de costarle la vida.

—Oiga —le dice el hombre—, ¿cuánto le ha dejado a deber esa mujer?

La camarera contempla el plato que sostiene en la mano.

—Unos siete dólares más impuestos.

El hombre le entrega un billete de veinte dólares.

—Quédese con el cambio.

La camarera sonríe por primera vez desde que he entrado en este lugar, hace veinte minutos. Tras guardarse el dinero, posa los ojos en mí y se queda mirándome la blusa.

—El aseo está al fondo, cielo.

¿El aseo?

Cuando la camarera desaparece tras la puerta de la cocina, bajo la vista hacia mi ropa. Esta mañana me he puesto una blusa rosa limpia y recién planchada junto con una falda de tubo gris porque hoy tengo mi primera entrevista laboral desde que me despidieron hace dos semanas. El trabajo no es nada del otro mundo, se trata solo de atender la barra de un bar, pero me hace falta..., muchísima falta.

Sin embargo, al tirarme esa mujer su café, me ha dado de lleno en la pechera. Una gran mancha marrón oscuro está penetrando en la tela. No puedo presentarme así a una entrevista. Pensarán que soy una zarrapastrosa. La única opción posible sería ir a casa a cambiarme. Lo malo es que la entrevista está concertada para dentro de...

Quince minutos. Mierda.

Soy nueva en esto de salvar vidas. ¿Es normal que la cosa acabe así de mal? Por otro lado, no sé de qué me extraño. Que todo se tuerza de manera inesperada es una constante en mi vida.

El hombre me observa con las cejas juntas.

—¿Te encuentras bien?

—Sí. —Bajo la mirada de nuevo hacia mi desastrado atuendo—. Me encuentro genial. De maravilla.

Él se limita a contemplarme con fijeza. No sé qué tiene este hombre, pero algo en su forma de mirarme hace que me entren ganas de abrirle mi corazón.

O de arrancarme la ropa. Eso también. La verdad es que está bastante bueno. Y hace tiempo que no me como un rosco. Mucho, mucho tiempo. Creo que gobernaba otro presidente. Kevin Spacey seguía siendo un actor respetado. Brad y Angelina aún formaban una pareja feliz. Bueno, creo que la idea queda clara.

—Tengo una entrevista de trabajo —reconozco. Me aliso la blusa empapada en café—. O, mejor dicho, la tenía. Me da que no estoy en condiciones de presentarme. De hecho, me parece que debería llamar para cancelarla.

El hombre arquea las cejas.

—¿Buscas trabajo?

Me encojo de hombros.

—Sí. Más o menos.

Con urgencia, en realidad. Ayer mi casero me comunicó que, si no le pago el alquiler el viernes como muy tarde, el sábado me encontraré un aviso de desahucio en mi puerta. Y entonces tendré que vivir en una caja de cartón en la calle, mi última opción.

—¿Para qué era la entrevista?

—Bueno, esta era para un empleo de camarera. —En un bar de mala muerte donde me habrían pagado el salario mínimo—. Pero..., en fin, es a lo que puedo aspirar. He llegado a un punto...

Me interrumpo antes de que se note lo desesperada que estoy. Después de todo, el hombre no deja de ser un desconocido. Seguro que no le interesa que le cuente mi deprimente vida.

Despliega una sonrisa contagiosa que deja al descubierto una hilera de dientes blancos y regulares. Como mis padres no pudieron pagarme una ortodoncia, tengo dos incisivos torcidos que me tienen acomplejada. Mi sueño es contar algún día con dinero suficiente para arreglármelos. Pero eso no va a pasar a menos que me toque la lotería. Y ni siquiera puedo permitirme comprar un número.

—¿Crees en el destino? —me pregunta el hombre.

Ladeo la cabeza. ¿Que si creo en el destino? ¿A qué viene eso? Diría que es el tipo de pregunta que haría alguien que ha tenido una vida fácil. Porque lo que es a mí, hasta ahora, solo me han tocado cartas perdedoras. Empezando por mis padres. Y continuando por Freddy. Si el destino existe, solo puedo decir que no le caigo muy bien.

—Yo también he venido a la ciudad por una entrevista —continúa el hombre sin esperar a oír mi respuesta—. De hecho, iba a entrevistar a una candidata para un trabajo. Justo aquí, en esta cafetería. Pero no se ha presentado, así que...

Me quedo mirándolo. ¿Está diciendo lo que creo que está diciendo?

—¿Para qué clase de trabajo?

—Bueno, es... —Titubea antes de señalar a su mesa del fondo con un movimiento de cabeza—. Oye, ¿por qué no te lavas un poco y entonces hablamos? Te invito a otro café. Tienes pinta de necesitarlo. —Me sonríe—. Me llamo Adam, por cierto. Adam Barnett.

—Sylvia Robinson.

—Mucho gusto, Sylvia.

Me tiende la mano y se la estrecho. Me da un buen apretón, cálido y firme, pero no tanto como para aplastarme los huesos de la mano. ¿Por qué algunos hombres saludan así? ¿Qué pretenden demostrar?

En ese momento caigo en la cuenta de que tengo la mano pringada de café con leche. Está claro que hoy no es mi día. Pero, cuando nos soltamos, Adam no se limpia la palma en el pantalón. Mi mano pegajosa no parece haberlo molestado en absoluto.

—Bueno, ¿qué me dices? —pregunta.

—Pues…

No sé por qué dudo. Un empleo es un empleo. Y el hombre parece bastante amable. No solo me ha defendido cuando la anciana quería llamar a la policía, sino que ha pagado su cuenta para ahorrarle problemas a la camarera. Me hace mucha falta un trabajo, y ahora mismo esta es mi única oportunidad de conseguirlo. Además, no me vendría mal un buen café caliente con la mañana que estoy teniendo.

Sin embargo, por alguna razón, no consigo sacudirme una desagradable sensación que me oprime la boca del estómago.

Una vez leí que a algunas personas las invade un mal presentimiento pocos minutos antes de sufrir un ataque al corazón potencialmente mortal. Describen una inquietud siniestra que los embarga incluso antes de sentir dolor en el pecho, como si el fin del mundo fuera inminente. Se trata de un fenómeno bastante habitual que nadie es capaz de explicar. El caso es que, cuando está a punto de suceder algo espantoso, hay gente que lo intuye.

Y, cuando miro a Adam Barnett, me asalta por unos instantes esa inquietud siniestra.

La sensación de que, si lo sigo hasta su mesa, sobrevendrá una terrible desgracia.

Pero eso es absurdo. La mala suerte me ha acompañado toda la vida; ¿cómo no voy a sospechar de cualquier cosa? No creo en el destino ni en las premoniciones, pero sí creo que me echarán a la calle dentro de unos días como no consiga algo de dinero. Y no me apetece mucho prostituirme en Times Square.

—Está bien —digo—. Deja que me adecente un poco y enseguida estoy contigo.

2

Es aún peor de lo que pensaba.

Cuando me miro en el espejo del baño, me dan náuseas. Sabía que tenía la blusa manchada de café, pero no era consciente de hasta qué punto. Casi todo el líquido ha ido a parar a la parte delantera, como si la mujer me hubiera disparado una bala de café, pero también hay salpicaduras en las mangas, el cuello e incluso en la falda. Un desastre.

Al inspeccionar más de cerca, descubro que tengo motitas marrones hasta en la garganta y el mentón, y que, por los esfuerzos de la maniobra de Heimlich, unos cuantos mechones de color rubio oscuro se han escapado del complicado moño francés que aprendí a hacerme con un tutorial de YouTube. Me quito las horquillas y sacudo la cabeza para soltarme el resto del cabello, pues sé que seré incapaz de rehacérmelo sin las instrucciones paso a paso de Yolanda, la Gurú del Pelo.

Abro el grifo del lavabo. El agua sale helada, como no podía ser de otra manera. Aguardo unos segundos con la esperanza de que se caliente, pero hoy no estoy de suerte. Así que me echo agua fría en la cara. Por desgracia, eso ocasiona que se me corra el rímel barato. Ahora parezco la novia de Frankenstein, así que me lo quito todo con un pañuelo de papel. Cuando era más joven me ponía mucho más maquillaje negro en los ojos; aun así, sigo utilizando bastante porque sin él mi rostro tiene un aspecto pálido y poco agraciado. Pero no llevo en el bolso, así que la cosa no tiene remedio.

Procedo a mojar las partes sucias de la blusa rosa. Me la compré la semana pasada en una tienda de ropa de saldo que la anunciaba como «blusa de vestir color salmón». En realidad, más que salmón es rosa eléctrico. Es un rosa tan subido que hace daño a la vista. Parezco salida de un videoclip de los ochenta. Solo me faltan los calentadores, el coletero y las hombreras.

Consigo eliminar buena parte del lamparón marrón, pero ahora tengo manchitas oscuras de humedad por toda la ropa. Para colmo, cada vez resulta más evidente que la tela mojada se transparenta.

Pero ¿qué le voy a hacer? No llevo una blusa de repuesto metida en el bolso. A lo mejor se seca de aquí a que llegue a la mesa. Y quizá llevar una blusa que se transparenta no sea lo más terrible que se pueda uno imaginar en esta situación.

Antes de salir, rebusco en mi bolso y saco un pintalabios rojo. Me aplico una nueva capa para darle un toque alegre a mi pálido rostro.

Ya está. Con eso valdrá.

La cafetería está abarrotada, y Adam ha pillado una mesa en la que solo caben dos personas. Hay dos tazas de café en la mesa, una de ellas esperándome frente al asiento desocupado. En cuanto me ve, se le iluminan los ojos y me invita por señas a sentarme.

—Te he pedido un café. ¿Está bien? Hay leche y azúcar en la mesa.

Me acomodo en mi asiento.

—Lo tomo solo.

Amargo y sin leche. No bebo café de otra manera.

—Yo igual. —Adam alza su taza de café y toma un largo sorbo. Se estremece—. Menudo día, ¿no?

Asiento con la cabeza. Sé que yo he tenido un día de mierda, pero no sé cómo le ha ido a él hasta ahora. ¿Lo dice solo porque la persona a la que se suponía que iba a entrevistar no se ha presentado? Algo en su expresión me lleva a pensar que no se trata solo de eso, pero creo que estaría fuera de lugar preguntárselo. No quiero tomarme demasiadas confianzas, sobre todo porque dependo de este tío para seguir durmiendo bajo techo.

—¿Te apetece comer algo? —me pregunta—. Invito yo.

Me muero de hambre. Estoy siguiendo la dieta de la miseria. Esta mañana no he desayunado más que un plátano. Llevo toda la semana cenando espaguetis cada noche, más que nada porque solo he podido comprar una caja de espaguetis y una lata de salsa de tomate, por un valor total de cinco dólares con treinta y nueve. Pero lo último que quiero ahora mismo es atiborrarme delante de un empleador potencial que además resulta ser bastante mono. Tendré que conformarme con el café.

—No, gracias.

Remueve el café con la cucharilla aunque no le ha echado leche ni azúcar. Se tira de la corbata con la otra mano. No entiendo por qué está tan nervioso. Es él quien tiene un empleo que ofrecer. En esta economía, se diría que cualquiera que ofrezca puestos de trabajo goza de una posición bastante desahogada. La que está al borde de la indigencia soy yo.

Por otro lado, no sé en qué consiste el trabajo. A lo mejor se trata de algo espantoso. Intento imaginar un empleo que no estaría dispuesta a realizar aunque me ofrecieran un sueldo razonable. No tendría problema en limpiar inodoros, despejar de nieve la entrada el día más gélido del invierno o sacar su basura.

A ver, no me comería su basura. Si el trabajo consistiera en eso, no lo aceptaría. Supongo que ahí es donde pongo el límite. En la ingesta de basura.

—En fin, supongo que estás deseando que te hable del trabajo —dice él—. Que vaya al grano, ¿no?

—Bueno...

Esboza una sonrisa torcida.

—Trabajarías para mí..., en mi casa. Bueno, en sentido estricto trabajarías para mi esposa.

—¡Ah! —digo, aunque en el fondo lo que pienso es: «Oh».

Cómo no iba a estar casado. Es un treintañero muy agradable al que le queda genial el traje. Claro que tiene esposa. Los hombres como él nunca están solteros. No me he fijado en si lleva anillo o no, pero, para ser justos, estaba distraída con otras cosas.

Por otra parte eso es bueno, porque, si me está ofreciendo un empleo de verdad, lo que menos me conviene es meter la pata flirteando con él sin sentido. De todos modos, flirtear se me da fatal. Si está felizmente casado, ya no hace falta ni pensar en ello. Puedo concentrarme en un nuevo trabajo y en volver a encauzar mi vida.

Echo un vistazo a su mano izquierda y, en efecto, ahí está: una sencilla alianza de oro blanco. ¿Cómo he podido pasarla por alto?

Tomo un pequeño trago de café y me estremezco como ha hecho él antes. Guau, este brebaje es potente.

—¿Tu esposa?

—Sí. —Juguetea con su anillo, haciéndolo girar en torno a su dedo anular—. Victoria tiene…, ha estado enferma.

Se me cae el alma a los pies.

—No tengo formación como enfermera…

—Ah, no te hace falta. —Bebe otro poco de café—. Ya tiene una enfermera que la ayuda por la mañana. Y por la noche me tiene a mí. Pero quiero que alguien le haga compañía mientras estoy en el trabajo.

¿Tiene una enfermera que va a su casa todos los días? La mujer debe de estar muy enferma. Me muero de ganas de preguntar qué le ocurrió, pero tal vez sería poco delicado por mi parte. Además, él no me está facilitando esa información. Si quisiera que lo supiera, me lo diría. Si acepto el trabajo, supongo que lo averiguaré.

—Se pasa el día sola —explica—. Yo trabajo desde casa, pero no puedo estar con ella las veinticuatro horas. Solo quiero que alguien le dedique tiempo. Que le lea, tal vez. Que la acompañe durante las comidas. Que sea su amiga, en resumen.

—¿Quieres contratarme para que sea amiga de tu mujer? —exclamo, incapaz de contenerme.

Se le sonrojan ligeramente las orejas.

—Bueno, dicho así…

—Perdona —me apresuro a disculparme—. No debería haber soltado eso. Lo que haces por tu mujer es… bonito. No quieres que esté sola.

No lo digo por decir. No sé qué le pasa a su esposa, pero está claro que se preocupa. Está dispuesto a pagarle a alguien para que se ocupe de ella mientras él trabaja. Si me ocurriera algo a mí, seguramente acabaría en un centro para enfermos sin hogar o algo por el estilo.

—Has mencionado que trabajas desde casa —señalo—. ¿Qué tipo de trabajo haces?

Espero que me diga que es algo relacionado con la informática, que es a lo que al parecer se dedica la mayoría de la gente que trabaja en casa. Sin embargo, su respuesta me descoloca.

—Soy escritor.

—¡Anda ya! —Tomo un sorbo de café—. ¿Has escrito algún libro que conozca?

Se encoge de hombros.

—Puede.

No leo mucho, así que bien podría ser un autor superventas y aun así no sonarme de nada. Me imagino que deben de irle bien las cosas si está en condiciones de pagarme para ser la amiga de su mujer. También cabe la posibilidad de que haya heredado una fortuna. O a lo mejor es Victoria quien tiene dinero.

—En fin… —Se pasa los dedos por su cabello oscuro—. Hay otro detalle que no te he comentado sobre el trabajo…

Vaya por Dios. Sabía que habría alguna pega. A ver si lo adivino: quiere que trabaje completamente desnuda.

—¿Sí?

—Tendrías que salir de la ciudad.

—¿Cómo?

—Victoria y yo vivimos en Long Island.

Arrugo el entrecejo.

—¿En qué parte de Long Island?

—En el otro extremo.

—¿Los Hamptons?

—Montauk.

Reprimo un gruñido. Montauk está en la punta oriental de Long Island. Es lo más lejos que puedes llegar sin zambullirte en el océano Atlántico. Tardaría más de dos horas en llegar allí desde mi estudio de Brooklyn, y eso si tuviera coche, que no tengo. Supongo que podría tomar el tren de Long Island. No quiero ni imaginar cuánto debe de durar el trayecto.

—Pues está bastante lejos —reconozco—. Y no tengo coche…

—Ya. —Vuelve a remover su café con la cucharilla—. Por eso… A ver, si accedes a trabajar con nosotros, podrías vivir en nuestra casa. Sin pagar alquiler, por supuesto. Y podrías usar el coche de Victoria para lo que necesites.

Me quedo boquiabierta. No esperaba que me ofreciera algo así. Aunque, en realidad, tiene sentido. Si vives en Montauk no puedes confiar en que alguien de la ciudad vaya a trabajar a tu casa a menos que le proporciones alojamiento.

—Es una oferta muy generosa —digo.

Me dedica otra sonrisa torcida.

—El trabajo me tiene muy ocupado últimamente y no me gusta nada la idea de que Victoria se pase el día sola. Además, necesito encontrar a alguien antes del invierno. La nieve me complicaría las cosas para concertar las entrevistas.

Este empleo resolvería todos mis problemas. Tendría ingresos y un sitio donde vivir. Sería un primer paso para salir del bache económico en el que me han dejado mis gastos médicos. Podría volver a empezar de cero. Sería fantástico.

Pero, por algún motivo, todas las fibras de mi ser me piden a gritos que le diga que no. Es la misma inquietud siniestra de antes, el presentimiento de que, si acepto este trabajo —si decido irme a esa casa en Montauk—, me sucederá algo terrible.

No, algo terrible no; algo peor que terrible.

No puedo aceptar este trabajo.

—Creo que ahora toca hablar del sueldo —añade.

Me aclaro la garganta. Es inútil seguir con esta conversación. Tengo que decirle que no.

—Oye, Adam…

—¿Mil quinientos dólares a la semana te parecen bien?

Me quedo boquiabierta. ¿Lo dice en serio? Imposible. ¿Va a darme no solo comida y alojamiento gratis, sino también mil quinientos dólares a la semana, por pasar el rato con su esposa? Suena demasiado bonito para ser cierto.

Pero, si resulta ser cierto, ese dinero me cambiará la vida.

—También puedo gestionar un seguro de salud para ti —dice acto seguido—. Y tendrás los domingos libres. Además de… ¿dos semanas de vacaciones? ¿Son suficientes? —Al reparar en mi expresión, agrega—: Tres semanas. Tres semanas de vacaciones.

Creo que voy a atragantarme de pura felicidad.

No hay ninguna razón para no aceptar este trabajo. Sí, el instinto me aconseja que lo rechace, ¿y qué? Freddy me decía que yo siempre pensaba que iba a pasarme algo malo. «Sylvia la Agonías», me llamaba. Pero la verdad es que acertaba a menudo en mis predicciones. He salido escaldada tantas veces que es lógico que recele de una oferta que parece demasiado buena para ser verdad.

Este empleo representa una oportunidad para dar un giro a mi vida.

—¿Cuándo quieres que empiece? —pregunto.

3

El trayecto en tren a Montauk se me hace interminable. Adam se ofreció a ir a buscarme en coche para llevarme hasta allí, pero no me pareció razonable pedirle que hiciera un viaje de ida y vuelta de seis horas para recogerme y otro de la misma duración para acercarme de nuevo a casa. Hacerle conducir doce horas me obligaría a aceptar el trabajo. Es como cuando quedas con un chico que te invita a cenar langosta y luego tienes la sensación de que le debes algo.

Y no es que tenga muchas citas. Me he retirado de ese frente por lo menos para lo que queda de década.

Así que voy a bordo del tren de Long Island. Adam prometió abonarme el importe de los billetes. He pillado un asiento junto a la ventana y no tengo a nadie al lado, lo que no es de extrañar considerando que a esta hora el tráfico es más denso en sentido contrario. De todos modos, estoy casi segura de que nadie se desplaza de Nueva York a Montauk a diario para ir a trabajar. Llevo puestos los auriculares, pero he apagado la música mientras contemplo el paisaje que se desliza al otro lado del cristal. Al principio, veo muchas casas y edificios, pero se van haciendo cada vez más escasos, hasta que, a partir de cierto momento, solo hay casas. Y luego, solo verde.

Y aún me falta una hora para llegar.

Saco el teléfono y busco algo con lo que distraerme durante el resto del trayecto. Hay un mensaje de texto de Freddy en la pantalla de bloqueo. Aunque he cambiado de número varias veces, de alguna manera siempre consigue averiguar el nuevo. Supongo que se lo pasa alguno de nuestros amigos comunes. Él, en cambio, sigue teniendo el número de siempre, así que lo reconozco aunque su nombre no se muestra en la pantalla.

> Por favor, dame otra oportunidad.
> Por favor, Sylvie.

Se me escapa un resoplido. A estas alturas, Freddy debería tener claro que por nada del mundo le daría otra oportunidad. Si me dirijo hacia Montauk para no acabar viviendo en la calle, es por él. Todo lo que está pasando en mi vida es culpa suya. Me dispongo a bloquear su número cuando aparece otro mensaje:

> Por favor, te quiero. Haré cualquier cosa
> que me pidas.

Queda oficialmente bloqueado de inmediato, pero conozco bien a Freddy y sé que encontrará el modo de contactarme de nuevo.

Adam me dijo que me esperaría en la estación. Para cuando el tren llega a su última parada, tengo el cuello tieso como una tabla. Me tomo un momento para desperezarme y armarme de valor. La sensación siniestra no ha hecho más que agudizarse durante el largo trayecto hasta la punta de la isla, pero me esfuerzo por sacudírmela. Solo estoy algo inquieta porque vivo en la ciudad desde hace mucho tiempo, eso es todo.

Llevo una chaqueta ligera, pero aquí hace un tiempo más frío de lo que esperaba. Y ventoso. En cuanto bajo del tren, una ráfaga me traspasa la chaqueta como si fuera de papel. Ahora que ya no estoy rellenita, tengo frío casi siempre, incluso cuando hace mejor tiempo. Debería haberme traído otro jersey.

—¡Sylvia!

Una voz conocida grita mi nombre. Al volver la cabeza hacia el andén, veo a Adam agitando los brazos como loco. Va mejor abrigado que yo, con una chaqueta azul de aspecto calentito, una bufanda y un gorro negro. Salta a la vista que está familiarizado con el clima de la zona.

Se acerca trotando con una sonrisa amplia y torcida. Por alguna razón, en la última semana me había olvidado de lo guapo que es. Hasta con ese aparatoso gorro negro de lana está más que mono.

Pero es algo más que una cara bonita. Cuando llegué a casa tras nuestro primer encuentro y busqué el nombre de Adam Barnett en Google, descubrí que se había pasado de modesto al describirse simplemente como escritor. El tío ha escrito tres libros que han alcanzado el puesto número uno en la lista de más vendidos del *New York Times*. Algunos artículos en internet afirman que es uno de los mejores escritores de nuestro tiempo. El nuevo Stephen King. El tipo es un monstruo de las letras. Y, al parecer, un poco ermitaño.

Después introduje en Google el nombre de Victoria Barnett. No encontré nada. Y mira que busqué con cuidado.

—¿Has llegado bien? —pregunta ansioso—. ¿Qué tal el viaje?

—Largo. —Me abrazo el torso, tiritando—. Hace como cinco grados menos aquí que en la ciudad, ¿sabes?

Se ríe.

—Ya. Hoy hace frío. ¿Quieres mi bufanda?

Antes de que yo pueda responder, se desenrolla del cuello la bufanda de lana verde oscuro y me la tiende. La acepto de buen grado porque la verdad es que me estoy helando. Ha sido un gesto de lo más galante. Además, la prenda huele bien. Como a loción para después del afeitado de marca cara.

Vale, seguramente debería dejar de olfatear su bufanda.

Adam me guía hasta el aparcamiento. Noto un leve chispazo de emoción cuando pulsa un botón del mando a distancia y se encienden las luces de un BMW. El tipo conduce un BMW. Nunca había conocido a alguien que tuviera uno. Yo ni siquiera he sido propietaria de un vehículo. El de Freddy era una tartana, un Ford Fiesta de segunda mano cubierto de arañazos porque no podía permitirse repintarlo. A menudo tenía que pedirme que bajara a empujar para arrancarlo. Hay que decir en favor de Adam que se muestra un poco avergonzado al ver cómo miro su automóvil.

—No lo digas —me pide—. Ya lo sé.

—¿El qué?

—Que tengo un coche de capullo ricachón. —Se sienta al volante y yo me acomodo en el asiento contiguo al suyo. Guau, es piel. Deslizo la mano por la tapicería—. Pero se comporta muy bien en la nieve. Y a Victoria le encantaba.

No puedo evitar fijarme en que ha empleado el tiempo pasado para referirse a su mujer. Hemos mantenido un par de conversaciones telefónicas desde que nos conocimos, y solo ha mencionado la enfermedad de su esposa en términos muy vagos. No entiendo muy bien por qué no quiere hablarme de ello.

Al fin y al cabo, soy yo quien cuidará de ella. Tengo que saber qué le ocurre. ¿Padece artritis, lupus, alergias alimentarias graves? No sé ni qué pensar.

Adam debe de intuir lo que me pasa por la cabeza porque, mientras enfila la carretera, me suelta:

—Sufrió una contusión cerebral.

—Ah...

—Hace unos nueve meses, se cayó por las escaleras —explica con una expresión de dolor—. En casa. Tenemos una escalera curva disparatada y... Yo estaba en la ciudad, con mi editor, así que no la encontré hasta un buen rato después. Si hubiera estado ahí...

Se le atragantan estas últimas palabras. Se me encoge algo por dentro al oírlo. Ya bastante terrible debe de ser lidiar con las secuelas del accidente de su esposa como para que encima se culpe a sí mismo por ello. Me pregunto si Victoria también lo culpa.

Al cabo de unos veinte minutos que transcurren en un silencio casi total, llegamos frente a una verja de hierro tan larga como una manzana de la ciudad. Cuando Adam le da a un botón del coche y las puertas de la verja se abren, caigo en la cuenta de que esta debe de ser su casa. Vive en una casa gigantesca rodeada por un pedazo de verja. Al menos no hay un foso con un dragón, aunque no desentonaría en absoluto.

Me parece que Adam se da cuenta de lo boquiabierta que estoy.

—Los inmuebles son baratos en esta zona —explica—. Puedes conseguir una casa enorme por muy poco. Por eso decidimos venirnos a vivir aquí, aunque ya ves que la ubicación no es muy práctica.

—Ya —mascullo, aunque en mi fuero interno pienso que ni aunque viviera cien años podría permitirme una casa como esta.

Dada la magnificencia de la casa, me sorprende lo descuidado que está el jardín. El césped está demasiado crecido. Hay hojas por todas partes y ramas colgando sobre el camino que conduce al garaje. Todo en conjunto le confiere a la propiedad un aspecto abandonado. Si me dijeran que nadie vive aquí, me lo creería, entre otras cosas porque no se aprecian luces encendidas en el interior del edificio de dos plantas, pese a que se supone que la mujer de Adam está dentro.

—Teníamos una jardinera —me aclara—, pero ya… ya no está con nosotros.

Se le entristece el semblante. A pesar de su atractivo y de su éxito arrollador, Adam parece un hombre que ha tenido una vida complicada o, como mínimo, está pasando por un momento difícil últimamente. Eso hace que me caiga aún mejor.

La mansión es todavía más señorial por dentro que por fuera. Es como si hubiera entrado en un teatro de ópera o algo parecido. El salón es tan amplio que tengo la sensación de que se me tragará entera. Solo en esta estancia cabrían cinco apartamentos como el mío. Hay un descomunal sofá modular próximo a una chimenea de verdad y un televisor de pantalla panorámica. Todo lo que se ve aquí dentro está nuevecito y parece haber costado una fortuna.

Como Adam me está observando, me siento obligada a decir algo.

—Vaya —es lo único que me sale—. Qué casa tan…

—Grande, ¿a que sí? —Se le ilumina el rostro al fijarse en mi expresión. Salta a la vista que le encanta su hogar—. Por eso nos gustó. Antes vivíamos en un piso minúsculo, en la ciudad. Cuando Victoria entró aquí por primera vez, se puso a dar vueltas con los brazos abiertos.

Me siento identificada con Victoria porque me han entrado ganas de hacer más o menos lo mismo. Este lugar está hecho para dar vueltas sin parar con los brazos abiertos.

Mis ojos se posan en una fotografía que está sobre la repisa de la chimenea. Es un retrato de Adam abrazando por la cintura a una joven rubia.

—¿Es… es ella? —pregunto.

Él asiente.

—Sí.

Doy un paso hacia la foto para examinarla más de cerca, esperando que él no lo considere una descortesía. Victoria es…, bueno, es preciosa. Tiene una larga cabellera dorada que lleva suelta en torno al rostro, y luce un impresionante vestido negro que le queda como un guante.

Pero lo que no puedo parar de mirar es la cara de Victoria. No es solo que sea guapa: tiene un semblante abierto, franco y fresco, y una sonrisa muy amigable. A diferencia de mí, que me pintarrajeo mucho, ella apenas lleva maquillaje, y eso la favorece. Parece una de esas personas que causan buena impresión de inmediato. Se la ve muy feliz en la fotografía.

No tiene ni idea de lo que está a punto de ocurrirle.

—Es muy bonita —digo al fin.

—Sí. —Adam agacha la vista—. Lo es.

Lo veo tan abatido que desearía no haber dicho nada.

Se aclara la garganta.

—Está arriba. ¿Quieres conocerla?

Miro el tramo de escaleras que sube al primer piso. Cuando las describió como largas y tortuosas, no estaba exagerando. Los escalones son muy empinados, y en los descansillos apenas hay espacio para apoyar un pie. Alguien que se cayera por ahí difícilmente saldría bien librado. Al contemplar el pie de la escalera, me imagino a la rubia de la foto tendida ahí, con las extremidades torcidas en ángulos extraños.

Me recorre otro escalofrío. ¿Habrá corriente aquí dentro?

Subo detrás de Adam, agarrándome del pasamanos como si me fuera la vida en ello. Si me voy escaleras abajo y sufro una lesión cerebral, nadie contratará un servicio que me preste asistencia las veinticuatro horas, así que más vale que tenga mucho cuidado con estos malditos peldaños.

—Nunca la dejo sola —me explica Adam durante el ascenso—. Ahora mismo está con ella Eva, su enfermera. Para eso necesito tu ayuda. Para que Eva pueda tomarse un respiro. Y... yo también.

Le avergüenza reconocer que necesita tomarse un respiro de su esposa. Pero me parece comprensible.

—No hay problema.

Lo sigo por un largo pasillo. La casa es tan grande que debe de haber por lo menos cinco o seis dormitorios aquí arriba. Me guía hasta un cuarto que está al fondo a la derecha.

—Es la habitación de Victoria.

—¿No compartís habitación? —pregunto sin pensar.

Adam abre mucho sus ojos verdes. ¿Por qué habré dicho eso? ¿Por qué no paro de soltar estupideces? ¿Quién soy yo para juzgar sus asuntos de alcoba?

—No —responde al fin—. Necesita mucho equipo médico y... nosotros... No, ya no lo hacemos. No.

—Claro —me apresuro a decir—. Lo entiendo.

Adam da un golpecito a la puerta con los nudillos. Mientras esperamos, contengo la respiración.

—¡Adelante! —dice una voz con acento extranjero.

Suelto el aire cuando Adam abre la puerta del dormitorio. Lo primero que veo es a una mujer de una corpulencia extrema. Tiene el cabello negro muy corto y la tez color moreno claro. Sus brazos son por lo menos tan anchos como la parte superior de mis muslos, y tiene pinta de que no le costaría nada cargarme sobre su hombro y trotar por la casa conmigo a cuestas. Intento calcular su edad, pero podría tener entre treinta y sesenta años.

—Señor Adam —dice con un acento imposible de identificar—. Ha vuelto.

—Sí. —Le dedica una sonrisa que parece muy forzada—. Eva, te presento a Sylvia. Va a echarnos una mano con Victoria. O eso espero. —Me guiña el ojo—. Sylvia, esta es Eva.

Me mira con los párpados entornados.

—Hola.

Algo me dice que Eva y yo no acabaremos siendo grandes amigas. Carraspeo.

—Encantada. Estoy deseando conocer a Victoria.

Eva vuelve la cabeza y yo sigo la dirección de su mirada. Es entonces cuando veo la silla de ruedas colocada frente a la ventana del fondo. Se atisban unos mechones dorados a los lados del reposacabezas negro.

—¿Es ella? —pregunto y me siento ridícula, porque resulta evidente que sí. ¿Quién va a ser si no?

—Sí. —Adam esboza una sonrisa torcida—. Ven a saludarla.

Rodeo la cama de hospital con cuidado de no tropezar con lo que parece un carro elevador para subir y bajar del lecho. Adam se aparta para dejar que me acerque a la silla de ruedas. Está dispuesta en un ángulo tal que alcanzo a ver el rostro de Victoria.

Sin poder evitarlo, suelto un grito ahogado.

4

La mujer no es la misma que aparece en la fotografía de abajo.

Bueno, es la misma y no lo es. No sé si me explico. Era esa mujer antes, pero está claro que ya no. No es más que la cáscara vacía de esa mujer.

Tiene el mismo cabello rubio, pero apagado, sin vida, y no reluciente como en la foto. Una cicatriz sinuosa asoma por debajo del nacimiento del pelo, a la izquierda. Sus ojos azules han perdido toda expresividad y miran en dos direcciones distintas. Su pómulo izquierdo parece casi abollado, y una fea cicatriz irregular le baja por todo el lado del rostro. Por un momento me pregunto por qué, teniendo tanto dinero, no se ha sometido a cirugía plástica, pero la respuesta es obvia. Ahora mismo, su aspecto no puede importarle menos.

—Oye, Vicky. —Adam suaviza la voz y le habla con una ternura que no había oído en él antes—. Esta es Sylvia. Es muy simpática. Va a pasar algo de tiempo contigo.

Victoria alza los ojos hacia mí. Aunque fija el derecho en mi cara, el otro sigue apuntando hacia la ventana. Ni siquiera tengo claro si me ve o no. No dice una palabra.

—No habla mucho —explica él por lo bajo, como para que ella no nos oiga, pese a que está a menos de un metro de nosotros—. La lesión en la cabeza le afectó la zona del cerebro que controla el habla. Algo entiende, pero no hay manera de saber cuánto. No puede articular muchas palabras seguidas. A veces consigue decir «hola» o «vale», pero por lo general no es capaz ni de pronunciar su propio nombre.

Se le quiebra un poco la voz en la última frase. Debe de ser duro para él explicarle todo esto a otra persona. No quiero ni imaginar lo que se siente cuando la persona con la que te casaste no sabe quién eres ni puede decir cómo se llama.

—Hola, Victoria —la saludo. Caigo en la cuenta de que estoy hablando muy fuerte y despacio, como si me dirigiera a una criatura con deficiencia auditiva. Si de verdad está ahí dentro y entiende lo que digo, debe de pensar que estoy siendo demasiado condescendiente—. Soy Sylvia. Mucho gusto.

Y entonces, por algún motivo que no acierto a comprender, le tiendo la mano derecha.

Es un gesto automático. En algún momento de nuestra vida, a todos nos enseñan a dar la mano en señal de cortesía. Sin embargo, Victoria tiene el brazo derecho apoyado en un hueco del reposabrazos de su silla de ruedas. Aunque mueve nerviosamente la mano izquierda, mantiene inmóvil la derecha. Posa la vista en mi mano tendida como si estuviera ofreciéndole un objeto desconocido. Eva me mira como si hubiera cometido una estupidez de proporciones épicas.

—Tiene paralizado todo el lado derecho del cuerpo —señala Adam.

—Ya. —Me arden las mejillas y me recuerdo a mí misma que, si acepto este empleo, la situación no será siempre tan embarazosa. Al cabo de una semana, sabré cómo actuar y dejaré de ponerme en ridículo—. Perdón.

—Lo que mejor le sienta es la rutina: hacer lo mismo cada día —dice Adam—. Eva la ayudará a levantarse por la mañana, y uno de los dos la atenderá a la hora de acostarse. Tú solo tendrías que ayudarnos durante el día; darle las comidas, proporcionarle las cosas que necesite y simplemente hacerle compañía. —Contempla el rostro de su esposa con la frente arrugada—. Me preocupa que se sienta sola. Normalmente... le gusta mirar por la ventana y de vez en cuando ver la televisión.

Sigo la mirada de Victoria hacia la ventana. Da a la parte delantera de la casa, y se alcanzan a ver el jardín descuidado, los árboles y un pequeño cobertizo. La verja se divisa a lo lejos.

—¿Y sacarla a pasear? —sugiero. Después de ponerme la bufanda de Adam, he descubierto que el tiempo resulta soportable si uno lleva la ropa adecuada. Falta por lo menos un mes para que llegue el frío intenso.

Él asiente.

—Tendrías que abrigarla mucho, pero, si quieres, puedo bajarla en brazos.

Entiendo por dónde va. Es obvio que Victoria no puede bajar escaleras sola. Pero esto me lleva a preguntarme por qué la tienen en el piso superior.

—¿No sería mejor que durmiera en la planta baja?

Él niega con un gesto.

—Ahí solo hay un aseo, y no es lo bastante grande para la silla. En la planta de arriba la vista es mucho más bonita. Le gusta estar aquí.

Baja de nuevo hacia su mujer una mirada llena de dulzura. No me imagino cómo da ella a entender si algo le gusta o no. Tiene el rostro totalmente inexpresivo. Pensaría que está muerta de no ser porque parpadea de vez en cuando y su mano izquierda juguetea con un hilo suelto de su camiseta.

Me mordisqueo el labio inferior. Si voy a trabajar aquí, necesitaré encontrar el modo de establecer algún tipo de conexión con Victoria. Al fin y al cabo, está claro que no vamos a mantener conversaciones íntimas en un futuro próximo. Al mirar su holgada camiseta y su pantalón de chándal, me viene a la mente el elegante atuendo que luce en la fotografía de la repisa. Dudo mucho que sea una mujer a la que le guste vestir a diario con ropa de deporte.

Entonces reparo en la cadena de oro que lleva al cuello. De él pende un diminuto copo de nieve de diamantes. Es precioso y parece caro.

El colgante es como un vestigio de la Victoria de antes.

—Llevas un collar muy bonito, Victoria —digo. Supongo que, como a todas las mujeres, le gustarán los cumplidos, tanto si me entiende como si no.

Victoria eleva de nuevo sus ojos azules y los posa en mí.

—Gracias.

Casi salto hasta el techo del susto al oír su voz ronca. No esperaba que me contestara. Aunque ha arrastrado un poco las sílabas, se la ha entendido con toda claridad. Me vuelvo hacia Adam, que está radiante.

—¡Te ha hablado! —exclama, sonriendo de oreja a oreja—. ¡Casi nunca dice nada! Es increíble. Debes de haberle caído muy bien. —Le posa la mano en el hombro—. Sylvia es simpática, ¿a que sí?

Victoria no responde. Vuelve a tener la mirada fija en la ventana. Vaya.

—No cuentes con que sea muy parlanchina —me dice Adam—. Créeme, que te haya dicho una palabra es todo un logro. Muy de vez en cuando articula alguna más, pero podemos sentirnos afortunados cuando dice una. —Menea la cabeza—. En fin, te mostraré tu dormitorio.

Antes de salir de la habitación de Victoria detrás de Adam, me vuelvo para mirarla por última vez. No despega la vista de la ventana. Apenas parece ser consciente de nuestra presencia. En cambio, los ojos de Eva nos siguen con la rapidez de una flecha. Su extraña expresión me provoca una profunda desazón.

—Encantada de conocerte, Eva —le digo.

Al igual que Victoria, no me contesta. Se limita a observarme con fijeza. Resulta de lo más inquietante. Espero no tener que tratar mucho con ella. Adam dice que solo viene por las mañanas.

La habitación que él me enseña es preciosa y más grande que todo mi estudio. Ya está amueblada con una cama, una cómoda y una pequeña librería. La cama está hecha y todo. Solo falta un caramelo de menta en la almohada.

—Espero que estés cómoda aquí. —Se estruja las manos—. Si quieres traer algunos de tus muebles, contrataré un servicio de mudanzas, pero puedes utilizar estos sin ningún problema.

—No necesito mis muebles. —Si los que tengo en mi piso no se caen a pedazos es porque Dios no quiere. Todas las noches me acuesto temiendo que mi cama se venga abajo mientras duermo—. Estos me valen.

—O, si la habitación te parece pequeña, hay otras... —Dirige la mirada hacia la puerta—. La del fondo es la mía, pero puedes instalarte en cualquier otra que te guste. También está el desván, pero ahí es donde trabajo.

—No, te aseguro que esta es perfecta. —Cuando me siento en la cama, por poco se me escapa un gemido de placer al sentir la suavidad de las mantas en los dedos. No quiero ni imaginar cuánto habrán costado. Me pregunto si fue Victoria quien las escogió—. Pues sí que tenéis habitaciones.

El rostro de Adam vuelve a llenarse de tristeza.

—Planeábamos llenarlas de niños.

Madre mía. Todo en la vida de este hombre resulta de lo más deprimente. El pobre se casa con la mujer de sus sueños, a quien salta a la vista que quiere un montón, pero entonces ella sufre un accidente espantoso tras el que a duras penas puede hablar o reconocer a su esposo. Y él, en vez de ingresarla en una residencia o algo así, se la ha traído de vuelta a casa y está gastando una fortuna en intentar que ella viva lo mejor posible.

Puede que Victoria no sea una mujer con suerte, pero, en lo que a maridos se refiere, le tocó la lotería.

—Bueno, ¿qué me dices? —Adam arrastra los pies adelante y atrás—. No es por presionarte, pero... Ya has visto lo difícil que es para mí desplazarme hasta la ciudad para entrevistar candidatas. Y me gustaría tener este asunto resuelto antes del invierno.

—Pues...

Tengo que decirle que sí. Me hace mucha falta este trabajo. Mi casero me ha dado de plazo hasta el viernes para pagar el alquiler, pero mi cuenta corriente está a cero. Este hombre me ofrece un sueldo impresionante, además de alojamiento y comida gratis. Y hasta un seguro médico, por Dios santo. Sería una locura no aceptar este empleo.

Entonces ¿por qué dudo? Que todo lo demás en mi vida se haya ido al carajo no significa que con esto tenga que pasar lo mismo.

—¿Es por el dinero? —Se muerde el labio—. ¿Necesitas más?

—No se trata de eso. —Mierda, ¿por qué lo habré dicho? Era una oportunidad ideal para pedirle más pasta—. Es que esto está muy aislado.

Asiente con aire pensativo.

—Ya te entiendo. Al principio me daba la misma sensación, pero en realidad no está tan mal. A ver, hay un McDonald's a cinco minutos. Y podrás coger el coche de Victoria para ir a donde necesites. No quiero que te sientas confinada aquí. Tendrás libertad para salir por las tardes, cuando yo esté en casa para cuidar de Victoria.

—Ya…

—Creo que te encantará vivir aquí. —Se inclina ligeramente hacia delante, de manera que alcanzo a oler la loción para después del afeitado que impregnaba su bufanda. Sin darse cuenta, me está dando otro motivo para quedarme: mi jefe está como un tren—. Es todo muy tranquilo, y el centro comercial está a la vuelta de la esquina. Victoria está enamorada del lugar. Es decir, lo estaba antes de…

No puedo confesarle lo que estoy pensando en realidad: que la casa me pone los pelos de punta. Tal vez a su esposa le entusiasmaba, pero a mí no. Y, ya que estamos, también Victoria me pone los pelos de punta. Hay algo en ella y en su expresión vacía que me aterra. Sé que es horrible sentir algo así hacia una mujer que ha pasado por una experiencia tan atroz, pero no puedo evitarlo.

Pero ¿qué alternativa me queda? No quiero vivir en la calle.

—De acuerdo —digo—. Acepto el trabajo.

5

Acostada sobre el colchón lleno de bultos, en mi piso, fantaseo con la cama en la mansión de Montauk, con sus sábanas sedosas y su manta agradable y calentita. Seguro que en esa casa no me despertarán las sirenas por lo menos tres veces cada noche. La semana pasada, me despertó el ruido de unos disparos. Estoy convencida de que, si sigo aquí mucho tiempo, al final me alcanzará una bala perdida.

Estoy deseando largarme, pero, al mismo tiempo, la idea de instalarme en aquella casa gigantesca me produce un terror indescriptible.

No sé si me da más miedo la casa o la propia Victoria. Al cerrar los ojos, me vuelve a la cabeza aquel semblante inexpresivo. Cuando se mudó a esa casa estaba sana y contenta, y ahora mírala.

Ojalá no me viera forzada a aceptar ese empleo. Ojalá tuviera otra opción.

Mi teléfono, que está sobre la diminuta mesilla de noche, emite un fuerte zumbido. Lo agarro y leo las palabras que aparecen en la pantalla.

Acércate a la ventana.

No reconozco el número, lo que no significa que me lo haya enviado un desconocido. Lo más probable es que alguien a quien sí conozco se haya agenciado un teléfono de prepago para seguir escribiéndome después de que lo haya bloqueado.

O sea, que seguro que es Freddy.

Le contesto:

Déjame en paz.

No hasta que te asomes a la ventana.

Mi estudio es tan reducido que la cama casi pega con la ventana. Doy los dos pasos que me separan de ella y, en efecto, ahí está Freddy. Como llovizna, tiene el cabello castaño oscuro apelmazado contra la cabeza. Mira hacia arriba, parpadeando continuamente por las gotas que le caen en los ojos.

Exhalando un suspiro, abro la ventana de un tirón.

—Márchate, Freddy. Lo digo en serio.

—Sylvie… —Se hurga en el bolsillo de los holgados vaqueros sin apartar la vista de mí—. Tienes que darme otra oportunidad. Te quiero.

—Ni lo sueñes.

Se saca el móvil y lo sostiene en alto. Al cabo de un momento, la canción *In Your Eyes*, de Peter Gabriel, empieza a sonar tan fuerte que temo que despierte a mis vecinos.

—Por favor, perdóname, Sylvie.

Le lanzo una mirada de exasperación. Freddy está recreando la clásica escena de la película *Un gran amor* en la que John Cusack sujeta por encima de su cabeza un radiocasete en el que suena Peter Gabriel a todo volumen para recuperar a Ione Skye. En la peli, funciona. Más que nada porque es una peli. Y también porque John Cusack y Ione Skye no eran más que una pareja joven que no había pasado por lo mismo que yo he pasado con Freddy Ruggiero.

En cualquier caso, Freddy sabe que *Un gran amor* es una de

mis películas favoritas. Se burlaba de mí porque siempre se me saltaban las lágrimas con la escena del radiocasete. Por eso es lógico que haya decidido probarlo él mismo. Pero no tiene la más mínima oportunidad. A lo mejor, si hubiera traído un radiocasete de verdad y no solo un móvil de mierda… Pero no, seguramente ni así.

—Buenas noches, Freddy —digo y cierro la ventana de golpe.

Sigo oyendo cómo me llama a gritos, pero paso de él. No volvería con Freddy ni en un millón de años. Si tanto quería estar conmigo, no debería haberme dejado cuando más lo necesitaba. Una ventaja de largarme de Brooklyn es que así me aseguraré de que no me localice más.

6

Eso es todo lo que vas a llevarte? ¿En serio?

Adam ha insistido en venir a la ciudad para ayudarme con el traslado a Long Island. Se ofreció a alquilar un camión, pero le aseguré que no hacía falta. Y, tal como le prometí, solo he preparado dos maletas grandes y una mochila. Después de meterlo todo en el maletero de su BMW, mira a su alrededor como si no se creyera que no haya más bártulos.

Introduzco las manos en los bolsillos de mi abrigo de otoño, que tengo desde los diecisiete años. Las mangas están deshilachadas y la cremallera se atasca más o menos el veinte por ciento de las veces. En cuanto reciba mi primera paga, me compraré uno nuevo. He estado fantaseando con ello.

—Eso es todo.

—Pero… —Adam se rasca el mentón mientras echa un último vistazo al equipaje—. Son muy pocas cosas. A Victoria ni siquiera le habrían cabido todos sus zapatos en esas dos maletas.

—Ya, bueno. —No me apetece responderle lo que pienso: que no se puede acumular mucha ropa cuando no hay dinero con que comprarla—. Podemos irnos.

Ir de pasajera en el BMW de Adam resulta mucho más agradable que en el tren de Long Island. Me siento rodeada de un lujo asiático. Nunca jamás había estado en un asiento tan cómodo. Este hombre sabe vivir la vida.

Apenas se oyen ruidos dentro del vehículo, y Adam no enciende la radio, así que estamos sumidos en un silencio tenso. No resisto el impulso de romperlo.

—Y… ¿cómo era Victoria? —Me percato demasiado tarde de que he empleado el tiempo pasado para referirme a una mujer que sigue bien viva—. Quiero decir, antes de que…

No parece molesto por mi metedura de pata.

—Es muy inteligente. Extraordinariamente inteligente. Es enfermera titulada y trabajaba en urgencias. De hecho, fue ahí donde nos conocimos.

—Oh, vaya. —Intento imaginarme a esa mujer que contemplaba la ventana con mirada vacía atendiendo a pacientes en un servicio de urgencias atestado. No lo consigo—. Qué fuerte. ¿En qué centro trabajaba?

—En el hospital Mercy. —Tras una pausa, añade—: En Manhattan. Estaba disfrutando de unos días libres después de que nos mudáramos. Siempre había querido tomarse un respiro del trabajo, así que decidí complacerla. Se lo merecía.

—¿Tú también trabajabas en urgencias en ese entonces?

Adam me mira horrorizado.

—¿Estás de guasa? Yo era un paciente. Llevaba horas esperando ahí y empezaba a cabrearme, pero, cuando apareció por la puerta, simplemente… me olvidé de todo. Fue…

Me vuelvo hacia él, arqueando las cejas.

—¿Fue…?

—Amor a primera vista. Un flechazo. Angelitos tocando el arpa. Ese tipo de cosas. —Las orejas se le ponen coloradas—. Sé que parece una cursilada, pero fue así. En el momento en que la vi, lo supe: era la mujer con la que iba a casarme.

Se queda callado, absorto en sus pensamientos. Entiendo lo que siente. Hubo un tiempo en que yo también creía que había conocido al amor de mi vida. Y luego la cosa salió…, bueno, bastante mal. Por lo menos Victoria no está acosándolo frente a su edificio, poniéndole canciones de Peter Gabriel en el teléfono.

—¿Te apetece oír música? —pregunta Adam después de incorporarse a la autopista de Long Island.

—Claro. —No será peor que prolongar esta conversación incómoda tres horas más. Decididamente no pienso seguir haciéndole preguntas sobre Victoria.

Rebusca en un compartimento situado entre los asientos.

—Tengo un CD de mezcla para cuando conduzco. Pondré eso.

—¿Qué es un CD?

Adam me mira con el rabillo del ojo.

—Madre mía. Es broma, ¿verdad?

—Claro que es broma. Sé lo que es un CD. Aunque tengo que reconocer que nunca he visto uno de cerca.

—Por Dios, me haces sentir como un abuelo. —Había calculado que Adam tenía treinta y tantos años, unos diez más que yo, pero hay algo juvenil en él. No me siento como si estuviera hablando con un hombre mayor. Al fin y al cabo, las mujeres maduramos antes que ellos, es un hecho biológico. Un ejemplo claro es Freddy, que tiene la misma edad que yo.

—En fin, prepárate para algo brutal —dice y saca un disco compacto del compartimento—. ¡Tachán!

—¡Hala! —Se lo arrebato y lo sujeto en alto, simulando asombro—. Es como un disco, pero en pequeñito. Alucinante.

Adam se ríe.

—Oye, cuando yo era más joven, solo teníamos eso. Bueno, y cintas.

—¿Cintas? ¿Te refieres al celo?

Me lanza una mirada asesina.

—Grabé este CD cuando tú seguramente estabas en el jardín de infancia. La selección definitiva de música para conducir. Cuando me compré un coche, me aseguré de que contara con reproductor de CD solo para poder poner este disco.

—Me parece que estás inflando demasiado mis expectativas.

—Introduzco el CD en el reproductor—. Como no sea el mejor disco que he oído nunca, me voy a llevar una gran desilusión.

—Por suerte, te garantizo que será el mejor disco que has oído nunca.

Al cabo de un segundo, empieza a sonar la primera canción, *Life is a Highway*. Adam sube el volumen al máximo y se pone a cantar con una voz tan absurdamente desafinada que resulta entrañable y todo. Se me escapa la risa y, un minuto después, me uno a su canto, aunque no soy ni mucho menos la típica chica que corea himnos country mientras circula por la autopista de Long Island en un BMW. No es mi rollo para nada.

A pesar de todo, lo estoy pasando genial.

Cuando vamos más o menos por la pista número diez y empiezo a ponerme ronca, caigo en la cuenta de que no me había divertido tanto desde… desde hace años, tal vez. Y, para colmo, en compañía de un hombre casado de todas todas con una mujer para la que pronto voy a trabajar y que padece un grave problema de salud. Si pasara algo entre él y yo, eso me convertiría en la peor persona del mundo. Debo tenerlo bien presente. Repetírmelo sin parar.

«Adam está casado. Que está casado, joder».

Escuchamos el CD tres veces antes de llegar a Montauk. Cuando nos detenemos frente a la casa de Adam, lamento que el trayecto no fuera aún más largo. Pero resulta agradable bajar del coche por fin y estirar las piernas. Cuando alzo la mirada hacia la mansión, vuelve a invadirme aquella sensación siniestra, aunque con menos intensidad que el primer día. Puede que todo vaya bien.

Me acerco al maletero para sacar mi equipaje, pero Adam se me adelanta. Coge las dos maletas y se dirige a paso veloz a la puerta principal.

—Puedo llevar una de esas maletas, ¿sabes? —digo.

—Ya llevas la mochila.

Estoy a punto de replicar que la empleada soy yo y no él, y que no es necesario que se deshaga en atenciones conmigo, pero él ya ha llegado a la puerta con mis cosas. No pasa nada. Si quiere portarse como un caballero, tampoco me voy a quejar por eso.

—Maggie, nuestra mujer de la limpieza, se ha quedado cuidando a Victoria mientras yo iba a buscarte —explica mientras manipula las llaves con torpeza—. Ha estado echándonos una mano, pero en realidad ese no es su trabajo. Tu presencia supondrá un alivio para todos.

Cuando consigue abrir la puerta, agarra otro juego de llaves que está sobre una estantería. Me las lanza y yo las atrapo en el aire con la habilidad de una deportista.

—Para ti —dice.

Juro por Dios que hay unas trece llaves en este llavero. Pero ¿cuántas puertas tiene esta casa?

Mientras Adam sube mi equipaje a mi habitación, yo me quedo en el salón sin saber qué hacer. Caigo en la cuenta, demasiado tarde, de que debería haber subido con él. Cuando recojo mi mochila del suelo y echo a andar hacia las escaleras, una mujer con vaqueros ajustados y camiseta sale de la cocina. Tiene unos años más que yo, una mata de pelo rojizo y el rostro cubierto de pecas. Al verme, entorna los párpados y retrocede un paso.

—¡Hola! —Me maldigo por no ser más sociable. Tengo una cara que no despierta simpatía al instante, a diferencia de la Victoria de antes—. Me llamo Sylvia. Soy... soy nueva aquí. Se supone que voy a ayudar a Victoria.

Tras la bienvenida tan calurosa que me dispensó Eva, no espero un gran recibimiento. Sin embargo, para mi absoluta sorpresa, se me echa encima y me achucha con fuerza.

—¡Sylvia! —exclama—. ¡Qué alegría conocerte!

—Ah. —Me siento curiosamente halagada por su entusiasta acogida—. Gracias.

Se aparta de mí, riéndose.

—Perdona. Eso ha quedado un poco raro. Me llamo Maggie. Soy la que limpia.

—Sí, Adam ya me lo había comentado.

Se recoge detrás de la oreja unos mechones pelirrojos que se le han escapado de la cola de caballo. Tiene el cabello de un rojo tan encendido que no parece un color que pueda darse en la naturaleza, pero no veo raíces oscuras.

—Lo que pasa es que… a veces me siento muy sola por aquí, y me hace ilusión que ahora haya alguien de… de mi edad, ya me entiendes. Cuando oí tu nombre, temí que fueras una señora mayor.

Se me escapa una carcajada. No es la primera vez que me lo dicen.

—El nombre de Sylvia se está poniendo de moda otra vez. Mucha gente me llama Sylvie.

Asiente con vehemencia.

—No te imaginas lo contenta que estoy de que una persona joven y normal vaya a trabajar aquí.

Supongo que la persona mayor y rara a la que alude debe de ser Eva, en cuyo caso la entiendo perfectamente.

—¿Tú también vives aquí?

Maggie niega con un gesto.

—Vivo a unos diez minutos de aquí, con mi novio. También trabaja por la zona, así que me busqué un trabajo cerca. En teoría iba a ser algo temporal, pero ya llevo como año y medio aquí.

—Entonces ¿ya trabajabas aquí cuando se produjo el… accidente de Victoria?

Coge un paño de cocina de la encimera y baja los ojos.

—Sí. Estaba aquí desde el principio.

Desplazo la mirada por el tramo de escaleras largo y curvo que estuvo a punto de acabar con la vida de Victoria.

—¿Cómo era?

Frunce el ceño.

—¿A qué te refieres?

—A Victoria. ¿Cómo era ella?

De pronto, Maggie se pone a limpiar afanosamente con el paño. No levanta la vista hacia mí.

—Era simpática. Muy guapa. Ya sabes, lo normal.

Me da la sensación de que Maggie no quiere hablar de Victoria Barnett, lo que me desalienta un poco, pues intuyo que es la única persona en esta casa que podría decirme la verdad.

Cuando me dispongo a insistir, oigo que Adam me llama desde el piso de arriba. Ha llegado el momento de que me instale en mi nueva habitación. De todos modos, no parece que Maggie vaya a contarme nada más, al menos en este momento.

7

Una de mis tareas consiste en ayudar a Victoria con las comidas.

Me reúno con Adam en la cocina para planear los menús. No soy precisamente una chef de primera, pero sé preparar platos básicos: espaguetis, macarrones con queso… Puedo improvisar un sándwich en caso necesario. No hace falta tener un máster para eso. Por desgracia, Adam me explica que no será tan sencillo.

—Vicky se atraganta con la comida de consistencia normal —dice—, así que hay que dárselo todo triturado. —Señala con un gesto un electrodoméstico de aspecto caro que está sobre la encimera—. Uso ese procesador de alimentos para convertirlo todo en puré. Antes de darle cualquier cosa, hay que pasarlo por ese trasto.

Me estremezco solo de pensar lo que sería comerlo todo triturado. Creo que no tardaría en aburrirme del puré de bistec.

—Y, en caso de apuro… —añade, abriendo con un golpecito el armario que está encima del fregadero—, siempre se le puede dar esto.

Son potitos. Hileras y más hileras de potitos. Purés de zanahorias, boniato, guisantes…, cosas que ningún adulto debería consumir jamás.

Trago para deshacer el nudo que se me ha formado en la garganta.

—Preferiría no tener que darle comida para bebés...

Se le sonrojan ligeramente las mejillas.

—No suelo recurrir a ella, pero a veces no hay tiempo para preparar un puré que quede bueno, dentro de lo posible. Créeme, estas cosas me han salvado la vida en más de una ocasión. —Suelta la puerta del armario, que se cierra sola—. Puedes darle agua, pero es importante que beba muy despacio. Ten mucho cuidado con eso.

Asiento con la cabeza.

—¿Y si no quiere comer?

Se encoge de hombros.

—No sería grave. Tiene una sonda de gastrostomía, así que, si me das una idea aproximada de cuánto come, podemos proporcionarle alimentación adicional a través de ella.

Pobre Victoria. Con lo contenta que se la veía en esa foto de encima de la chimenea; contenta, hermosa, joven y viva. Y ahora su vida se reduce a los potitos y un tubo metido en la barriga.

—Adam...

Alza hacia mí sus ojos verdes, aunque se nota que sigue concentrado en la tarea de enseñarme cómo preparar los alimentos.

—¿Sí?

—¿Se... se recuperará Victoria algún día?

De todas las preguntas difíciles que he tenido que plantearle, esta es la peor. Inspirando con brusquedad, se desliza los dedos por el cabello. Desearía poder retirar la pregunta, pero, al mismo tiempo, quiero saber la respuesta. Quiero que me conteste que sí, que ahora mismo no está bien, pero que mejorará. Que algún día volverá a ser la chica bonita de la foto.

—El médico dice... —Se aclara la garganta—. Dicen que ha alcanzado su grado máximo de recuperación. —Agacha la vista—. La llevamos a rehabilitación durante un tiempo, pero no hacía progresos. Después de tres meses, aún era dependiente total y seguía sin poder mover el lado derecho del cuerpo, lo que limitaba su mejoría. Tampoco estaba recobrando el habla. Así que… me la traje de vuelta a casa, pues suponía que estar en su entorno familiar le haría bien. Pero… —Cierra los ojos con fuerza por unos instantes—. Al parecer, esto es lo que hay. Está todo lo bien que va a estar.

Vaya. Así que no hay nada que hacer.

Me entran ganas de alargar el brazo para posarle la mano en el hombro, pero supongo que no sería del todo apropiado.

—Lo… lo siento.

Exhala un suspiro.

—Ya, bueno, es mi esposa y voy a cuidar de ella. Se lo prometí en el altar. No permitiré que acabe en una residencia. Eso sí que no.

Admiro a este hombre. Adam es joven y atractivo; podría estar con cualquier mujer que quisiera, pero, a pesar de todo, prefiere honrar sus votos matrimoniales y mantenerse fiel a una persona que a duras penas parece ser consciente de su existencia. Prometió amarla en la salud y la enfermedad, y vaya si lo está cumpliendo.

Me siento fatal, porque lo siguiente que pienso es: «Este tío no va a volver a echar un polvo en la vida».

Pero es verdad. Y no me parece justo. Adam es joven. Victoria, en su estado actual, no está en condiciones de ser su compañera en ningún sentido de la palabra. No puede darle hijos. ¿De verdad tiene que consagrar el resto de su existencia a cuidar de una mujer incapaz de ofrecerle nada a cambio?

Me guardo mucho de decir nada de esto en voz alta, claro. Apenas conozco al hombre, que además es mi jefe. Así que me limito a sonreír y a comentar:

—Creo que eso es muy romántico.

Y no es del todo mentira.

Se frota la nuca.

—Bueno, deja que te enseñe a preparar el puré de patatas como a ella le gusta.

Al final, la cena de Victoria consiste en un montoncito de puré de patatas aderezado con mantequilla y sal («nada de especias; le sientan mal en el estómago») y otro montoncito de carne triturada. Al menos se trata de ternera picada, así que la cosa podría ser peor. Podría ser puré de langosta, por ejemplo. Con todo, el plato no presenta un aspecto especialmente apetitoso. Yo desde luego no me lo comería.

Pero a Victoria no le queda otro remedio.

Subo al piso superior con cuidado, sujetando el plato con una mano y agarrándome a la barandilla con la otra. Me aterran estas escaleras. Con cada paso, me pregunto si ese es el escalón en el que tropezó Victoria justo antes de rodar escaleras abajo y desgraciarse la vida.

Cuando entro en su habitación, la encuentro tal y como estaba la primera vez que la vi: sentada en su silla de ruedas, contemplando la ventana con expresión ausente. No reacciona cuando doy unos golpecitos en la puerta abierta. Sé que no va a responder, pero me puede la fuerza de la costumbre.

—¡Hola, Victoria! —digo en tono animado—. ¡Es la hora de la cena!

Sigue sin levantar la mirada hacia mí. Bueno, no pasa nada.

Cruzo el cuarto y deposito su plato en la bandeja que Adam acopló a su silla de ruedas. Cojo el vaso de agua que está encima de su cómoda y lo coloco también en la bandeja. Acto seguido, acerco una silla a la suya y me siento.

—¿Qué tal si probamos a comer un poco, Victoria? —le pregunto.

No vuelve la cabeza. Se lleva la inquieta mano izquierda a la cara. Sus dedos se deslizan sobre la cicatriz de la mejilla, que tiene pinta de doler.

Me aclaro la garganta. Recuerdo el diminutivo con que suele llamarla Adam.

—¿Vicky?

Al fin, despega los ojos de la ventana, pero no parece muy contenta. Me mira con el entrecejo fruncido. Tal vez he hecho mal al dirigirme a ella como Vicky. No la conozco lo suficiente para tratarla con tanta familiaridad. Decido volver a empezar.

—Me llamo Sylvia. —Aunque ya se lo he dicho antes, voy a suponer que es información nueva para ella—. Pero mucha gente me llama Sylvie. Tú también puedes llamarme así, si quieres.

Victoria no tiene nada que comentar al respecto.

—¿Puedes repetir mi nombre, «Sylvie»?

No sé qué me ha pasado por la cabeza. ¿Que tal vez podría enseñarle a decir mi nombre? ¿Que obraría una especie de milagro en esta pobre mujer? Bueno, pues eso no sucede. Simplemente se queda mirándome con su ojo bueno, mientras el otro sigue apuntando a la ventana.

Cojo la cuchara que está en su plato y se la tiendo.

—¿Te apetece un bocado? Está bastante bueno.

Para ser más exactos, el puré de patatas está bastante bueno. No puedo decir lo mismo de la carne triturada. A decir verdad, solo de verla se me revuelve el estómago.

Victoria agarra la cuchara con la mano izquierda, obediente. La derecha permanece inmóvil sobre el reposabrazos. Sin embargo, no hace ademán de coger puré de patatas. No muestra el menor interés.

Bueno, Adam ya me había dicho que tiene que darle él de comer casi a diario. Por lo visto, hoy va a ser uno de esos días.

—¿Quieres que te lo dé yo? —le pregunto—. ¿O... tal vez preferirías comer otra cosa?

Bate las pestañas con rapidez. De pronto, percibo en su mirada una lucidez que no había visto antes. La expresión vacía desaparece, y atisbo por unos instantes a la chica de la foto.

—Jon —dice.

¿Jon? ¿Qué narices es un jon?

Miro en torno a mí, intentando descifrar lo que dice.

—¿Jabón? —aventuro—. ¿Quieres que te lave las manos con jabón?

—No. No. —Victoria sacude la cabeza. Un goterón de baba le cuelga del borde derecho de la boca. Es entonces cuando me percato de que tiene paralizado todo el lado derecho del rostro. Solo puede levantar la comisura izquierda de los labios. No había reparado en ello antes por lo inexpresiva que estaba todo el rato—. Jon. Es... jon.

—¿Jarrón? —sugiero, aunque no sé por qué habría de querer un jarrón.

Empieza a desesperarse. Tira la cuchara en la bandeja con brusquedad y se pone a gesticular con la mano izquierda—. ¡Jon! ¡En... jon!

Ay, madre. Se está alterando mucho.

—Oye... —Me enderezo—. Voy a buscar a Adam. Él sabrá...

—¡No! —exclama con una expresión casi demencial—. ¡Jon! ¡Por... jon!

Aunque le tiembla la mano izquierda, consigue extender el dedo índice. Está señalando algo. Me doy la vuelta y advierto que está apuntando a su cómoda.

—¿Cajón? ¿Querías decir cajón?

Victoria por fin relaja los hombros y asiente despacio.

Menos mal.

Me acerco al cajón que me ha señalado y tiro de él para abrirlo. Está lleno de... pantalones de chándal.

Saco uno del cajón.

—¿Quieres que te cambie el pantalón?

Me mira como si yo fuera la persona más idiota del planeta. Niega con un gesto, resoplando de frustración. Pese al fuerte tembleque de la mano, consigue señalar de nuevo, de forma más enérgica.

—Jon. En...

No sé qué más hacer. Empiezo a extraer del cajón un pantalón tras otro y se los voy mostrando. Todos me parecen iguales. Entiendo que esté exasperada, pero yo también. Por lo visto quiere algo muy concreto, pero no tengo la menor idea de qué.

Hasta que saco un pantalón de deporte gris, y una libreta cae al suelo.

Victoria se tranquiliza al fin.

—Jon —murmura—. Tú...

Recojo el cuaderno, que tiene tapas de piel y un grosor como de dos centímetros y medio. Al hojearlo, veo que en varias páginas hay palabras escritas a mano. A juzgar por la letra diminuta y esmerada, el texto debe de ser obra de una mujer (para qué voy a mentir: los hombres tienen una caligrafía horrorosa). Cuando paso a la primera página, veo que está fechada hace tres años.

«Hoy he conocido al hombre con el que me voy a casar».

Caigo en la cuenta de que lo que tengo entre las manos es un diario.

Levanto la vista de la libreta. Victoria me está observando. Su ojo sano tiene la mirada despejada como un día sin nubes. El otro continúa apuntando en la otra dirección. Nunca la había visto tan alerta.

—Tú —dice de nuevo.

Casi pego un brinco al oír unos pasos que se acercan. Guardo a toda prisa el cuaderno en el cajón y lo cierro con tal brusquedad que por poco me pillo la punta de los dedos. Adam está en el vano de la puerta, con una jeringa en la mano que parece más adecuada para rociar con salsa un pavo que para poner una inyección.

—Hola —dice—. Quería darle su medicación a Victoria. ¿He venido en mal momento?

Madre mía. ¿Piensa pincharla con esa cosa? Parece una aguja para elefantes.

—¿Vas a usar eso para inyectarla?

Cuando baja la vista hacia la jeringa, se le curva la boca en una sonrisa.

—No, por Dios. Esto se introduce en su sonda.

Me ha dicho antes que me enseñaría a alimentarla a través del tubo, pero es la primera vez que veo una sonda de gastrostomía tan de cerca. Cuando él le levanta el bajo de la camiseta, veo el tubo sobresaliéndole del vientre. Coge el extremo y, mientras forcejea con el tapón, Victoria intenta agarrarle la muñeca con la mano izquierda. Tardo unos instantes en percatarme de que pretende impedir que él le administre los fármacos. Trata de asirle la mano, de arañarlo y de apartarlo a empujones, pero él ni se inmuta. Mete la jeringa en el extremo del tubo y le inyecta el contenido.

—No parece gustarle mucho —comento.

—No le gusta nada —admite él, colocando el tapón de nuevo y bajándole el dobladillo de la camiseta—. Dudo mucho que notar cómo entra la medicina sea una sensación agradable. Pero la necesita. Lo que me recuerda... —Le da unos toquecitos en la mano derecha con los dedos—. Una de las cosas que debes hacer es impedir que le crezcan mucho las uñas. No quiero que me arañe mientras hago esto. Hay un cortaúñas en el baño.

Esto me trae recuerdos de mi infancia, cuando le recortaba las uñas a mi gato para que no destrozara los muebles.

—De acuerdo —digo.

Una vez medicada, Victoria parece haber perdido por completo los ánimos para luchar. Se encorva en su silla de ruedas, con los ojos azules empañados. Adam le acaricia la mejilla con delicadeza.

—Siento que hayamos tenido que hacer eso, Vicky —murmura.

Ella no le contesta. Ni siquiera lo mira.

Me dispongo a decirle algo sobre el cuaderno que he encontrado, pero, cuando poso la vista en Victoria, ella mueve lentamente la cabeza de un lado a otro. No tengo ni idea de por qué, pero, si no quiere que su marido se apodere de la libreta, tengo que respetar su voluntad. Es obvio que quiere que me la quede yo. «Tú», ha dicho.

Adam baja los ojos hacia el plato de comida, que ella no ha probado siquiera, y se le escapa un suspiro.

—Sylvia, a ver si consigues que coma... algo. Volveré dentro de media hora y, si sigue sin tomar bocado, la alimentaremos a través de la sonda.

—¿Por lo general acostumbra a cenar?

Niega con un gesto.

—No. La verdad es que no.

Lo primero que hago en cuanto Adam sale de la habitación es sacar de nuevo el diario del cajón y escondérmelo debajo del jersey.

8

No me saco el diario de debajo del jersey hasta que vuelvo a estar en mi cuarto.

Las preguntas se me agolpan en la cabeza. ¿Cuánto tiempo llevaba ahí guardado? ¿Cómo es que soy la primera persona en reparar en su existencia? ¿Y por qué quería Victoria que yo lo encontrara? Ni siquiera me conoce.

Le doy la vuelta entre las manos, sopesándolo. Al hojearlo, veo páginas y páginas repletas de palabras escritas en tinta negra con la cuidada letra de Victoria. Las fechas parecen abarcar los últimos dos años. Advierto que el nombre «Adam» aparece de forma recurrente. Tiene lógica. Si Victoria llevaba un diario, lo raro sería que no escribiera nada sobre su marido.

Una cosa me queda clara: Victoria buscaba que yo descubriera este cuaderno. Quiere que lo lea.

Me interesaba saber más sobre ella, y es evidente que no está en condiciones de relatarme la historia de su vida.

Así que me tumbo en la cama, abro el diario y me pongo a leer.

9

Diario de Victoria

20 de junio de 2016

Hoy he conocido al hombre con el que me voy a casar.

Ya, ya lo sé. Parezco una adolescente encandilada con un tío bueno que acaba de conocer. Por lo general no soy así, lo juro. Soy una de esas personas que dan rabia de lo sensatas que son. Siempre presento la declaración de la renta en enero. Estudié enfermería pese a que mi auténtica pasión era escribir porque sabía que con lo primero conseguiría una trayectoria profesional sólida y estable, mientras que con lo segundo acabaría muriéndome de hambre.

Sin embargo, en lo relativo a los hombres, tengo cierta tendencia a… precipitarme. En ocasiones. De cuando en cuando. O eso me han dicho. Reconozco que no es la primera vez que pienso que he encontrado a mi media naranja. Me pasó con Bradley, en la universidad. Con Noah, justo después de graduarme. Y con Evan. Aún no entiendo cómo pude equivocarme tanto con él…

Pero ahora es totalmente distinto. He dado con él. Y lo que quiero decir es que he dado con ÉL. El definitivo.

Así que, naturalmente, lo primero que quería hacer en cuanto llegara a casa era escribir sobre ello. Puede que sea una sensata enfermera titulada y no una escritora, pero al menos puedo aprovechar mis dotes para dejar constancia de cada detalle, a fin de que, cuando un día mis hijos me pregunten cómo conocí a su padre, pueda entregarles este diario y decirles: «¡Leed esto!».

Así que esto es para vosotros, futuros hijos.

El día había comenzado como otro cualquiera. O, mejor dicho, peor que otro cualquiera. Justo antes de que me encontrara con ÉL, Mack había ingresado en urgencias a un par de chicos borrachos de una fraternidad. Uno estaba inconsciente, víctima de una posible intoxicación etílica. El otro presentaba una laceración grande y ensangrentada en la frente. Y no eran más que las ocho de la tarde, por Dios santo. ¿Cómo podían desmadrarse tanto las cosas en la fraternidad?

—Lo más granado de nuestra juventud —comentó Mack después de dar el parte sobre los chicos.

Mack es un técnico en emergencias sanitarias que nos lleva pacientes un par de veces por noche. Sospecho que, para cuando leáis esto, ya no formará parte de mi vida, pero he llegado a conocerlo bastante bien en los últimos dos años gracias a sus frecuentes visitas. A veces se apunta a tomar un café o algo más fuerte con nosotras al finalizar nuestro turno.

Mack es un buen tío… y además inteligente, como se desprende de los informes que facilita a las enfermeras. Siempre mantiene la calma bajo presión. Además, es lo bastante fuerte y robusto para levantar a los estudiantes universitarios de noventa kilos sin despeinarse. Por si fuera poco…, bueno, no se puede negar que es mono. Lo siento, futuros hijos, pero es lo que hay. Es alto, musculoso sin que parezca que se pasa el día en el gimnasio, y tiene una increíble mata de cabello negro siempre encantadoramente enmarañada. Hubo un tiempo en el que creí que reunía las cualidades para ser un futuro marido, hasta que me enteré de que tenía una relación formal. Menudo chasco me llevé.

Ahora ya no me importa que Mack tenga novia, pero era algo que me molestaba. Hasta ayer mismo.

—¿Estás liada esta noche? —me preguntó Mack. No es que le preocupara si tenía planes, claro, sino que se refería a la actividad del servicio de urgencias en general.

Y, en efecto, no dábamos abasto. Los pacientes se dividían en personas que habían empezado a beber temprano y personas que llevaban toda la semana aguantando el dolor abdominal hasta que por fin habían salido de trabajar el viernes por la tarde. Esta noche pintaba especialmente ajetreada. La sala de espera estaba tan atestada que pronto tendrían que empezar a sentarse unos sobre las rodillas de otros. Todas las salas de reconocimiento estaban ocupadas, y en el pasillo había pacientes tendidos en camillas. Eso nunca es buena señal.

—Es un poco una locura. —Me encogí de hombros—. ¿Será porque hay luna llena?

Mack me guiñó el ojo.

—En ese caso, intentaré desviar a los pacientes hacia el norte de la ciudad.

—Te lo agradecería mucho.

Miré al tipo de la laceración ensangrentada, que en ese momento vomitó hacia un lado de su camilla. También a mí se me revolvió el estómago.

—Jolín —farfullé. Aunque en rigor no me correspondía a mí limpiar eso, tenía la sensación de que acabaría haciéndolo de todos modos. No se puede dejar sin recoger una vomitona en medio del pasillo.

—Lo sé —comentó Mack—. Ese chaval está bien jorobado.

Me sonrió de oreja a oreja. Le hace mucha gracia que yo nunca diga palabrotas, pase lo que pase, sobre todo porque algunos de mis compañeros de urgencias tienen la boca más sucia que una cloaca. Qué le voy a hacer: mis padres me enseñaron a no soltar tacos. Y a no tomar el nombre de Dios en vano. Y, ahora que ellos ya no están, me esmero más que nunca en hablar bien. No tiene nada de malo, ¿no? Ya no voy a misa los domingos, pero esta costumbre jamás la podré dejar.

La cola de pacientes era interminable. En la pantalla del ordenador apareció una hoja de cálculo con la lista de personas por tratar, ordenados según la gravedad y el tiempo que llevaban esperando. Ocupaba tres páginas, por lo menos. No conseguiríamos ocuparnos de todos antes del amanecer. Sin embargo, mi turno terminaba a las diez de la noche, gracias al cielo. Solo tenía que seguir al pie del cañón hasta entonces.

Así que atendí a la siguiente persona de la cola.

Según el informe de la enfermera de triaje, el paciente, Adam Barnett, era un varón de treinta y dos años que estaba preparando la cena y, al picar una cebolla amarilla —me llamó la atención que este detalle absolutamente superfluo figurara en el informe—, se hizo un tajo en el dedo. En fin, el caso es que necesitaba puntos.

Me gusta suturar laceraciones. A menudo no tenemos respuesta o una cura sencilla para los males que sufren las personas que acuden a urgencias. Si nos viene alguien con dolor en el pecho y una elevación aguda del segmento ST en el electrocardiograma, podemos enviarlo arriba, a cardiología, pero su estancia allí no será breve. Si nos viene alguien con fiebre y tosiendo flemas verdes, seguramente seguirá tosiendo cuando se marche. En cambio, si alguien presenta una laceración, puedo cosérsela y mandarlo a casa. ¡Está curado! Bueno, más o menos.

Así que me dirigí hacia la consulta en la que estaba esperando Adam Barnett, con la idea de tratarlo y mandarlo a casa. Pero la cosa no sucedió exactamente así.

Soy enfermera titulada desde hace cuatro años y llevo tres trabajando en este servicio de urgencias. Durante ese tiempo he recibido a muchos pacientes. Muchísimos. Y, como es natural, un porcentaje razonable de ellos eran chicos guapos. Por una mera cuestión de probabilidades. A ver, sí, la mayoría son viejos que esputan flema y a veces sangre, pero, muy de vez en cuando, los dioses de las urgencias se apiadan de mí y me envían un chico guapo. Y, por lo general, mantengo la sangre fría. Salir con pacientes se considera inapropiado, así que, en esencia, me limito a recrearme la vista.

Pero este hombre...

Este hombre era distinto.

No puedo explicar la razón. Siento debilidad por las pelis románticas —las he visto todas— y, con frecuencia, cuando la chica conoce al chico, dice que es como si «la hubiera alcanzado un rayo». Y entonces pones los ojos en blanco porque es un topicazo ridículo. Pero, en este caso, experimenté una sensación que podría describirse así.

Me da vergüenza escribir esto. ¡Pero es verdad! En cuanto entré en la consulta y miré a vuestro padre, sencillamente algo me dio de lleno. Fue como si me hubieran propinado una bofetada. O como si me hubieran dado a oler sales aromáticas. (Producen un efecto sorprendentemente desagradable. ¡No lo probéis en casa, hijos del futuro!).

No sé bien por qué. Sí, era bastante apuesto, pero he atendido a otros pacientes apuestos. En cierta ocasión, traté a un veterano de Afganistán y, cuando se quitó la camisa, tenía músculos hasta en las pestañas. Pero no sentí que me fulminara un rayo, como al ver a Adam.

Quizá fue por sus ojos verdes. Eran justo del color de la hierba recién cortada.

Así que, en vez de soltarle el rollo habitual de que me llamo Victoria Benson y soy la enfermera que se le ha asignado y blablablá, me quedé ahí de pie, con la boca abierta de par en par. Tal vez incluso con un hilo de baba colgando.

Aunque, para ser del todo justos, he de decir que él estaba igual. Bueno, en realidad estaba sentado en la mesa de reconocimiento, sujetándose la mano envuelta en una gasa sanguinolenta. Pero, por lo demás, su expresión era muy parecida a la mía. Me contemplaba boquiabierto, pestañeando. Nos quedamos mirándonos con fijeza como un par de idiotas, y no exagero si digo que oía música de arpas de fondo.

Así que el amor es esto. La, la, la, la.

—Hola. —Fui yo quien rompió el silencio al fin. Después de todo, era la profesional—. Me… me llamo Victoria. Vengo a…, ya sabe, a saturarle la mona.

Frunció el ceño.

—Quiero decir —me corregí— que vengo a suturarle la mano.

Por lo menos conseguí que me salieran las palabras. Ese fue el efecto que produjo en mí vuestro padre, chicos.

—Ya —dijo. Una sonrisa se le dibujó despacio en el rostro. Y, madre mía, al sonreír estaba incluso más guapo. Había algo de lo más sexy en él. Hum... Si mis hijos están leyendo esto, tal vez no debería usar palabras como «sexy». Tendré que esperar a que cumpláis veinte años, por lo menos, antes de dejaros leerlo. En fin, ni siquiera os he concebido aún, así que no voy a preocuparme por ello.

—¿Le parece bien? —pregunté.

Asintió.

—Claro. Adelante.

Le quité con cuidado la gasa manchada de sangre que le cubría la mano izquierda. Mientras lo hacía, tomé buena nota de que no llevaba anillo en el dedo anular.

Interesante. Muy interesante.

La laceración, de unos tres centímetros, se encontraba en el dedo índice, y no parecía presentar daños profundos en los tejidos. Podría cosérsela yo misma sin necesidad de acudir al médico de guardia. Voy a intentar reproducir el flirteo disimulado que se produjo a continuación.

—¿Cómo se ha cortado usted, señor Barnett? —(Su apellido empieza por la misma letra que el mío. ¡Podré conservar mis iniciales!).

—Adam. —Se aclaró la garganta—. Pues... había decidido aprender a cocinar. Compré ese libro de Julia Child en el que vienen un montón de recetas. Pensaba que... En fin... La cosa... no ha ido muy bien. Creo que mis cuchillos están demasiado afilados. O demasiado poco afilados. O a lo mejor no soy buen cocinero.

Me reí, y su sonrisa se ensanchó.

—¿Por qué decidió aprender a cocinar así, de buenas a primeras? —Tras una pausa, añadí—: ¿Para impresionar a su novia?

¿A que no sabíais que vuestra madre podía ser tan taimada?

Negó con un gesto.

—No, no tengo novia. Simplemente pensé que era una habilidad necesaria en la vida. Pero está claro que no es para todo el mundo. A lo mejor debería centrarme solo en las cosas que se me dan bien.

No tenía novia. Eso resultaba aún más interesante.

—¿Qué se le da bien?

—Pues escribir libros, supongo.

De pronto, se me encendió la bombilla.

Al oír el nombre de Adam Barnett, pensé que me sonaba de algo. Pero entonces caí en la cuenta. No era un tipo cualquiera, sino un escritor que figuraba en la lista de superventas del *New York Times*. Era toda una celebridad. Yo había comprado su última novela en Barnes and Noble hacía un par de meses y la había devorado en un solo día. ¡Y ahora tenía al autor sentado delante de mí!

Vosotros ya sabéis que vuestro padre es famoso, por supuesto. Apuesto a que, cuando leáis esto, él habrá escrito diez novelas más que habrán llegado al número uno de las listas. Pero supuso una revelación para mí. Siempre me gustaron los talleres de escritura a los que asistí en la universidad, pero, como ya os he comentado, opté por una vía más práctica. Me parecía admirable que este hombre se hubiera mantenido fiel a su sueño. Y no solo eso, sino que había triunfado. Claro que a él le salía el talento por las orejas.

—¡Ay, Dios mío! —A estas alturas ya había renunciado por completo a mantener la serenidad y estaba comportándome como una patética admiradora y hablando con un montón de signos de exclamación—. ¡Eres Adam Barnett, el escritor! ¡Me encantan tus libros! ¡¡¡Soy muy fan!!!

Dicho sea en su honor, las orejas se le pusieron un poco sonrosadas.

—Vaya, gracias.

—Tus libros son tan emocionantes, tan llenos de suspense…

—Estaba hiperventilando de emoción. Qué vergüenza—. ¿Cómo se te ocurren todas esas cosas? O sea, es que... *Las afueras de la ciudad* es uno de los mejores libros que he leído este año. Supongo que siempre me imaginé que la persona que lo escribió sería...

No había una foto de Adam en la sobrecubierta de su novela de suspense. Lo recuerdo bien porque siempre me fijo en esas cosas. Cuando leo una historia, me gusta saber quién la cuenta. Así que, a falta de retrato, mi mente se inventó un personaje. Me imaginé a un hombre distinguido de melena plateada que siempre llevaba traje. No se parecía en nada a aquel tipo con vaqueros, camiseta, cabello castaño espeso y arruguitas en las esquinas de los ojos que solo asomaban cuando sonreía.

Torció los labios.

—¿Sería cómo?

—Eh... —Busqué la palabra con menos connotaciones ofensivas—. ¿Mayor?

—¿Así que escribo como un hombre mayor?

Iba a retractarme cuando advertí que él sonreía. Estaba tomándome el pelo. Tonteando conmigo. Este hombre tan sexy (¡perdón otra vez, chicos!), que había escrito uno de los libros con los que más había disfrutado, estaba tonteando conmigo. La cabeza empezó a darme vueltas.

—Bueno, vamos a ponerte esos puntos —dije.

Confieso que, cuando salí de la consulta, en vez de ir a por el material de sutura, corrí directa al baño para pasar revista a mi aspecto. Menos mal que hoy me había puesto el uniforme ajustado en vez de ese tan holgado que uso cuando estoy hinchada por el síndrome premenstrual o simplemente no tengo ganas de que los pacientes borrachos me tiren los tejos. Llevaba la cabellera rubia recogida hacia atrás en un moño despeinado, y tardé un minuto largo en decidir si me confería un aire seductor o más bien desarreglado. Al final, me dejé el pelo tal como estaba y solo me retoqué el rímel y el pintalabios.

He de reconocer que Adam se lo tomó con estoicismo mientras lo cosía. Una hora más tarde, cuando suturé a uno de los chavales de la fraternidad, este lloró como un bebé. En cambio, vuestro padre aguantó como un hombre. Ni siquiera se inmutó cuando le inyecté la lidocaína, y estuvimos bromeando sobre lo mucho que estaba tardando en aplicar los puntos. Dado lo atestado que estaba el servicio de urgencias, debería haberlo atendido y enviado a casa lo más rápidamente posible. Pero me dejé llevar por el egoísmo. No quería que se marchara.

—Espero que no tengas que pasarte toda la noche aquí metida —dijo mientras le cubría la mano con vendas Kerlix.

—Mi turno acaba a las diez —dije.

Bueeeeno…, se lo había puesto en bandeja. Me quedé ahí parada, esperando a que me propusiera ir a tomar una copa. Vale, en rigor se supone que no debo verme con pacientes fuera de aquí, pero estaba dispuesta a correr el riesgo de meterme en líos por salir con este hombre. A una no le alcanza un rayo todos los días, ¿o sí?

Pero no me pidió que quedáramos. No propuso que fuéramos de copas, a pasear por el barrio o a tomar una cena tardía. Ni siquiera me invitó a irme con él a su casa (algo a lo que me habría negado en redondo, como debéis hacer vosotras, chicas; nunca os vayáis con un desconocido a su piso, por muy guapo o sexy que sea y aunque estéis seguras de que va a ser el padre de vuestros hijos).

Después de preparar los papeles del alta de Adam y de despedirme de él, me quedé malhumorada. Por lo general no me equivoco cuando tengo la intuición de que le gusto a un tío. ¿Cómo era posible que me hubiera fulminado un rayo y luego no pasara nada, por Dios santo?

Pero en aquel momento la respuesta me pareció obvia. La que se había sentido fulminada era yo, no él. Había sido un rayo totalmente unilateral.

El resto del turno se me hizo eterno. Solo quería irme a casa, darme una ducha caliente para quitarme los diversos olores de la sala de urgencias e intentar no pensar en Adam Barnett. En cuanto me hubiera tomado una copa de vino, lo sucedido me dolería menos. Al cabo de una semana, no sería más que un recuerdo lejano.

Cuando mi turno estaba a punto de acabarse, el dolor se había aplacado un poco. Mack se presentó con otro paciente, y casi conseguí devolverle la sonrisa.

—¿Qué tal, Vicky? —Me dio un empujoncito en el hombro mientras esperaba a que una enfermera le firmara el informe—. Pareces hecha polvo. ¿Te queda poco?

Crispé el gesto.

—Sí, pero luego tengo un montón de papeleo que hacer.

A Mack también se le veía hecho polvo. Tenía el cabello negro aún más enmarañado de lo habitual, y la frente perlada de sudor por el esfuerzo reciente de trasladar a un paciente con obesidad mórbida de la camilla a una cama. Está haciendo cursos porque dice que necesita formarse para trabajar en otra cosa antes de que su empleo actual le destroce la espalda. Ha estado pensando en matricularse en medicina. Cree que es demasiado viejo para eso, pero yo lo animo a lanzarse. Sería un médico estupendo. Además, no es tan viejo. Ni siquiera llega a los treinta.

Mack consultó su reloj, que asomaba por debajo de la manga del uniforme azul marino que llevan todos los técnicos en emergencias.

—Yo termino a medianoche. Si todavía andas por aquí, ¿te apetece ir a tomar algo?

Me encogí de hombros.

—Vale. ¿Por qué no?

Como Mack tiene novia, yo sabía que no sería más que un momento de relax entre dos amigos para contarse batallitas después de un turno agotador. Pero supuse que me ayudaría a olvidarme de Adam más que una ducha caliente. Además, habría alcohol, un ingrediente esencial para ahogar las penas.

Hum. Tal vez no debería haber escrito eso. ¡No bebáis, chicos! Excepto en bodas y una copa de champán por Nochevieja.

Pero, por una vez, conseguí despachar el papeleo rápido y acabar antes de las once. Para entonces, no me apetecía quedarme por ahí una hora más para ir de copas con un chico mono que ya estaba pillado. Mack lo entendería.

La sala de espera de urgencias seguía abarrotada. Un par de horas antes, me habría entrado un dolor de cabeza tremendo solo de verla, pero ahora no sentí más que alivio por haber terminado. Me encanta mi trabajo, pero al final de un turno de doce horas no puedo con mi alma. Por otro lado, lo bueno de los turnos es que cuando se acaban, se acaban. Podía irme a casa y desconectar de todo lo que había visto hoy.

Sin embargo, cuando salí del pabellón de urgencias, lo vi. A vuestro padre. Estaba sentado en un banco, justo delante de la puerta.

Y no os lo perdáis: ¡tenía una rosa en la mano!

—Victoria. —Se apresuró a levantarse—. Hola…

—Hola —repuse.

Más tarde me contó que llevaba casi una hora ahí sentado, desde que mi turno había llegado a su fin. Había estado una hora pateándose las calles en busca de una floristería abierta, a pesar de que se le habían pasado los efectos de la lidocaína y notaba un dolor punzante en la mano.

—No creas que estoy loco —dijo—, pero, desde que me he marchado de urgencias, no he dejado de pensar en ti. Supongo que habrá alguna norma que os prohíbe salir con pacientes, pero sé que me odiaré el resto de mi vida si no lo intento al menos.

—Bueno… —Carraspeé—. Más que una prohibición, es una recomendación.

—O sea que… ¿eso significa que vendrás a tomar una copa conmigo?

Ya lo veis, hijos del futuro: al final de un turno extenuante en urgencias, vuestro padre me estaba esperando. Y me regaló una rosa y fuimos a tomar una copa, lo que desembocó en una cena tardía. Y luego paseamos por la ciudad, charlando, hasta que amaneció.

Me contó que, durante el año siguiente a su graduación, había recorrido Europa como mochilero, alojándose en albergues juveniles hasta que se le acabó el dinero y empezó a dormir en la calle porque no quería regresar a casa. Me confesó que, en el instituto, cantaba en un grupo a capela de música country, pero que lo echaron porque desafinaba mucho. Me dijo que su película favorita es *Pulp Fiction* y se burló de mí cuando le dije que la mía es *Sweet Home Alabama*, pero prometió verla. Me reveló que, aunque nunca tiene frío, se pone abrigos en invierno porque la gente lo mira raro cuando va en camiseta y la temperatura ronda los cero grados. Reconocí que soy muy friolera, y él dijo que me daría calor y me rodeó con los brazos.

Entonces, cuando el sol asomaba por encima del horizonte, se inclinó hacia mí y me besó por primera vez.

Y madre mía...

Nunca me había topado con alguien como él. Es un tipo genial. Aunque hace menos de veinticuatro horas que lo conozco, es suficiente para saber que estoy enamorada. Es ÉL. El definitivo.

Jamás había creído en el amor a primera vista hasta que tropecé con vuestro padre.

10

Es una historia tan tierna que casi me dan ganas de vomitar. Ella le cosió la mano. Él se recorrió todo Manhattan a pie para comprarle una rosa. Se pasaron toda la noche conversando. Y luego se dieron su primer beso. Parece algo sacado de una de esas pelis románticas cursis que al parecer le gustaban a Victoria. He sentido el impulso de poner los ojos en blanco. Más de una vez.

Sé que Victoria quería que esta libreta acabara en mis manos, pero no sé cuánto más podré seguir leyendo. Me duele comprobar lo feliz que era entonces, sabiendo el estado en que se encuentra ahora. Continuaré con la lectura, pero hoy no. No lo soporto.

Mis tripas emiten un gruñido embarazosamente fuerte. Tan concentrada estaba en la cena de Victoria que me he olvidado por completo de comer algo yo. Adam me ha dicho que podía coger lo que quisiera de la nevera, pero estoy demasiado cansada para cocinar en serio. A lo mejor me preparo un sándwich.

Al abandonar mi habitación, pillo a Adam saliendo del dormitorio de Victoria. Tiene el cabello castaño revuelto y unos tenues círculos morados debajo de los ojos. Está bostezando, pero se tapa la boca en cuanto repara en mi presencia.

—Perdona —dice—. Sé que los bostezos son contagiosos.

—¿Va todo bien con Victoria?

Asiente.

—Acabo de meterla en la cama. Es un procedimiento que lleva su tiempo, así que... —Vuelve a bostezar—. Lo siento. En realidad, tengo más hambre que sueño.

Mi estómago vacío suelta un pequeño rugido.

—Yo también. Me muero de hambre...

Me dedica una sonrisa soñolienta.

—¿Te apetecen fettuccine Alfredo?

Ñam. Eso suena delicioso. Bajo a la cocina detrás de Adam, pero mi entusiasmo se diluye un poco cuando saca del congelador dos cajas con una fotografía de fettuccine Alfredo en un recipiente de plástico. Mete uno de ellos en el microondas y pulsa un botón.

Me mira arqueando una ceja.

—Pareces desencantada.

—Creía que los ibas a preparar desde cero —confieso.

Se ríe.

—Pues lo siento. Antes cocinaba un poco, pero últimamente bastante menos.

Ladeo la cabeza.

—Es curioso. A ver, vives en esta mansión enorme y tienes un BMW, pero en cambio comes comidas precocinadas. Habría imaginado que tendrías un chef personal o algo por el estilo.

Suelta una carcajada más fuerte.

—Me pintas como un burgués de tomo y lomo. No soy así. —Alarga el brazo hacia un armario y saca una botella de vino tinto. Pese a la rotundidad con la que niega pertenecer a la burguesía, parece un vino muy caro—. ¿Te hace una copa?

—Claro. —No me vendría mal después del día que he tenido—. Siempre me he preguntado a qué sabe un vino de mil dólares la botella.

—¿De mil dólares?

—Reconoce que es lo que pagaste por ella. Por lo menos.

Adam sujeta la botella en alto para estudiar el dibujo de la etiqueta.

—La verdad es que no tengo ni idea de cuánto pagamos. La compró Victoria.

Como no podía ser de otra manera. A fin de cuentas, es la casa de Victoria. Ella compró el vino, y seguramente también el sacacorchos que él está usando para abrir la botella y el microondas en el que está calentando nuestras maravillosas cenas precocinadas. Era una mujer con gustos muy exquisitos.

—No pasa nada porque gastéis un montón de dinero. —Acepto la copa rebosante de vino que me tiende. Es todo un detalle que no la haya llenado solo hasta la mitad—. Al fin y al cabo, eres una celebridad, ¿no?

Con un resoplido, baja la vista hacia su copa, que también está llena hasta el borde.

—No creas. Escribí algunos libros que alcanzaron cierta popularidad.

—No seas modesto.

—De acuerdo, mucha popularidad. Aun así, no soy precisamente Hugh Jackman.

La verdad es que está mucho más bueno que Hugh Jackman. Y eso que yo era muy fan de Lobezno.

—Me da un poco de vergüenza, pero no he leído ninguno de tus libros. Para serte sincera, no leo mucho.

Me muerdo la lengua para no mencionar que en el colegio solo sacaba suficientes…, y eso en los años buenos. No terminé el bachillerato y, aunque al final obtuve la titulación equivalente, jamás me habría planteado ir a la universidad ni aunque mis circunstancias me lo hubieran permitido. Adam parece una de esas personas de las que se da por sentado que cursaron estudios universitarios. Y Victoria tiene un título de posgrado.

—Me alegro de que no los hayas leído —dice. Cuando el microondas tintinea, saca el primer envase de fettuccine Alfredo e introduce el segundo—. No te lo vas a creer, pero detesto cuando la gente se deshace en alabanzas sobre mis novelas.

—Tienes razón: no me lo creo.

Se le curvan los labios hacia arriba.

—Está bien, a veces me gusta. Pero nunca sé si lo dicen en serio o solo me están haciendo la pelota.

Cuando me reclino contra la pared de la cocina, noto que algo se me clava en la espalda. Al volverme, veo un desconchón grande en la superficie. Deslizo los dedos por él.

—Nos llevamos por delante un trozo de la pared cuando trajimos la nevera. —Adam vacía su copa de un trago—. Iba a llamar a alguien para que viniera a repararlo, pero…

No hace falta que termine la frase.

Agarra la botella y se sirve de nuevo la copa hasta arriba. Luego la inclina hacia mí.

—¿Otra?

Bajo la vista hacia mi copa y me percato de que está casi vacía. Vaya, pues sí que me la he tomado rápido. Miro la botella y luego a mi apuesto jefe. Siento la fuerte tentación de decir que sí, pero hay algo en este lugar que me hace pensar que más me vale permanecer sobria.

—No, gracias.

Asintiendo, Adam tapa la botella con el corcho.

—Es la última para mí. —Alza los ojos hacia la puerta de la alcoba de su esposa, en lo alto de la escalera—. Es que… ha sido un año difícil.

—Ya me lo imagino.

Su mirada se torna turbia y distante, como la de Victoria frente a la ventana. Desliza el dedo por el borde de la copa de vino como sin pensar.

—Estaba embarazada, ¿sabes?

Se me corta la respiración.

—¿Victoria?

Agacha la mirada.

—Estaba de muy pocas semanas. Aún no se lo habíamos dicho a nadie. Y, obviamente, lo perdió cuando se…

Me tapo la boca con la mano. Dios santo, cuando pensaba que la historia de Adam y Victoria no podía ser más triste, va él y me suelta esta pequeña primicia.

—Lo siento mucho, Adam. Debe de haber sido muy duro.

Mueve la cabeza afirmativamente, en silencio. No me extraña que se le vea tan derrotado. Perdió a su esposa y a su hijo de una tacada.

Al fin y al cabo, la única vez que vi llorar a Freddy, él se encontraba junto a mi cama poco después de que los médicos nos comunicaran que yo había sufrido un aborto. Pero al menos nos teníamos el uno al otro.

Estoy a punto de contárselo a Adam, pero decido mantener la boca cerrada. No quiero convertir esto en una competición de tragedias. Si lo fuera, ganaría él. Yo lo he pasado mal —muy mal—, pero lo suyo es aún peor. No solo perdió al bebé, sino que jamás engendrará otro. Aunque Victoria estuviera en condiciones biológicas de quedarse embarazada, sería una cuestión dudosa desde el punto de vista ético. Él ya nunca será padre, mientras que yo aún tengo la oportunidad de seguir adelante con mi vida. Pero no con Freddy.

Adam se bebe de un trago casi la mitad de la segunda copa de vino.

—Tranquila —dice—. Simplemente no pudo ser.

Hago un gesto afirmativo, sin saber qué más decir.

Consigue esbozar un atisbo de sonrisa.

—Me alegro de que estés aquí, Sylvia. Reconozco que la situación me desborda. Resulta agradable contar con ayuda. Y…

—Recorre con la vista el amplio espacio que integra el salón y la cocina—. Y con algo de compañía.

—Sí, bueno… —Le devuelvo la sonrisa—. Me alegra poder ayudar.

Nos quedamos mirándonos unos instantes. Cuando el microondas suelta un pitido, por poco me da un infarto. La verdad es que no acierto a imaginar cómo se las arreglaba Adam para vivir solo en esta casa tan inmensa y aislada. Si no estuviera aquí conmigo, me sentiría aterrada. Incluso con él aquí, el sitio me produce escalofríos.

—Te propongo algo —dice mientras saca con cuidado el plato del microondas —. Vayamos al salón con nuestra deliciosa cena y comamos mientras vemos la tele.

Asiento enérgicamente.

—Bueno, las comidas precocinadas están pensadas justo para eso.

—Opino lo mismo.

Así que damos cuenta de nuestra comida precocinada sentados delante del televisor. Acabamos viendo las reposiciones de telecomedias que ponen en los canales en abierto y, aunque no hablamos, nos reímos en los mismos momentos. Pero, mientras tanto, mi mente no deja de cavilar.

¿Se sentaban Victoria y Adam en este mismo sofá a ver la tele mientras cenaban platos precocinados?

¿Tuvo ella algún presentimiento de lo que estaba a punto de ocurrirle?

¿Y qué sentiría si supiera que en este momento hay otra mujer sentada junto a su marido?

Pero no hace falta que especule sobre esta última pregunta. Sé la respuesta.

11

Según me dijo Adam, Victoria se despierta temprano todos los días, así que me pongo la alarma a las siete. Si estuviera en mi piso de mierda en Brooklyn, alguna sirena o explosión en la calle me arrancaría del sueño antes que cualquier despertador, pero aquí reina un silencio absoluto. Duermo mejor que nunca en este colchón ultraconfortable. Me siento rodeada de un lujo asiático.

Después de darme una ducha rápida, me visto con unos sencillos vaqueros y camiseta. Me sujeto el cabello en una cola de caballo antes de encaminarme hacia el cuarto de Victoria. Me paro en seco al ver que Eva está dentro, elevando a Victoria con una especie de eslinga. La paciente parece tan entusiasmada como lo estaría yo en la misma situación.

—Vuelve más tarde —me ladra Eva—. Cuando yo levantado a Victoria de la cama, tú vuelve.

—Ah, vale. —Me aliso el pantalón—. ¿Le… doy de desayunar?

Eva aparta la vista de la eslinga y me fulmina con la mirada.

—Para eso te paga señor Adam, ¿no?

Sí.

Me gustaría preguntarle qué tipo de comida debo darle, pero no tengo ganas de que me grite otra vez. Eva me odia. No entiendo por qué (no soy tan detestable), pero está claro que es así.

Tendré que pensar una estrategia para cruzarme con ella lo menos posible. Mientras tanto, bajaré a prepararle algo de desayunar a Victoria.

Cuando llego a la planta baja de la casa, me encuentro a Maggie aspirando la moqueta con sus rojos rizos recogidos hacia atrás y auriculares embutidos en las orejas. Cuando todavía no me ha visto, la oigo cantar a todo pulmón: «*Girls just wanna have fu-un!*».

En cuanto repara en mi presencia, interrumpe su solo y se quita los auriculares, aunque no parece tan avergonzada como estaría yo si me pillaran en una situación similar. Me dedica una de sus sonrisas contagiosas que son todo dientes.

—¡Hola, Sylvie!

No puedo evitar sonreírle a mi vez.

—¿Eres fan de Cyndi Lauper?

—¿Y quién no? —Apaga el motor de la aspiradora—. ¿Qué te trae por aquí abajo?

—Pues… —Dirijo la vista hacia la cocina—. Venía a buscar algo para el desayuno de Victoria, pero…

Maggie lo capta al instante.

—Copos de avena. Es lo mejor para ella por las mañanas. Te mostraré dónde los guardan.

—Gracias. —Relajo los hombros, aliviada. Menos mal que hay al menos una persona aquí que está dispuesta a ayudarme—. Iba a preguntárselo a Eva, pero…

Me guiña un ojo.

—Te aterra, ¿a que sí?

—¡Ya lo creo! Madre mía, me muero de miedo con ella. ¿De qué va?

—No tengo ni idea. —Se encoge de hombros—. Siendo generosas, podríamos suponer que sobreprotege a Victoria. Y, si somos malpensadas, que acabará asesinándonos a todos con un cuchillo de cocina.

Se ríe como si hablara en broma, pero a una parte de mí le preocupa de verdad que Eva nos mate a todos algún día. Parece una de esas personas que sienten la necesidad de tomarse la justicia por su mano. Y estoy casi segura de que yo sería la primera víctima.

En un armario hay paquetes de copos de avena de todos los sabores imaginables, lo que me lleva a pensar que es algo que Victoria desayuna a menudo. Elijo uno con manzana y agarro un bol para calentarlo en el microondas.

—¿Tendrá suficiente con esto? —le pregunto a Maggie.

Abre el armario de los potitos y saca uno de puré de manzana.

—Puedes ponerle esto también.

Vacilo unos instantes antes de coger el frasco. No quiero darle comida para bebés a Victoria. Me parece poco digno.

—Tiene la consistencia adecuada —señala Maggie—. Y no sabe mal. Yo lo he probado.

—¿En serio?

—Claro. Es como una compota sosa. ¿Qué puede salir mal?

Cuando el microondas tintinea, extraigo el bol con avena y la remuevo un poco antes de calentarla un minuto más. Por lo menos huele bien, pero tiene una consistencia gomosa. No sé si estará bueno, pero Victoria come muy poco de todos modos. Anoche solo se tomó una cuarta parte de su cena después de que yo triturara aquellas patatas con tanto cariño.

La puerta principal se cierra de golpe y, un segundo después, Adam entra trotando en la cocina vestido con pantalón corto, zapatillas de correr y una camiseta manchada con una uve de sudor. Se saca los auriculares de los oídos y nos saluda agitando la mano. La tela húmeda se le pega un poco a los pectorales; mierda, está buenísimo. Desde luego entiendo qué vio Victoria en él ese día en urgencias.

—¿Va todo bien, Sylvia? —Se inclina sobre la encimera, clavándome sus ojos verdes en la cara—. ¿Tienes alguna duda?

—Maggie estaba echándome una mano. —La miro con una sonrisa de agradecimiento. Ella tiene una expresión socarrona—. Le estoy preparando avena a Victoria.

—Excelente. —Extiende el pulgar hacia arriba—. Buen trabajo, Sylvia. —Se aparta de la encimera—. Voy a darme un duchazo. Estoy muy sudado. Si me necesitáis, estaré arriba, en el desván.

Me olvido de la avena por unos instantes mientras contemplo cómo Adam sube las escaleras. No solo tiene un pecho bonito, sino que, por lo que se ve, su culo no está nada mal. Seguramente debería dejar de mirárselo antes de que Maggie se dé cuenta.

—Vaya bombón de jefe tengo.

Vuelvo la cabeza con brusquedad hacia Maggie, que sigue sonriendo socarrona. Tiene los pecosos brazos cruzados sobre el pecho.

—¿Qué? —digo.

Suelta una carcajada.

—Que sí, que está bueno. Puede que tenga novio, pero no estoy ciega.

Jugueteo con un mechón de mi cabello.

—No está mal.

—Sí, claaaaro…

—Vale. —Pongo cara de exasperación—. Está bueno. Eso salta a la vista. Pero… —Se me van los ojos hacia la escalera—. No pienso insinuarme a él ni nada por el estilo. Está casado. Y yo…

—Soy célibe, al parecer—. Trabajo para él. O, mejor dicho, para su esposa. —Le rehúyo la mirada—. Y, aunque me insinuara, él no se interesaría por mí. Vive entregado a su mujer.

—Bueno, eso es cierto. —Saca una bolsa de basura grande de la despensa y la sacude para abrirla—. Pero… aún es joven. Debe de sentirse muy solo. Es buena persona y sus intenciones son loables, pero esta situación no puede durar indefinidamente. Más tarde o más temprano, tendrá que pasar página.

—Pues conmigo no será. —Saco los copos de avena del microondas. Su aspecto no resulta muy apetitoso.

Maggie despliega una sonrisa.

—Bueno, menos mal que tú también tienes intenciones loables.

Me guiña el ojo antes de volver a ponerse los auriculares. Al cabo de un momento, empieza a cantar de nuevo a Cyndi Lauper mientras cambia la bolsa del cubo de basura. Yo subo hacia el dormitorio de Victoria con la avena y el tarro de compota de manzana.

Llego justo cuando Eva está saliendo de la habitación. Tras observar con furia la comida que llevo en las manos, me mira asqueada. Supongo que la avena calentada al microondas y el frasco de potito de manzana no le han causado muy buena impresión. Tal vez podría prepararle algo mejor en el futuro. Me pregunto si quedarían bien unos huevos duros machacados o pasados por el procesador de alimentos. Mi objetivo es conseguir que Victoria se acabe todo lo que le suba en vez de limitarse a tomar tres bocados, como anoche.

Sin embargo, cuando veo a Victoria, siento que todos mis esfuerzos serían inútiles.

Parece totalmente aturdida, mucho más que anoche durante la cena. Tiene la nuca reclinada contra el reposacabezas de su silla, y babea por un lado de la boca. Cuando digo su nombre en voz alta, abre los ojos por unos instantes y los vuelve a cerrar.

—¡VICTORIA! —insisto, casi a gritos—. Soy yo. Soy Sylvie. ¡SYLVIE!

Su mirada vidriosa contrasta con el azul intenso de sus ojos en los retratos que están desperdigados por toda la casa. Solo consigue levantar los párpados unos dos milímetros antes de que se le caigan de nuevo. En ese estado es impensable que consiga sujetar la cuchara. Me alegro de no haberle preparado un desayuno elaborado, pues ya será mucho si logro convencerla de que lo pruebe.

Aun así, lo intento. Cojo una cucharada de avena y se la acerco a la boca.

—Anda —le ruego—. Solo un poco. Un poquito.

Al fin, sus labios se separan como un centímetro. Antes de que los junte de nuevo, meto entre ellos la cuchara con la avena. No hace el menor esfuerzo por masticar o tragar. Casi toda la papilla se le sale otra vez de la boca, así que tengo que limpiársela con una servilleta.

Mierda.

—Siempre resulta difícil por las mañanas.

Cuando alzo los ojos, veo a Adam de pie en el vano de la puerta. Se ha duchado y se ha puesto unos vaqueros y una camiseta limpia. Está impresionante, como siempre. Como pase mucho más tiempo con él, tendré que empezar a darme duchas frías.

—No consigo espabilarla lo suficiente para que coma —refunfuño.

Se pasa la mano por el cabello húmedo.

—Eso es normal. Siempre está grogui cuando se acaba de levantar. No es capaz de mantener los ojos abiertos hasta la hora de comer, por lo menos. Generalmente, después del desayuno dejo que se eche una siesta.

—Ah. —Miro a Victoria, que está cabeceando hacia la izquierda—. Me parece que no le vendría mal echarse una ahora.

De hecho, me da la impresión de que ya se la está echando.

Adam me enseña cómo inclinar hacia atrás el respaldo de la silla de ruedas para que Victoria quede en posición reclinada. Oigo el silbido del aire al entrar y salir por entre sus labios. Se ha quedado como un tronco.

—Tú haz lo que tengas que hacer durante el siguiente par de horas, con toda libertad —dice él—. Seguramente se despertará cuando falte poco para el almuerzo. —Señala la ventana con un movimiento de la cabeza—. ¿Por qué no sales a correr un poco? Hace un tiempo ideal.

No cuento con unas zapatillas decentes, pero prefiero no confesárselo a Adam, así que me limito a sonreír.

—A lo mejor.

No tengo el menor interés en salir a correr, pero al menos dispondré de un rato para seguir leyendo el diario de Victoria.

12

Diario de Victoria

29 de septiembre de 2016

Seré sincera con vosotros. Antes de conocer a vuestro padre, tuve varias relaciones con otros hombres. Pero quiero que os quede claro que ninguna de ellas significó nada para mí. Bueno, en su día me parecía que sí. Cada vez que empezaba a salir con uno de ellos creía que era el definitivo, pero ahora comprendo que solo eran simulacros. Estaba esperando a que apareciera el de verdad.

Algún día lo entenderéis. Algún día conoceréis un amor que hará que os entren ganas de cantar desde las copas de los árboles, o de usar etiquetas cursis como #MeSientoBendecida o #ElMejorNovioDelMundo. O tal vez, cuando leáis esto, las etiquetas serán ya cosa del pasado. Quizá, en vez de etiquetas, usaréis códigos de barras. O qué sé yo.

Anoche, Adam me llevó a ver *Hamilton*. Es un espectáculo que está causando sensación ahora mismo, basado en la vida de Alexander Hamilton, el primer secretario del tesoro de Estados Unidos. Lo sé, os costará creer que un musical sobre ese tema pueda triunfar en Broadway, pero es así. No quiero ni imaginar lo que le habrán costado a Adam las entradas. Cierto, es un autor superventas que ha encabezado la lista de best sellers del *New*

York Times (como ya sabéis), pero a veces me preocupa que gaste demasiado en mí. Todos los hombres con los que he salido antes estaban endeudados por los préstamos para pagar la universidad, como yo, o tenían un empleo no cualificado, así que es la primera vez que estoy con alguien que tiene detalles caros conmigo. Y…, bueno, para qué os voy a mentir…, a nadie le amarga un dulce.

A ver: ¿cenas en restaurantes franceses caros? ¿Flores en cada cita? ¿Entradas a los espectáculos más sonados de Broadway? ¿¿¿A quién no le gustaría todo eso???

¡Pero no necesito ninguna de esas cosas! Adam me gustaría igual, aunque me llevara a cenar al McDonald's todos los días. Me contentaría con un Big Mac y unas patatas grandes siempre que él estuviera a mi lado.

Adam siempre pasa a buscarme a mi casa, aunque vive mucho más cerca de Broadway. Vuestro padre es un caballero, de eso no cabe la menor duda. Me sujeta las puertas. Nunca había tenido un novio que me sujetara las puertas. Ya tenía asumido que era una costumbre de antaño, de cuando los hombres llevaban faja y las mujeres miriñaque.

Anoche, Adam se presentó con un ramillete de rosas.

—*Pour vous.*

Es un hecho biológico que a las mujeres nos encantan las flores. Poseen muchas cualidades encantadoras: huelen bien, son bonitas, ¡y qué colores! Un ramo de margaritas me haría la misma ilusión, pero Adam siempre me regala rosas. Es más tierno…

—No hace falta que me traigas rosas cada vez que vamos a salir.

—Pero te chiflan —señaló—. Y puedo permitírmelo, así que…

—Lo sé, pero…

Era absurdo discutir por eso. ¿Por qué iba a intentar disuadirlo de que me comprara flores? Fantaseo con que, cuando leáis esto, vuestro padre seguirá obsequiándome con rosas. A lo mejor no a diario, sino quizá una vez por semana. Todos los viernes por la tarde. Desde hace cuarenta años.

—Y te he traído otra cosa —anunció.

Acto seguido, se llevó la mano al bolsillo del abrigo y extrajo una cajita rectangular. Me quedé sin aliento al ver una cadena de oro blanco con un colgante en forma de copo de nieve incrustado de diamantes. Era tan hermoso que me entraron ganas de llorar. Me quedé contemplando el collar, embobada.

—Debe de haberte costado una fortuna —murmuré.

—Tú lo vales —murmuró él a su vez.

Entonces lo arrastré hacia el interior de mi piso porque la verdad es que no podemos tener las manos quietas cuando estamos juntos. Lamento revelaros algo tan perturbador acerca de vuestros padres, pero es cierto. Sin embargo, lo de anoche acabó siendo un poco frustrante, porque, como sabéis, teníamos las entradas.

—Te quiero mucho, Vicky —me susurró al oído.

—Y yo a ti —le respondí, también en un susurro.

Y es verdad. ¡LO QUIERO! Sí, sé que solo llevamos juntos unos meses, pero con eso me basta para saber que este hombre me tiene completamente trastornada. ¡Lo adoro! Lo adoro tanto que siento la necesidad de acuñar una palabra nueva para expresar la profundidad de mis sentimientos. Lo adorvo. Lo aduro. Lo adoooooooro.

—*Hamilton* —conseguí articular mientras me deslizaba las manos por la espalda.

Me besó en el cuello.

—Estoy dispuesto a perdérmelo si tú también lo estás.

—¿Pero no te habían costado cerca de mil pavos las entradas?

—No es más que dinero.

Así es vuestro padre. Me quiere más de lo que le importan el dinero o unas entradas de teatro.

Naturalmente, al final, se impuso el sentido común y decidimos que podíamos seguir con eso después de la función. Adam parecía un poco desilusionado, pero en el fondo sabía que era lo más razonable. Y yo aproveché la oportunidad para lucir mi collar de copo de nieve, que complementaba mi vestido a la perfección.

El espectáculo estuvo genial, por supuesto. A ver, era *Hamilton*, nada menos. Pero durante toda la función Adam mantuvo la mano en mi rodilla o en otras partes de mi cuerpo, y hubo momentos en que temí que nos echaran del teatro. Por otro lado, eso habría sido una anécdota digna de contar, ¿no? Aunque a vosotros no os la contaría, claro. ¡Hay cosas sobre vuestros padres que más vale que no sepáis!

Una vez que terminó el espectáculo, nos enzarzamos en una discusión sobre si ir a su casa o a la mía. Bueno, más que una discusión fue una conversación animada. A menudo Adam se resiste a pasar la noche en mi apartamento. Es comprensible, pues el suyo es un millón de veces más bonito que el mío, como cabría esperar. Dinero no le falta, así que tiene un precioso piso de dos habitaciones con una vista espectacular de Manhattan. En cambio, yo vivo en un estudio con una vista fantástica de una pared de ladrillo a dos metros de distancia.

También tengo un ligero problema con las cucarachas, a pesar de mi diligente uso de las trampas para bichos. No entiendo por qué no consigo librarme de esas malditas. Es la evolución en acción.

—Mañana trabajo en el turno de mañana —le expliqué—. Si dormimos en tu piso, no me dará tiempo a llegar a casa, ducharme y prepararme.

—Hum. —Se dio unos golpecitos con el dedo en la barbilla, cubierta por una atractiva sombra de barba vespertina—. Bueno, podrías empezar a dejar más cosas tuyas en mi casa para que puedas irte directa al trabajo desde ahí.

—No es mala idea…

—O… podrías mudarte a mi casa.

De pronto, mis pulmones se quedaron sin aire. Clavé la mirada en los ojos verdes de Adam, con el corazón martilleándome el pecho. En los labios le bailaba una sonrisa que no era de burla.

—¿Lo… lo dices en serio? —balbuceé.

—Claro, ¿por qué no? —Alargó la mano para juguetear con uno de mis mechones rubios. Le encanta mi cabello. Dice que le recuerda la paja dorada, lo que me hace sentir como una princesa de cuento—. Estoy loco por ti. Cada noche que paso sin tu compañía me resulta… desalentadora.

Obviamente, accedí al instante. Como ya os conté, desde el primer momento en que lo vi tuve la certeza de que acabaríamos juntos, así que irme a vivir con él no era más que un paso más hacia nuestra vida en común. Me imagino el futuro entero a su lado: la boda, los hijos, la residencia para jubilados, los dos sentados en mecedoras a juego, cogidos de la mano.

No, no estoy diciendo que todo el mundo se vaya a vivir con su novio a los tres meses de conocerlo. En muchos casos seguro que no es lo más recomendable. Pero, en este caso particular, sin duda convendréis conmigo en que todo salió a pedir de boca.

Fue una cita absolutamente mágica: *Hamilton*, la decisión de vivir juntos… Fue una noche que jamás olvidaré.

Solo un pequeño incidente empañó un poco la velada.

Mientras caminábamos por la calle a toda prisa para coger un taxi que nos llevara a casa (¡mi nuevo hogar!), un hombre estuvo a punto de chocar conmigo y me dio un brusco empujón en el hombro.

Como llevo mucho tiempo viviendo en la ciudad, estoy acostumbrada a que me empujen, me zarandeen e incluso a que me meen encima (una vez, en el zapato; fue un perro). Y Adam también lleva viviendo aquí mucho tiempo. Así que me sorprendió que se pusiera tan furioso por lo que claramente había sido un accidente.

—¡Eh! —le bramó al cincuentón con sobrepeso con el que había tenido el encontronazo—. ¿Por qué no miras por dónde de vas?

El hombre señaló el bastón que sujetaba con la mano izquierda.

—Tío, que tú y tu novia estabais ocupando toda la acera. Por algún sitio tenía que pasar.

Adam dio un paso hacia él, con una expresión oscura en los ojos que no le había visto antes... y que me asustó un poco, para ser sincera.

—¿Y por eso has aprovechado para meterle mano?

Parpadeé varias veces. No es que nunca me haya manoseado un desconocido en la ciudad —el metro puede ser bastante traicionero en hora punta—, pero este hombre no me había metido mano. Solo se había chocado conmigo. ¿Por qué estaba Adam tan enfadado?

—Adam... —empecé a decirle.

—Oye, tío —contestó el hombre—. Yo no le he...

—¿Qué? —Adam avanzó otro paso y blandió el dedo frente a su cara—. Como sabes que nunca tendrás una chica tan guapa como la mía, has decidido sobetearla, ¿no?

El hombre palideció. Desplazó la vista entre Adam y yo, y alzó en el aire la mano que no sostenía el bastón.

—Oye, no busco problemas. No he hecho nada malo.

—Sí, claro. Tal vez deberías pedir disculpas.

El hombre me miró con una expresión extraña.

—Lo siento —dijo al fin antes de alejarse por la calle, cojeando encorvado sobre el bastón.

El episodio me dejó temblando un poco. Nunca había vivido una escena tan tensa. Aunque sabía que el hombre no me había metido mano, me despertó una ternura curiosa que Adam hubiera defendido así mi honor. Eso sí que fue gallardía. Despejó cualquier posible duda sobre su capacidad para ser un buen esposo y sostén familiar.

—Esto seguramente no habría pasado si no llevaras una falda tan corta —dijo.

Al principio, creí que había oído mal. No llevaba una falda corta. Para nada. Las chicas que no decimos una sola palabrota a lo largo de toda nuestra vida no vamos por ahí con faldas minúsculas; la que llevaba anoche me llegaba un dedo por encima de la rodilla. Eso no es demasiado corto.

¿¿¿O sí???

Lo miré, pestañeando.

—Creía que te gustaba esta falda.

—Y me gusta. —Me guiñó el ojo—. Solo digo que una falda así incita a los hombres a tocarte.

Supongo que no le faltaba razón. ¡Qué triste que, a estas alturas, una mujer no pueda ir por la calle con una falda moderadamente corta sin que le silben o la manoseen! Espero que, cuando leáis esto, la situación haya mejorado para las mujeres. Menos mal que hay hombres como vuestro padre que cuidan de las chicas como yo.

13

Me he pasado media hora leyendo el diario de Victoria. Describe con todo lujo de detalles sus primeras citas con Adam; lo romántico que era, lo enamorados que estaban. Cuando por fin he llegado a la parte en la que él le regala el collar con el copo de nieve y deciden vivir juntos, he tenido que parar. Resulta muy duro leer esto sabiendo que todo ha acabado en tragedia.

Como mínimo, necesito un descanso.

Por fortuna, Victoria ya se ha despertado e incluso se come la tercera parte del almuerzo que le he preparado. Le cuesta mucho evitar que se le caiga la comida de la boca. Al final no me queda más remedio que remeterle una servilleta en el cuello de la camiseta a modo de babero, porque casi la mitad de los alimentos que le introduzco en la boca vuelven a salir y le manchan la ropa.

—¿Hay algo que te apetezca hacer esta tarde? —le pregunto, limpiándole la papilla que le ha quedado en el mentón.

Aunque no me responde, al menos tiene los ojos abiertos, fijos en mí.

—¿Qué te parece si te arreglamos un poco el cabello? —Pienso en la foto en la que se aprecian sus relucientes rizos dorados, a años luz del pelo apagado y sin vida que tiene ahora—. Puedo cepillártelo y... ¿hacerte una trenza francesa? ¿Qué me dices?

Parpadea sin dejar de mirarme. Lo interpreto como un sí.

El alijo de productos capilares de Victoria está en uno de los cajones de su baño. Los cubre una capa de polvo, lo que explica el estado de su cabellera. Encuentro una botella de tratamiento capilar marroquí con aceite de argán rico en antioxidantes y extracto de linaza, que en teoría nutre y fortalece el pelo. Tiene pinta de ser carísimo y huele bien. También elijo un cepillo y uno de sus numerosos peines. Dios, hay que ver cuántos potingues para el cuidado del cabello tenía esta mujer. Yo tengo un cepillo y un champú y acondicionador dos en uno, y para de contar. Ni siquiera puedo permitirme comprármelos por separado.

Cuando regreso al dormitorio, Victoria no está mirando por la ventana, para variar. Tiene los ojos clavados en la puerta. Estaba esperándome.

A lo mejor empiezo a caerle bien.

—¡Ya estoy aquí! —Sujeto en alto la botella—. Te he traído este tratamiento capilar. Te va a dejar el cabello precioso.

Le escudriño el rostro en busca de un asomo de sonrisa. Nada. Bueno, qué le vamos a hacer. En algún momento de mi estancia aquí, le arrancaré una sonrisa a esta mujer.

Me paso la hora siguiente aplicándole el aceite y masajeando. Da la impresión de que alguien ha estado cepillándole el cabello porque no lo tiene enmarañado, pero hay unas pequeñas zonas apelmazadas que requieren especial cuidado. Además, salta a la vista que la última persona que le cortó el pelo no se esmeró mucho. Tiene las puntas irregulares, lo que me obliga a ir al baño a por unas tijeras y a dedicar un buen rato a intentar hacerle un corte decente. Corto un poco a capas, pero no quiero dejarme llevar demasiado. No soy precisamente una maestra del estilismo.

—A Adam le encantará tu nueva imagen. —Aunque no da señales de entender mis palabras, siento la necesidad de seguir hablando. Algo debe de captar en mayor o menor grado—. A los hombres les obsesiona nuestro cabello. A ver, les gustan las tetas, los traseros y las piernas, pero no se debe infravalorar la importancia de un pelo bonito. —Hago una pausa para recortarle un mechón irregular en la nuca—. Freddy, mi primer novio, estaba enamorado de mi cabellera.

Cuando paso a cortarle el flequillo, advierto la atención con que me mira. Le gusta que le hable. Y, por alguna razón, a mí también me resulta terapéutico. Nunca le había comentado lo de Freddy a nadie. No a fondo.

—Lo conocí en el instituto —prosigo—. Iba un año por delante de mí. Era alumno del último curso, y yo del penúltimo. Me parecía de lo más… guay y sofisticado. Además de guapo. —Sonrío al recordar a Freddy fumando con sus amigos detrás del colegio. Yo me dejaba caer el pelo sobre los ojos cuando pasaba por su lado porque me daba vergüenza que me pillara mirándolo—. No era tan guapo como Adam, supongo, pero tenía una melena negra y alborotada, además de unos ojos oscuros y ardientes…, y un hoyuelo en la barbilla. Madre mía, qué bueno estaba. Fantaseaba con él hasta las tantas de la noche. Aluciné cuando me enteré de que yo le gustaba también. Yo, date cuenta.

Cuando estaba en el instituto no pertenecía al grupo de las guais. Era más bien callada y no se me daban bien las redacciones, las mates, los deportes ni nada. Me ponía demasiado maquillaje en los ojos, al menos según mi madre, y, pensándolo ahora, puede que tuviera razón en eso. Freddy era un chico muy popular, tal vez el payaso de la clase a veces, pero decididamente guay. La primera vez que me habló, a duras penas fui capaz de hilar dos palabras. En aquel momento no me di cuenta de que él también se sentía cortado y cohibido delante de mí.

—Así que empezamos a salir. —Le doy un tijeretazo a un mechón del lado derecho para igualarlo—. Lo más flipante fue que resultó ser un novio estupendo. A ver, no tenía con quién compararlo, solo había besado a un chico antes que a él. Pero… era muy tierno. Me llamaba cada noche y nos pasábamos horas charlando sobre todo lo que te puedas imaginar. Según mis amigas, al principio de nuestra relación él solo quería llevarme al huerto, pero nada más lejos de la realidad. Él y yo conectamos. Pensé que era… —Pensé que Freddy era el amor de mi vida, pero parece una ridiculez decirlo. «El amor de mi vida». ¿Qué narices significa eso?—. Me gustaba mucho —digo al fin.

Le recojo el pelo hacia atrás en una trenza francesa. Recuerdo que, de niña, se las hacía a mis muñecas para practicar, y, más tarde, a mis amigas. Aunque hace años que no me ponía a ello, mis dedos no han olvidado la técnica. Por desgracia, le resalta la cicatriz del cuero cabelludo, así que deshago mi obra y empiezo a peinarla de nuevo.

—El caso es que a Freddy le encantaba pasarme las manos por el cabello. —Deslizo los dedos por el pelo de Victoria, que ahora está sedoso—. Cuando nos quedábamos tumbados en su cama, él se pasaba horas acariciándome el pelo.

Victoria alza los ojos hacia mí con expresión inquisitiva, como preguntando qué pasó después.

Lo que pasó después fue que Freddy me dejó embarazada. Obviamente, hacíamos otras cosas en la cama aparte de tocarnos el cabello. A ver, éramos una pareja de adolescentes.

Pero no me parece adecuado contar esa historia. Debería centrarme en las historias con final feliz. Desafortunadamente, no conozco ninguna real. Sin embargo, ella no lo sabe.

—Te ha quedado el pelo precioso —le digo—. Deja que te lo enseñe. Voy a por un espejo.

Corro al cuarto de baño y cojo el espejo de mano. Regreso con Victoria y se lo coloco delante del rostro. Se contempla durante largo rato. Al menos con el ojo derecho. El otro sigue apuntando en una dirección totalmente distinta.

—Estás muy guapa —le aseguro—. A Adam le va a encantar.

Mirándose con el ceño fruncido, se lleva la mano a la cicatriz irregular en la mejilla izquierda. Mueve la cabeza de un lado a otro.

—¿Sabes qué? —digo—. Creo que podrías ocultar eso con maquillaje.

Bueno, ocultarla no. Es imposible ocultar esa cicatriz. Pero por lo menos podríamos disimularla un poco.

Sacude la cabeza.

—No —dice.

A pesar de todo, no puedo contener una sonrisa.

—Es lo primero que me dices en todo el día.

Victoria me observa, pestañeando en silencio. Al parecer, también es lo último.

Doy una palmada.

—Se me ocurre una idea fantástica. ¿Qué tal una manicura?

A Victoria no parece entusiasmarle la propuesta, lo que no me sorprende mucho. Aun así, echo otro vistazo en el cuarto de baño y encuentro otro alijo, esta vez de esmalte de uñas, además de una lima y un cortaúñas. Elijo un color alegre llamado Rojo Gran Manzana.

Mientras le hago la manicura a Victoria, sigo contándole cosas sobre Freddy. Le hablo de nuestro noviazgo, de nuestra boda en una iglesia preciosa rodeados de familiares y amigos, y de que consiguió un trabajo estupendo de comercial después de graduarse en la universidad. Le explico que planeábamos tener hijos, pero estábamos esperando el momento adecuado, ahorrando para contar con un buen colchón financiero.

Todo es ficción, claro. Es la vida que hace mucho tiempo imaginé que compartiría con Freddy. El final feliz que siempre quise protagonizar.

A Victoria le han cortado las uñas a ras del dedo. He traído el cortaúñas, pero no sé si utilizarlo. Nunca le van a quedar bonitas mientras estén tan cortas.

Por otro lado, Adam me indicó que se las cortara bien, porque ella lo araña cuando intenta darle la medicación que necesita, y no quiero que acabe sacándole los ojos. Así que habrá que darle caña al cortaúñas.

Victoria me observa mientras me pongo con su inmóvil mano derecha. Cuando lo intento con la izquierda, hace un gesto brusco para soltarse.

—Quédate quieta —le digo—. Ya casi he terminado. Entonces lucirás unas uñas atractivas para Adam. Ya lo verás.

Niega con la cabeza.

—Arga... —dice.

Bueno, al menos ha vuelto a hablar.

—Eso, para eso te las cortamos, para que no estén largas.

—No. —Me agarra la mano derecha con la izquierda—. Arga...
Adam... Arga...

—¿Quieres...? —Le escruto el semblante para entender lo
que intenta decirme—. ¿Quieres que Adam te corte las uñas?

—No. —Vuelve a sacudir la cabeza, con los ojos llenos de
frustración. No puedo ni imaginar lo duro que debe de ser no
poder pronunciar las palabras necesarias para expresar lo que
quieres—. No. No. Adam arga. En el... arga.

¿Eh?

—Lo siento —digo al fin—. No... no te entiendo.

En ese momento, Adam se asoma desde el pasillo. Me enternece que se pase tan a menudo a ver cómo está ella. Aunque,
cuando yo tenga más experiencia, seguramente ya no se sentirá
obligado a hacerlo. Esboza una sonrisa torcida.

—¿Todo bien por aquí?

Me vuelvo hacia Victoria, que ha renunciado a comunicarse
conmigo y mira por la ventana con expresión ausente.

—Me pide algo con insistencia —declaro—, pero no sé qué es.
Repite «arga» una y otra vez. ¿Tienes idea de qué significa eso?

Ladea la cabeza.

—No lo sé. Nunca se lo he oído decir antes.

Qué se le va a hacer.

—Bueno, el caso es que le he arreglado el pelo y las uñas.
¿A que está espectacular?

—Muy guapa —dice Adam, aunque su tono rezuma falta de
sinceridad. Le está diciendo a Victoria que está muy guapa del
mismo modo en que se le dice a un niño pequeño que el garaba-
to que ha hecho con una cera es muy bonito—. Le has cortado
el cabello. Le queda muy bien.

—No sé quién se lo cortó la última vez, pero se lo dejó fatal.
Te recomendaría que no volvieras a contratarlo.

Adam suelta un resoplido.

—Creo que fueron los cirujanos, justo antes de operarle el cráneo.

—Pues más vale que se ciñan a las intervenciones de emergencia.

—Ya les haré llegar tu valoración. —Atraviesa la habitación y examina a su esposa unos instantes. Le levanta la mano derecha del reposabrazos—. ¿Le has cortado las uñas?

—Sí, pero no le ha gustado.

—Por desgracia, no le corresponde decidirlo a ella.

Victoria no vuelve la cabeza hacia él en ningún momento. Es como si hubiera desconectado por completo en cuanto él ha entrado en el cuarto. Teniendo en cuenta que ya estaban casados antes del accidente y que él ha dedicado su vida a cuidar de ella, me parece extraño que ni siquiera lo mire. Extraño y triste.

—¿Por qué no te tomas un respiro, Sylvia? —me sugiere Adam—. Tengo que ayudar a Victoria con un asunto personal.

—¿Un asunto personal?

Agacha la mirada.

—Cambiarle el pañal.

Ay, madre. Claro, tiene sentido. Pero de pronto me llena de tristeza pensar que esta mujer hermosa e inteligente depende de otros para sus necesidades más básicas.

Me pregunto qué significa «arga», qué trataba de decirme.

Solo procuro comprenderla mejor, y, hoy por hoy, la única manera es seguir leyendo su diario. Después de todo, ella quería que yo lo encontrara. Y si algo me sobra aquí es tiempo.

14

Diario de Victoria

10 de octubre de 2016

¿Sabéis qué baja la moral? Cuando eres feliz pero, por algún motivo, tus amigos no se alegran por ti.

Hoy estaba a punto de terminar mi turno en urgencias cuando Carol propuso que nos fuéramos de copas. Es mi mejor amiga en el trabajo y, como paso tantas horas trabajando, se está convirtiendo en mi mejor amiga en general, sobre todo por su afición a salir al final de la jornada para relajarse. Como Mack estaba al final de su turno de ambulancia, le faltó tiempo para apuntarse. A Carol no le molestó ni mucho menos, porque Mack cae bien a todo el mundo. Entonces él me preguntó si iba también.

—Lo siento —dije—. Tengo que empaquetar mis cosas.

Mack arrugó la nariz. Antes de que Adam apareciera en mi vida, era un gesto suyo que me parecía mono.

—¿Empaquetar? ¿Adónde te mudas?

Carol soltó una risita.

—¿No te habías enterado? Vicky se va a vivir con don Perfecto.

Sí, Carol le ha puesto a Adam el apodo de «don Perfecto». Y, a decir verdad, lo es bastante.

Mack me miró, parpadeando, y retrocedió un paso.

—¿Te refieres al escritor ese de altos vuelos? ¿Te mudas a su casa?

Parecía disgustado, lo que me descolocó. Nunca había mostrado interés por mi vida personal.

—Se llama Adam, chicos —dije—. Y sí, vamos a vivir juntos.

Aún no soy capaz de pronunciar esta frase sin sonreír como una boba.

Mack arrugó el entrecejo.

—¿Eso no incumple tu contrato de arrendamiento?

—Bueno, sí —reconocí—. Pero Adam pagará la penalización.

—Guau. —Carol se dio unas palmaditas en el cabello cortado al estilo *pixie*—. Ojalá yo tuviera también un novio rico...

—No es rico...

Lo cierto es que no sé muy bien cuánto dinero tiene Adam. Desde luego gasta como si tuviera mucho. No es algo que me importe demasiado. Me gustaría igual aunque fuera pobre.

Al final, curiosamente, Mack no se fue de copas con Carol, aunque había acabado su turno. Se quedó rondando el puesto de enfermería, lanzando miraditas hacia donde yo estaba. Abrió la boca como para decir algo unas cinco veces. Al final, no aguanté más.

—¿Va todo bien? —le pregunté.

Frunció el ceño.

—¿Podemos hablar un momento?

—Claro. Dime.

—Aquí no.

Sin previo aviso, me agarró del brazo y me arrastró por el pasillo. No tenía ni idea de lo que pretendía hasta que abrió la puerta del armario de la ropa blanca y me hizo entrar con él. Menos mal que no soy claustrofóbica, porque era un espacio minúsculo repleto de toallas, sábanas y mantas apiladas.

—¡Oye, disculpa! —dije—. ¿Serías tan amable de explicarme qué está pasando?

Mack se dio unos tironcitos en el lóbulo de la oreja.

—Vicky, ¿no crees que las cosas entre ese tipo y tú van demasiado deprisa?

Yo pensaba que entre amigos existía el acuerdo tácito de no hablar mal de las parejas respectivas. A ver, después de una ruptura, se pueden decir todas las cosas horribles que se quieran, pero, mientras uno está en una relación, ¡el otro debe guardarse sus opiniones! A menos, claro, que tu pareja esté haciendo algo espantoso, como ponerte los cuernos con fulanas.

Mack estaba rompiendo ese acuerdo tácito.

—¿En serio, Mack? —Alcé la barbilla para mirarlo a los ojos—. No es asunto tuyo.

Bajó la mirada. Por lo menos tuvo la decencia de mostrarse avergonzado por lo que había dicho.

—Lo siento. —Se frotó el negro cabello hasta que se le puso todo de punta—. Lo que pasa es que ese tío me da muy malas vibraciones. Me parece que no lo conoces lo suficiente.

Esto me pasa por haber invitado a Adam a una salida con mis amigos del trabajo. Ahora todos lo juzgan. Pero al menos Carol, cuando lo juzga, lo llama «don Perfecto». Mack, en cambio, me está diciendo que Adam le da malas vibraciones. ¿Qué diablos significa eso? Adam es un autor de éxito, es guapo, inteligente, considerado, romántico… Podría seguir y seguir.

¿Malas vibraciones? Por favor…

—Oye —digo—, Adam es genial. Solo lo has visto una vez.

—Y con eso me basta para saberlo.

—Pues yo llevo tres meses saliendo con él. Y si basta una noche para conocerlo bien, con más razón bastarán tres meses, ¿no?

Mack respiró hondo, apoyándose en un carrito de toallas bastante inestable. Como Mack es muy corpulento, temí que fuera a volcarlo con su peso.

—Por favor, Vicky. Piénsalo bien. No quiero que cometas un error.

Solté un bufido.

—Oye, te estás pasando un poco de la raya. Yo nunca he

expresado desaprobación respecto a Kaitlyn. Nunca he dicho una palabra sobre ella.

Se quedó callado un momento, con la vista fija en mí.

—Kaitlyn y yo lo hemos dejado.

¡¿Qué?!

El caso es que Kaitlyn, la novia de Mack, era una de esas. Una de esas chicas tan guapas, graciosas y listas que te entran ganas de odiarla pero no puedes por lo maja que es. Kaitlyn carecía de defectos. Después de conocerla, supe que no tenía la menor oportunidad de conquistar a Mack, porque era imposible que alguien rompiera con una chica como Kaitlyn.

—Siento... siento mucho oír eso.

Se encogió de hombros.

—¿Qué ha pasado?

—Es una larga historia. —Volvió la vista hacia la puerta del armario—. Tal vez en otro momento...

Esto es tan de los tíos. Se cree que puede decirme lo que debo hacer con mi relación, y en cambio ¡no quiere contarme siquiera por qué lo ha dejado con su novia!

—Oye. —Bajó la voz—. Solo te pido por favor que lo medites bien antes de dar un paso importante. Prométeme que te lo pensarás.

—Está bien. Te lo prometo.

Pero mi promesa no era sincera. Cielo santo, ¿qué quiere que medite? Ahora mismo, vivo sola en un apartamento diminuto e infestado de cucarachas, y el hombre de mis sueños me ha pedido que me vaya a vivir con él. ¿Qué narices voy a meditar? Me enternece que Mack esté preocupado, pero no hay ningún motivo. Carol sí que lo ha entendido: vuestro padre realmente es don Perfecto.

18 de octubre de 2016

¡Hoy ha sido día de mudanza! Estoy escribiendo esto desde mi... —redoble de tambores, por favor— ¡nuevo piso! ¡¡¡El piso en el que voy a vivir con mi maravilloso, apuesto y polifacético novio!!!

Lo de esta mañana ha sido una auténtica locura. Tenía todas mis pertenencias metidas en cajas, y Adam contrató una empresa de mudanzas para que me ayudara. ¡Una empresa de mudanzas! Me sentía como toda una burguesa. En las ocasiones anteriores en que me he cambiado de casa, he tenido que suplicarles a los amigos que me ayudaran a cambio de pizza y cerveza. Me parecía un poco exagerado contratar una empresa de mudanzas para trasladar cosas que cabían en un estudio, pero Adam se empeñó en ello.

Le gusta mimarme. Es tan dulce…

Cuando faltaba más o menos una hora para que llegaran los de la mudanza, estaba empaquetando mis últimos bártulos y de pronto me sonó el teléfono. Al echar un vistazo a la pantalla vi el nombre de Mack. Acerqué el dedo al botón verde, pero no estaba segura de si debía pulsarlo.

Seguía ofendida por el tono en que me había hablado unos días atrás, y dudaba mucho que hubiera cambiado de parecer. No quería mantener otra charla sobre el terrible error que estaba cometiendo. Él simplemente no lo entendía.

Pero al final me venció la curiosidad y contesté la llamada.

—Hola, Vicky. —Se le notaba animado. No era la voz de alguien que se disponía a soltarme otro sermón—. Me he enterado de que te mudas hoy.

Sonreí.

—¿Quién te lo ha dicho?

—Carol.

Agarré el móvil con la mano derecha.

—Así que… ¿esta llamada es un último intento de disuadirme? Se quedó callado un instante.

—No. De hecho, quería… quería disculparme. Lo que te dije el otro día… estuvo fuera de lugar.

Las cejas se me arquearon de repente. Algo que había aprendido en la vida era que la gente muy rara vez pide perdón. O, por lo menos, no tan a menudo como debería. Aunque haya metido la pata hasta el fondo.

—Bueno…, sí. Lo estuvo. En cierto modo.

—Pues lo siento. —Se aclaró la garganta—. Y, si tú me aseguras que Adam es buen tío, me lo creo.

—Es buen tío, Mack.

—Pues muy bien. Con eso me basta. —Lo oí inspirar profundamente al otro lado de la línea—. Además, como penitencia, quería ofrecerme voluntario para ayudarte con la mudanza. Se me da bastante bien levantar cosas pesadas como cajas. Y si tienes pacientes en tu cuarto que hay que trasladar a una camilla, también puedo hacerlo.

Me reí.

—No, no necesito ayuda. Adam ha contratado una empresa de mudanzas para que se ocupe de todo.

—¿Una empresa de mudanzas? Vaya. Eso no me lo podría permitir ni en sueños.

«Yo tampoco», quise contestar, pero no podía, puesto que mi novio era quien iba a pagarlo todo.

—En fin —concluyó—. Solo quería recordarte que podías contar conmigo. Y también, como te he dicho antes, disculparme. Así que… buena suerte. Con el traslado, quiero decir.

—Ya. Gracias.

Mack volvió a guardar silencio. Me dio la sensación de que quería añadir algo, pero no se animaba a decirlo. También me dio la sensación de que seguramente se trataba de algo que preferiría no oír. Así que opté por despedirme.

Los de la mudanza estuvieron impresionantes. Llamaron a mi puerta y levantaron todos mis muebles como si pesaran menos que el aire. No iba a llevarme la cama; se la iba a quedar una compañera enfermera para no tener que seguir durmiendo en un futón. También iba a regalar mi cómoda porque Adam me había dicho que había espacio más que suficiente en las que él tenía. Una vez que los de la mudanza lo recogieron todo, cogí un taxi para ir a su casa.

Cuando llegué a su piso, tuve que tocar el timbre porque aún no había encontrado tiempo para hacerme una copia de la llave. Tardó una eternidad en abrirme; ¡empecé a entrar en pánico por miedo a que no estuviera! No sabía qué haría si los de la mudanza se presentaban con todas mis pertenencias y yo ni siquiera podía dejarlos entrar en el piso. Pero, gracias al cielo, apareció, en bóxers y camiseta interior, y me hizo pasar. Aunque no parecía demasiado contento, menos aún considerando que el amor de su vida (es decir, yo) iba a instalarse en su hogar.

—¿Qué haces aquí tan temprano? —me preguntó con aspereza.

Fruncí el entrecejo, sin saber muy bien qué responder.

—Te avisé de que los de la mudanza vendrían a las nueve. Son las diez.

Meneó la cabeza.

—No, te pedí que no vinieran antes del mediodía. Estoy intentando escribir, Victoria.

—Pero te dije que llegarían a las nueve.

—No, en ningún momento me dijiste eso. —Se pasó la mano por el cabello castaño, ya bastante despeinado. Estaba sin afeitar, y aún se apreciaba en su rostro una barba de un día—. Si me hubieras avisado, te habría dicho que no me los mandaras a estas horas, hostia.

Adam no opina lo mismo que yo sobre lo de tomar el nombre de Dios en vano. A ver, por lo general no es muy malhablado. Sin duda ya conoceréis bien a vuestro padre a estas alturas. Seguro que de vez en cuando suelta algún taco que empieza por jota o por eme. Hay cosas peores.

Pero era la primera vez que se le escapaba una imprecación al hablar conmigo. Aunque, para ser justos, no me imprecaba a mí, sino a las horas intempestivas. Pero sí sentí que la palabrota iba dirigida a mí. Como si yo tuviera la culpa de que fuera tan temprano.

Parpadeando, retrocedí un paso.

—Adam…

Apretó los labios, formando una línea recta.

—Tengo una fecha de entrega, Victoria. ¿Cómo voy a concentrarme con empleados de mudanzas armando alboroto por casa durante toda la mañana, joder?

Otro juramento.

—Pues... —Me estrujé las manos—. Les pediré que no hagan ruido.

—¿Les pedirás a los de la mudanza que no hagan ruido? Estás de guasa, ¿no? —Exhaló un largo suspiro—. Esto es una falta de consideración. Sabías que tengo que terminar este borrador antes del viernes.

No soy una persona que meta la pata a menudo. Al contrario, soy bastante cuidadosa y responsable. Sé que le dije que los de la mudanza llegarían a las nueve. Estoy segura al ciento diez por ciento. Apuesto a que, si sacara mi teléfono, encontraría al menos media docena de mensajes en los que le recordaba que se presentarían a las nueve. Me sentí tentada de hacerlo solo por el placer de restregárselo, pero se notaba que estaba muy estresado. Mi trabajo también resulta estresante, pero de otra manera. No quiero ni imaginar lo difícil que debe de ser desplegar la creatividad contrarreloj.

Cuando estás en una relación madura y adulta, acabas por comprender que demostrar que tienes razón no siempre es lo más importante. Sabía que demostrar que él estaba equivocado no mejoraría la situación, así que lo dejé correr.

—Lo siento —dije—. Es culpa mía. Pero te prometo que será rápido. Y que intentaré molestarte lo menos posible.

Y ¿sabéis qué? La disculpa dio resultado. Adam relajó los hombros. Me abrazó y me estrechó contra sí.

—Gracias, Vicky —repuso. Sentía el calor de sus brazos en torno a mí—. Siento haberte hablado mal. Esa condenada fecha de entrega me tiene de los nervios. En cuanto entregue, me quedaré más tranquilo.

—Lo entiendo. —Le apoyé la cabeza en el hombro—. Y no me cabe duda de que lo que escribas quedará genial.

—Es toda esta presión. —Meneó la cabeza—. Es mi tercer libro, y la gente espera mucho de mí. Como no sea tan bueno como los dos anteriores…

—Lo será.

—No te ofendas, Vicky —dijo Adam, apartándose de mí y frotándose las sienes—, pero no sabes nada de este proceso.

Ya le había contado que, durante un breve periodo en mi época universitaria, me planteé convertirme en escritora. Incluso le mandé un relato corto que había escrito y se deshizo en elogios, aunque no me animó a escribir una novela ni nada por el estilo. No dijo «tienes que seguir escribiendo; no debes desaprovechar ese inmenso talento», lo que me lleva a pensar que el cuento no le gustó tanto como me había asegurado.

Sea como fuere, él estaba en lo cierto. Yo tenía un poco de experiencia con la escritura, pero no con el proceso de creación de una novela. Aun así, tenía plena confianza en que cualquier cosa que escribiera Adam sería estupenda.

Los de la mudanza aparecieron antes de una hora y subieron todas mis pertenencias al piso mucho más amplio y lujoso de Adam. Se trataba sobre todo de cajas de libros y maletas con ropa. Mis únicos muebles eran un par de lámparas y un sillón Papasan que compré hace años, cuando acababa de llegar a la ciudad. Es la pieza de mobiliario más cómoda que he tenido jamás, un remedio contra el insomnio con una eficacia del noventa y nueve por ciento. A veces, cuando estoy tumbada en la cama por la noche, fantaseo con ese sillón.

Cuando me muera, heredaréis ese sillón. Y me lo agradeceréis.

Adam me mostró muy orgulloso todo el espacio que había liberado para que yo guardara mi ropa. Había vaciado tres cajones y como la mitad de su armario. Abrí uno de los cajones y deslicé la mano sobre la madera.

—Nunca has vivido con una mujer, ¿verdad? —inquirí.

—¿Por qué lo dices?

—Porque está claro que no tienes ni idea del espacio que necesitamos para nuestros trapitos.

Esto le arrancó una carcajada.

—Lo siento. Seguramente todo lo que tengo cabría en dos de estos cajones.

—A lo mejor aún estoy a tiempo de recuperar mi cómoda…

Torció el gesto.

—De eso, nada. Compraremos una nueva.

Mi vieja cómoda no tenía nada de malo. Intenté decírselo, pero él comentó algo de que no combinaba con sus muebles y parecía demasiado cutre, y yo no quería discutir. Si Adam se empeñaba en desperdiciar el dinero en una cómoda nueva, por mí no había problema.

Me guio hasta la cocina y abrió de un tirón la puerta de la nevera. Advertí que el estante inferior estaba despejado.

—La balda de abajo será la tuya, y la de arriba, mía. Podemos repartirnos la de en medio.

Me quedé mirando el estante desocupado.

—¿De verdad te parece necesario que cada uno tenga su balda en el frigorífico?

Se encogió de hombros.

—Creo que es mejor así. ¿Tú no?

Bajé la vista a una botella de Pepsi que estaba en el estante central. Adam había garabateado su nombre en ella con un rotulador permanente.

Abrí la boca para protestar, pero la volví a cerrar. Adam ya estaba bastante agobiado. Lo que menos necesitaba era que le mareara con la nevera. Aún no se me ha presentado la oportunidad de sacar el tema, pero hablaremos de ello en los próximos días.

Cuando regresamos al salón, los ojos de Adam se fijaron de inmediato en mi confortable sillón Papasan azul (vuestra herencia). Se quedó boquiabierto, como si le hubiera metido en casa una bolsa de basura llena de huevos podridos.

—¿Y eso qué es?

—¡Mi sillón Papasan!

—Parece… —Arrugó el entrecejo—. Parece que te lo hayas encontrado en la calle.

—Es viejo —reconocí—, pero supercómodo. Pruébalo. Te prometo que te quedarás prendado.

Dio un paso hacia atrás como si le hubiera pedido que se revolcara en aguas residuales.

—Seguro que está plagado de cucarachas.

—¡Qué va! —Bueno, creo que no. Supongo que no podría poner la mano en el fuego por que no haya cucarachas en ese sillón.

—¿Y si mejor lo tiramos? —Me miró como pidiéndome permiso—. Tengo un sofá de piel de cinco mil dólares con un sillón biplaza a juego. ¿De verdad necesitamos ese pedazo de…?

Por unos instantes, contemplé la posibilidad de rendirme. Ya le había pedido perdón porque los de la mudanza hubieran llegado demasiado temprano. No había dicho ni mu sobre la repartición del espacio en el frigorífico. ¿Valía la pena pelearse por un sillón?

Y, si se hubiera tratado de cualquier otro sillón, lo habría dejado estar. Pero resulta que era mi sillón favorito. ¡Mi cómodo e irremplazable sillón Papasan! Había renunciado al resto de mis cosas. ¿Por qué no podía quedarme al menos con esto?

—De verdad, quiero conservar el sillón —dije en tono suave pero firme—. Es importante para mí.

Adam hizo ademán de replicar, pero luego se le serenó el semblante.

—Está bien. Si tan importante es para ti, nos quedaremos con el sillón plagado de cucarachas.

Así se hacen las cosas. Así resuelven los problemas una pareja de adultos que se quieren. Yo cedí en algunas cuestiones que no eran trascendentales para mí, y él cedió en algo que sí que lo era. Tiene gracia porque, aunque le había dicho a Mack que estaba segura de estar haciendo lo correcto al irme a vivir a casa de Adam, supongo que sí albergaba pequeñas dudas. Una vocecita insistente en lo más profundo de mi cabeza me decía que era demasiado pronto y que debería esperar. Me siento culpable solo de escribirlo.

Pero, en ese momento, supe que había tomado la decisión adecuada.

Y ¿sabéis qué? Ahora mismo, Adam está lavándose los dientes y vamos a irnos juntos a la cama. A nuestra cama.

Soy muy feliz.

#MeSientoBendecida

15

El «arga» de Victoria podría ser su sillón Papasan?

No, no lo creo. Aun así, parece que le tenía mucho apego a ese mueble. ¿Y si lo busco en el piso de abajo y se lo subo? Obviamente, no podría pasar mucho rato sentada en él, sobre todo teniendo en cuenta lo que le cuesta mantener erguida la cabeza, pero adoraba tanto esa butaca que vale la pena intentarlo.

Me imagino la cara de sorpresa y alegría que pondrá cuando vea su viejo sillón. Tengo que hacerlo.

Pero primero debo averiguar qué narices es un sillón Papasan.

Busco imágenes en Google. Tiene un poco forma de cuenco. No parece demasiado cómodo, la verdad, pero no voy a poner en duda la palabra de Victoria. Sea como sea, no recuerdo haberlo visto en la planta inferior. Por otro lado, no me he fijado bien en los muebles.

Bajo hasta el salón, donde me encuentro a Maggie doblando ropa sobre el sofá. Me dedica una sonrisa radiante. Siempre agradece cualquier excusa para tomarse un descanso de sus tareas domésticas.

—¿Cómo va todo?

Echo un vistazo rápido por la estancia. Tienen un sofá modular enorme, una *chaise longue*, un televisor gigante y varias estanterías con libros…, pero no veo ningún sillón en forma de plato.

—¿Sabes dónde está el sillón Papasan de Victoria?

Maggie me mira, perpleja.

—¿Su qué?

—Sillón Papasan.

—¿Qué diablos es eso?

Me consuela comprobar que no soy la única persona que ignoraba qué era un sillón Papasan.

—Es un sillón redondo. Para sentarse. —(¿Para qué, si no? Es un sillón).

Pliega un pantalón caqui que parece pertenecer a Adam.

—No he visto ningún sillón redondo por aquí. Lo siento.

—¿Hay algún cuarto donde guarden muebles?

Frunce el ceño.

—El desván, tal vez. No estoy segura. Mejor pregúntaselo a Adam.

Por nada del mundo querría molestar a Adam mientras ayuda a Victoria con su higiene, pero hace un buen rato que lo he dejado con ella, así que supongo que ya habrá acabado. Tal vez me esté buscando, así que subo con sigilo las escaleras hasta la habitación de Victoria donde, en efecto, ella vuelve a estar sentada en su silla de ruedas.

Cuando Adam me ve de pie en la puerta, sonríe de oreja a oreja.

—Hola. Justo habíamos terminado.

—Quería preguntarte algo.

—Dispara.

—¿Tienes un sillón Papasan por aquí?

—¿Un qué?

Mis esperanzas de encontrar ese sillón se reducen aún más.

—Un sillón en forma como de cuenco.

Pestañea varias veces seguidas.

—¿Necesitas otra silla en tu habitación?

—No, yo… —Es inútil. No tiene ni idea de a qué me refiero.

Parece evidente que, en algún momento, Victoria se deshizo del sillón—. Olvídalo.

Adam se quita los guantes de látex que lleva puestos.

—Porque si necesitas más muebles, con gusto te los consigo. Solo tienes que decírmelo.

Este hombre es tal y como lo describía Victoria: de una gran generosidad. Le concedía con creces todo lo que ella le pedía. Es de lo más amable. No merecía lo que le ha pasado. Ella tampoco.

La vida es tan injusta…

16

Es mi segunda semana al cuidado de Victoria, y por fin siento que empiezo a pillarle el tranquillo. Le preparo todas las comidas y, aunque he conseguido engatusarla para que se coma casi la mitad de su cena todas las noches, el desayuno suele acabar en la basura. Adam me ha enseñado cómo alimentarla por medio de la sonda, así que, cuando no se toma por lo menos la mitad de su plato, le administro un suplemento. Como no le gusta nada este sistema, por lo general basta con que se lo recuerde para convencerla de que coma un par de bocados más.

Victoria y yo hemos establecido una especie de vínculo. No es fácil constatarlo porque apenas habla y se pasa mucho tiempo mirando por la ventana. Aún no le he arrancado una sonrisa, pero hablo sin parar mientras la peino o la ayudo a comer, y siempre me da la impresión de que me escucha.

En cambio, no he logrado ganarme a Eva ni de lejos. Hace un momento he pasado junto a ella cuando he entrado en la cocina para prepararle el desayuno a Victoria y no ha hecho el menor esfuerzo por disimular su cara de asco. No siento la necesidad de agradar a todo el mundo, pero tampoco estoy acostumbrada a la sensación de que alguien me odie sin motivo.

—Te está esperando —dice la enfermera.

Fuerzo una sonrisa.

—Ya casi estoy.

Eva se alisa el abrigo.

—Siempre la haces esperar. Seguro que ya estará acostumbrada.

—No es ver… —empiezo a protestar, pero entonces me pregunto de qué serviría. Eva me aborrece. No sé por qué, pero dudo que pueda cambiar ese hecho. En vez de ello, pruebo otra táctica—. Me gusta tu sombrero, Eva.

Eh, que los halagos me han funcionado con Victoria. Pero Eva no se deja camelar fácilmente. Por toda respuesta, me fulmina con la mirada y sale de la cocina sin siquiera darme las gracias por el cumplido. Y no pasa nada, porque en realidad no me gusta su sombrero.

Adam regresa de correr justo cuando la enfermera está a punto de irse, y me percato de que casi no le dirige la palabra tampoco a él. Por lo visto, no soy la única persona de la casa que no le cae bien. Me pregunto por qué la mantiene a su servicio cuando se muestra tan hostil con él.

Adam tiene un aspecto adorable, sudoroso y despeinado después de haber ido a correr. Está tan mono que olvido lo que estaba buscando en la nevera y me quedo ahí como una idiota hasta que se me acerca.

—Disculpa, Sylvia —dice.

—Ah. —Doy un paso hacia atrás—. Perdón.

Alarga el brazo hacia el interior del frigorífico para sacar una botella de agua. Después de beber durante al menos un minuto, se enjuga los labios con el dorso de la mano. Me pregunto hasta dónde habrá llegado. Me lo imagino moviendo rítmicamente las piernas y marcando músculos con cada zancada.

Uf, tengo que dejar de fantasear con mi jefe. Es el encaprichamiento más absurdo que he tenido.

Me aclaro la garganta.

—¿Hace buen día?

Asiente.

—Precioso. Me dan ganas de seguir corriendo hasta encontrar nieve en el suelo.

Vuelvo la vista hacia las escaleras. Se supone que Victoria me está esperando, pero no ha habido un solo día en que le haya subido el desayuno sin encontrármela profundamente dormida en su silla de ruedas. No sé por qué siempre tiene tanto sueño por las mañanas.

—He pensado en llevar a pasear a Victoria hoy —comento—. Sobre todo si hace buen tiempo, como dices. Creo que le gustará salir de la casa.

—Claro. —Toma otro trago de la botella—. A lo mejor después del almuerzo te ayudo a bajarla por la escalera. Pero ve con cuidado. —Echa una ojeada por la ventana al patio delantero—. Hace tiempo que nadie cuida del jardín y los senderos están invadidos de yerbajos.

—Vale…

—Debería haberme ocupado de eso. —Agacha la cabeza, avergonzado—. Lo que pasa es que Irina, nuestra jardinera… En fin, que… —Baja la vista—. El caso es que, entre la lesión de Vicky, las reformas para adaptar la casa y demás, no hemos tenido tiempo de pensar en eso.

—Claro —digo—. No te preocupes. No nos pasará nada.

Quedamos en que me ayudará a cargar con Victoria escaleras abajo hacia las dos de la tarde. Subo corriendo a contárselo a ella, con la esperanza de que me entienda y se ilusione aunque solo sea un poco. Si consigo espabilarla lo suficiente para que me escuche.

Sin embargo, cuando llego arriba, me la encuentro con la cabeza laxa hacia un lado y durmiendo a pierna suelta en su silla.

Eva debe de haber encendido el televisor antes de marcharse. Están echando el concurso *Trato hecho*. El público aplaude con entusiasmo y, aunque el volumen del aparato debe de estar al máximo, Victoria sigue como un tronco. Respira a través de los labios entreabiertos, y un hilillo de saliva le cuelga del lado caído de la boca.

Me siento a su lado y deposito el plato con comida sobre la bandeja que ha dejado preparada Eva. Le toco el hombro.

—Es hora de despertar.

Abre ligeramente los ojos, pero los cierra enseguida.

—Anda, Victoria —le suplico—. Come un poquito. Así no tendremos que recurrir a la alimentación por sonda.

Victoria odia que le introduzcamos cualquier cosa por la sonda de gastrostomía. Detesta los nutrientes que le inyectamos cuando no come lo suficiente. Y, por encima de todo, detesta los medicamentos que Adam le inyecta todas las noches. Ella lucha como una jabata para impedírselo, pero nunca se sale con la suya. Siempre acaba recibiendo la medicación.

Cojo una cucharada de avena y sujeto un momento el cubierto delante de su cara antes de acercárselo a los labios.

—Vamos, toma un bocado.

Veo un destello fugaz en su iris azul, pero entonces vuelve a cerrar los párpados.

—¿No tienes hambre?

Con un gruñido, gira el rostro para que no pueda meterle comida en la boca. Allá ella. Cada día de la última semana, he dedicado casi una hora a intentar que se coma el desayuno, para al final tener que usar la sonda de todos modos. Estoy perdiendo el tiempo.

Así que me encamino hacia el cuarto de baño, donde guardamos las latas de Jevity, una formulación de nutrientes que sabe a rayos, aunque eso no importa cuando no se administra por la boca. Es de un color parduzco que me revuelve el estómago solo de verlo. Tras coger una jeringa nueva y un vaso de agua para ayudar a que la sustancia fluya mejor por el tubo, regreso a la habitación de Victoria.

Ella entreabre de nuevo los ojos cuando le levanto la camiseta para destapar la sonda. Me observa un momento antes de posarse la mano izquierda sobre la curva del abdomen.

—Be —dice.

Cuando alzo la mirada, advierto la tristeza en su semblante. Ojalá supiera qué le pasa por la cabeza. No tengo ni idea de qué me está diciendo. No entender su forma de hablar resulta de lo más frustrante. Es como cuidar de un…

Ah.

—¿Bebé? —pregunto.

Tiene el vientre un poco abultado, pero no como si estuviera esperando un bebé, sino a causa de la ligera hinchazón de los órganos abdominales. Pero ella mantiene la mano izquierda encima, con expresión ceñuda.

—Be-bé.

Carraspeo.

—Tengo entendido que estabas embarazada.

Levanta la vista de su barriga sin desfruncir el entrecejo.

—Yo... también estuve embarazada. —No sé qué me ha llevado a confesarle esto. Hace mucho mucho tiempo que no hablo con nadie de mi embarazo. A lo mejor lo he hecho porque sé que Victoria es la única persona que seguro que no me acribillará a preguntas incómodas ni intentará consolarme. Y tengo la absoluta certeza de que no se lo contará a nadie.

—Tú. —Me señala el vientre—. Be...

—Fue un accidente —explico. Hasta ahora, solo le había contado historias felices sobre mí, pero de pronto me siento impulsada a relatarle esta, por mucho que me duela—. Sé que en vuestro caso se trataba de un embarazo deseado, pero... en el nuestro no. Éramos demasiado jóvenes. Yo solo tenía diecisiete años, y Freddy dieciocho. Aún me faltaba un año para graduarme en el instituto, pero... —Cierro los ojos con fuerza—. Lo queríamos. Estábamos sin blanca, pero lo queríamos.

Había supuesto que Freddy se horrorizaría cuando se lo revelara, pero, en vez de ello, se puso a bailotear como un idiota. «Voy a ser padre», repetía una y otra vez. Me enterneció. A ver, estábamos muertos de miedo, pero su entusiasmo se me contagió. Sabía que viviríamos en la ruina, pero seríamos felices. Y estaríamos juntos.

Veo la pregunta en los ojos de Victoria.

—¿Cómo...?

—Tuve un accidente y perdí el niño —digo—. Más o menos como tú.

Pero esto no es cierto. No del todo. Porque lo que me sucedió no fue un accidente.

Ese día Freddy me acompañó a pie a casa desde el instituto. Íbamos de la mano, como siempre, con mis dedos más pequeños entrelazados con los suyos, más grandes. Cuando llegamos cerca de donde yo vivía, me soltó la mano y me rodeó los hombros con el brazo en ademán protector.

—¿Se lo dirás a tus padres esta noche? —me preguntó.

Asentí.

—Después de la cena. Mi padre asimilará mejor la noticia con el estómago lleno.

Freddy se detuvo y se volvió hacia mí con una arruga profunda entre sus oscuras cejas.

—Quiero estar ahí cuando se lo digas.

—Más vale que no.

—Tengo que estar presente. Quiero que sepa que soy de fiar. Que voy a cuidar de ti.

—No es buena idea.

Se mordisqueó el labio inferior.

—¿Y si se enfada mucho contigo?

—Sabré manejar la situación.

No quería decirle lo que pensaba: que estaba convencida de que mi padre se pondría furioso. Odiaba a Freddy y estaba contando los días para que me fuera a la universidad y, con un poco de suerte, rompiera con él. Pero, dadas las circunstancias, nada de eso iba a suceder, y yo temía su reacción. Mi padre era mucho más corpulento que Freddy. Me lo imaginaba pegándole una paliza hasta dejarlo hecho una pulpa sanguinolenta.

Freddy me insistió, pero la decisión me correspondía a mí. Así que, esa noche, después de que mi padre se zampara dos porciones grandes de la lasaña casera de mamá, supe que era ahora o nunca. Tenía que contárselo, antes de que se me empezara a notar y él se diera cuenta por sí mismo.

Lo observé mientras se limpiaba la salsa de tomate del rubicundo rostro con el reverso de la mano. Se aflojó el cinturón y se desabrocho el botón superior del pantalón. A lo largo de toda mi infancia, mi padre había tenido un sobrepeso como de cinco kilos, que últimamente se acercaban más a los diez. Pero estaba en buena forma, robusto y fuerte tras años de trabajar en la construcción.

Mi madre también estaba sentada a la mesa, terminándose una copa de vino. Era la segunda que le había visto beberse esa noche, pero sospechaba que había habido más. Me preocupaba que bebiera tanto, pero, cuando se lo decía, me tachaba de exagerada.

—Mamá, papá —anuncié—. Tengo algo que deciros.

A él se le iluminaron sus ojos azules. Fue la última vez que vi contento a mi padre.

—¿Has recibido las notas de las pruebas de admisión en la universidad?

—No. —Me restregué las palmas en los vaqueros. No había podido probar más que dos bocados de lasaña esa noche. Estaba demasiado nerviosa—. No se trata de eso.

—Ah, ¿no?

Respiré hondo.

—Tiene que ver con Freddy.

La sonrisa se le borró de la cara sin dejar rastro.

—¿Qué? Espero que la noticia sea que lo has dejado.

—Dale... —le dijo mamá en tono de advertencia, pero yo nunca había visto que consiguiera apaciguar a mi padre. No sé ni para qué se molestaba.

—¿Lo has dejado? —me presionó él—. ¿Has mandado por fin a tomar viento a ese macarra inútil?

Bajé la vista hacia mis manos, que tenía sobre el regazo.

—No exactamente.

—¿No exactamente?

No era capaz de sostenerle la mirada.

—De hecho, nos vamos a casar.

Casi pude oír el humo saliéndole de las orejas.

—¿Os vais a casar? —rugió—. ¿Te has vuelto loca? ¡Solo tienes dieciséis años! ¿Para qué ibas a querer casarte? A no ser que...

Entonces lo entendió.

Aún conservo en la mente la imagen de mi padre al levantarse de la silla con el rostro cada vez más amoratado. Mi madre lo llamaba por su nombre una y otra vez, pero fue en vano. Yo creía haberlo visto enfadado antes, pero aquello fue completamente distinto. Parecía poseído.

—Zorra —siseó—. ¿Cómo has podido? ¿Cómo pudiste dejar que ese hijo de puta te preñara?

No supe qué contestar. No era algo que hubiera planeado.

—Eso no va a pasar. —Descargó un puñetazo sobre la mesa—. No te vas a casar con ese. No vas a tener a su hijo. No permitiré que destroces tu futuro.

Alcé la mirada hacia él con el corazón desbocado.

—¿Qué?

Se le marcaba una vena en la sien. Le palpitaba con tanta violencia que parecía a punto de reventar.

—Mañana vamos al médico para que se encargue de esto.

—¡No! —Esta vez fui yo quien se levantó de un salto—. ¡No quiero hacer eso! ¡Quiero tener el niño!

—No eres más que una cría estúpida. No sabes lo que quieres.

—Soy lo bastante mayor para tomar esa decisión. —Retrocedí un paso—. ¡No puedes obligarme!

Me disponía a marcharme cuando él me cerró los dedos en torno a la muñeca. Nunca me había puesto la mano encima, pero al parecer quería recuperar el tiempo perdido. Había fuego en sus ojos, y supe que había cometido un terrible error al negarme a que Freddy estuviera a mi lado. Él habría impedido que aquello ocurriera.

—¡Suéltame! —Las lágrimas amenazaban con brotar, pero las reprimí. No quería darle esa satisfacción.

—Harás lo que yo te diga. —Su mirada era de acero—. Me he pasado años y años partiéndome el lomo para darte una buena vida, ¿y cómo me lo pagas? Dejándote preñar por un inútil como Freddy Ruggiero.

Traté de darle una patada, pero no sirvió de nada. Me estaba apretando tanto la muñeca que sentí que me había aplastado los huesos. Empecé a notar un hormigueo en los dedos. Sin previo aviso, me empujó tan fuerte que me desplomé sobre la silla y acabé en el suelo.

—¡Qué descaro tienes! —escupió al tiempo que me pegaba una brutal patada en el costado. Más tarde, me enteré de que me había fracturado una costilla—. ¡Mientras vivas en mi casa, obedecerás mis normas, zorra desagradecida!

Me pateó de nuevo, pero me las arreglé para ponerme de pie. Tenía la muñeca que me había agarrado de color rojo oscuro, y la otra, sobre la que había caído, me dolía una barbaridad. Y el dolor en las costillas era tan intenso que sentía que no podía respirar. Aun así, conseguí salir corriendo por la puerta principal, y no paré hasta llegar a casa de Freddy.

Y esa fue la última vez que vi a mis padres. Tiene gracia; no los echo de menos para nada.

Pero a veces sí que extraño a Freddy.

17

Por suerte, el buen tiempo se mantiene y podemos salir a pasear como había planeado.

El traslado a la planta inferior no resulta sencillo. No hay una manera fácil de bajar una silla de ruedas por un tramo entero de escaleras, así que Adam se ve obligado a llevar a Victoria en brazos. Afortunadamente, ella pesa muy poco, así que apenas le cuesta esfuerzo. Para no tener que cargar también con la silla, dispone de otra en la planta baja.

—Me preocupa que coja frío —le comento a Adam mientras le subo la cremallera de la sudadera con capucha. Hace un día soleado, pero tirando a fresco. Aunque yo llevo un abrigo, intuyo que ella no se sentiría a gusto si le pusiera uno también. Seguramente bastaría con un jersey más abrigado.

—Echa un vistazo al vestidor de nuestra habitación —dice él—. Ahí tiene toneladas de ropa.

Me incomoda un poco la idea de entrar en el dormitorio de Adam y husmear en su armario. Al percatarse de mi inquietud, le resta importancia con un gesto.

—Vamos, te acompaño.

La alcoba de Adam, que supongo que antes compartía con Victoria, es mucho más espaciosa que cualquier otra habitación. Hay una cama doble grande con las sábanas y mantas tiradas de cualquier manera, porque Maggie no ha venido hoy. Me pregunto si Victoria era una de esas mujeres a las que les gusta que su cama se haga todas las mañanas; mi madre era así. Me lo inculcó tan a fondo que sigo haciendo la mía a diario, pese a que llevo ocho años sin hablarme con ella.

En el dormitorio veo un armario más pequeño que me imagino que pertenece a Adam, porque está bien cerrado. Cuando abre el más grande, se me escapa un grito ahogado.

—Vicky tenía debilidad por la ropa. —Se encoge de hombros, avergonzado—. No sé ni qué hay aquí dentro. No he entrado desde…

Paso al interior del gigantesco vestidor. Madre de Dios, cuánta ropa; filas y filas de prendas, casi como en unos grandes almacenes. Y, cuando me fijo en las etiquetas, advierto que aquí no hay nada barato. Todo es de marca.

Resulta un tanto irónico que una mujer con un guardarropa tan impresionante ahora prácticamente solo vista con pantalones de chándal, camisetas y sudaderas. Es evidente que Victoria le daba una gran importancia al estilo. Hasta en las entradas del diario en las que habla de su vida cotidiana, queda claro que cuidaba mucho su apariencia. Debe de sentir mucha rabia por llevar siempre ropa de deporte.

Y que nadie me diga que no se da cuenta. Yo sé que sí.

—Ojalá aún pudiera ponerse estas prendas —dice Adam como si me hubiera leído el pensamiento—. Pero se pasa el día sentada o en la cama. Necesita ropa cómoda y lo bastante holgada para que no le roce la piel. —Palpa unos vaqueros ajustados de diseño—. El bolsillo trasero de esto bastaría para ocasionarle una escara por presión. Y está tan rígida que no sé cómo se lo pondríamos.

No le falta razón, pero me sabe mal de todos modos, así que exploro el armario y elijo uno de los jerséis más bonitos que encuentro: un Ralph Lauren azul de cachemira de punto trenzado que me parece que le resaltará los ojos.

—¿Quieres que te ayude a ponérselo? —pregunta Adam.

Niego con la cabeza. No es más que un jersey, por Dios.

—Creo que puedo yo sola.

Se lo muestro a Victoria, esperando un destello de alegría en su mirada cuando lo reconozca. «¡Madre mía, Sylvie! ¡Mi jersey favorito!». Ha sido una tontería por mi parte, claro. No reacciona para nada. Y cuando intento ponérselo…, bueno, me arrepiento profundamente de haber rechazado la oferta de ayuda de Adam. No es fácil ponerle el jersey, en absoluto. Tiene el brazo derecho tieso como una tabla, y el izquierdo forcejea conmigo todo el rato. Empiezo por introducirle en la manga el brazo izquierdo (el bueno), que es lo que ella intenta hacer, pero entonces me da la impresión de que estoy a punto de torcerle el otro brazo en un ángulo antinatural solo para embutirla en el jersey. No quiero ni imaginar qué diría Eva si presenciara la escena.

Por suerte, Adam ha debido de prever que esto iba a pasar, porque baja al salón y acude en mi rescate. Después de retirarle la prenda enmarañada de las extremidades, se la vuelve a poner como si llevara toda la vida haciéndolo. Primero el brazo derecho paralizado, luego el sano y, por último, le pasa la cabeza por el agujero del cuello.

—No te frustres —dice él cuando termina—. Me llevó un tiempo dominar la técnica. Ya le pillarás el truco.

Posa una mano en el hombro de su esposa, pero ella gira la cara, como siempre.

Hace un tiempo ideal para un paseo; soleado, pero con una brisa agradable. Me he recogido el cabello hacia atrás en una cola de caballo, mientras que Victoria lleva el suyo suelto en torno al rostro. Vista desde la derecha, está muy bella cuando una racha le levanta el pelo. Es uno de aquellos momentos en que alcanzo a atisbar lo hermosa que era… antes.

Hay un camino pavimentado que rodea la casa, pero Adam no exageraba cuando dijo que estaba plagado de yerbajos. La hierba ha crecido de forma descontrolada, y las ramas díscolas de los arbustos invaden el sendero. Tiene que contratar a alguien que arregle todo este caos. Si estuviera sola podría abrirme paso por aquí sin mucho problema, pero empujar una silla de ruedas por el jardín constituye todo un reto. ¿Cómo diablos se las ingenia Adam para pasear a Victoria?

Cuando completamos una vuelta en torno a la casa, ya empiezo a estar cansada. Miro a Victoria para ver cómo lo lleva. Tiene los ojos abiertos de par en par.

—¿Qué tal? —le pregunto—. ¿Quieres volver dentro, o prefieres estar un rato más aquí fuera?

Aunque mueve la mandíbula, de sus labios no sale sonido alguno. Al parecer, intenta decir algo, pero le cuesta mucho.

Le pongo la mano en el hombro con delicadeza, como ha hecho Adam antes, pero esta vez ella no aparta la mirada.

—¿Qué te pasa, Victoria?

—Está… —Consigue articular las palabras, aunque con dificultad—. En…

Sacudo la cabeza.

—¿Qué?

—Glen… Jaddd… —dice de forma balbuceante y apenas inteligible—. Glen… Jaddd…

¿Qué?

Se me viene a la cabeza que cuando estudié el mapa de Long Island vi que hay un lugar llamado Glen Head que forma parte de la localidad de Oyster Bay, pero está bastante lejos de aquí. ¿Por qué está interesada en un pueblecito de Oyster Bay?

—¿Qué hay en Glen Head? —pregunto.

—No. —Levanta la vista hacia mí, y una gota de saliva le resbala de los labios, pero apenas parece darse cuenta—. No. No… —Mueve la cabeza de un lado a otro—. No.

Vaya, qué sensación de impotencia.

Aunque he seguido leyendo el diario de Victoria, debo reconocer que he avanzado muy poco. A ver, queda claro que adora a su marido. No necesito que una página tras otra me describa lo maravilloso que es, lo bien que besa y blablablá. Para ser sincera, dado mi ridículo encoñamiento con él, resulta un poco desmoralizador.

Pero tal vez no debería haberme rendido tan rápidamente.

Tengo la impresión cada vez más fuerte de que Victoria quiere decirme algo. Y la respuesta está en ese diario.

Leeré un poco más esta noche.

Como la noto intranquila, emprendo otra vuelta alrededor de la casa. Es pesado para mí, pero el buen tiempo no durará siempre. Cuando, en enero, tengamos que pasarnos el día encerradas en casa, me alegraré de haber salido un poco.

—¡Sylvie!

Me quedo paralizada al oír mi nombre en su boca. Cada mañana, cuando entro en su cuarto, le digo: «¡Hola, soy yo, Sylvie!», pero nunca creí que se le quedaría grabado. Por lo visto, me equivocaba.

—¡Muy bien! —digo, emocionada. No quiero echar las campanas al vuelo por esto, pero me ha hecho ilusión. Nunca la había oído pronunciar otro nombre que el de Adam—. Así me llamo. ¡Sylvie!

—¡Sylvie! —dice otra vez. Entonces me percato de que está señalando con la temblorosa mano izquierda.

Sigo la dirección de sus dedos extendidos. Está apuntando a un árbol situado como a más de cinco metros de nosotras, cerca del cobertizo donde según Adam se guarda el material de jardinería. Las hojas se han tornado rojas y amarillas y han caído sobre el techo del cobertizo, ofreciendo una estampa muy bonita.

—Lo sé —digo—. Es precioso.

Entonces —lo juro por Dios—, ella pone los ojos en blanco.

—No —dice con la voz llena de impaciencia—. Sylvie. Es… arga.

A una parte de mí le entran ganas de gritar. Victoria no para de dar la vara con la dichosa «arga», y no tengo ni idea de qué significa. Al menos una vez al día dice «arga», y siempre en el mismo tono de apremio. Al principio, creía que tenía algo que ver con sus uñas, pero ahora estoy muy perdida. Se lo pregunté a Adam, y él tampoco lo sabía.

Pero he notado que tiende a mencionar «arga» en relación con él: «Adam arga», «Adam en arga», «no arga Adam» y «arga Adam», entre muchas otras combinaciones.

¿Así que «arga» es un árbol? ¿Es eso lo que quiere? ¿Un árbol?

—Arga —dice con voz más acuciante. La mano izquierda, con la que señala el árbol, le tiembla violentamente.

¿Qué me está pidiendo, por Dios? ¿Quiere encaramarse al árbol? ¿O quiere que me encarame yo?

—¿Quieres…? —Dirijo de nuevo la vista hacia el árbol—. ¿Quieres que vaya hacia allí?

Asiente de forma enérgica.

Bueno, de acuerdo. Dejo la silla en el sendero y me encamino por entre las hierbas silvestres en dirección al árbol. O al arga, o a lo que sea. Me pregunto si habrá unas iniciales grabadas en el tronco. A lo mejor eso es lo que Victoria quiere que vea. O quizá encuentre un mensaje secreto que me conducirá a un tesoro enterrado.

El árbol es… un árbol común y corriente. Le doy una vuelta, solo para asegurarme de que no haya alguna frase misteriosa inscrita en él. No la hay. Es un árbol del montón. Lo único que lo distingue de los otros es una pequeña zona en la parte delantera en la que la corteza está astillada. Alargo el brazo para tocar la imperfección.

—¡Arga! —grita Victoria. Nunca la había oído alzar tanto la voz.

No tengo la menor idea de a qué se refiere. No es más que una hendidura en un árbol.

Y entonces la veo, incrustada en la madera.

Una bala.

—Arga —dice ella, esta vez en voz más baja, aunque el viento la transporta hasta mí—. Adam… arga.

Por fin entiendo qué significa arga.

Echo a andar de vuelta hacia donde está Victoria, que me sigue atentamente con el ojo sano. Me escruta el rostro.

—¿Arma? —digo.

Ella asiente despacio.

—Arma —repite.

18

Diario de Victoria

16 de diciembre de 2016

El caso es que empecé a escribir todas estas cosas para explicar a mis hijos cómo conocí a su padre porque estaba convencida en lo más hondo de que esta vez era la definitiva. Pues bien, hoy se ha confirmado que tenía razón.

Ayer Adam terminó un borrador de su novela. Le rogué que me dejara leerlo, pero se negó. Según él, se pondría demasiado nervioso porque valora mucho mi opinión. Así que se lo mandó a la editorial, y está aguardando noticias suyas. Me muero por echarle un vistazo, claro, pero respeto sus deseos. Si no quiere que lo lea todavía, esperaré. Ni siquiera quiere decirme de qué trata ni cómo se titula.

En fin, para celebrarlo, planeamos ir a cenar por todo lo alto cuando finalizara mi turno de hoy. Me preguntó si podía conseguir que alguien me sustituyera, pero era imposible con tan poca antelación. Solo pediría un favor así en caso de estar muy enferma. Adam se puso a refunfuñar, pero es que no entiende que una profesional de la medicina no puede escaquearse sin más del trabajo para salir con su novio. No estaría nada bien.

Así que por la tarde me encontraba en el servicio de urgencias abarrotado. Para colmo, en mitad de mi turno, nos llevaron a las víctimas de un accidente de tráfico con politraumatismos. Fue una colisión de tres vehículos tras la que una persona resultó fallecida y a otra tuvimos que mandarla directa a quirófano porque no paraba de bajarle la tensión arterial y todo parecía indicar que sufría una lesión esplénica con hemorragia. Luego atendimos a dos pacientes seguidos con dolor en el pecho con posibles síntomas de infarto y tuvimos que enviarlos al laboratorio de cateterismo. Después, un tercer paciente con dolor torácico sufrió un paro cardiaco nada más entrar en la sala de reconocimiento.

No sobrevivió.

Huelga decir que eso nos dejó bastante afectados. Cuando alguien fallece en urgencias, un ambiente sombrío se apodera del lugar. Tampoco ayudaba que lleváramos tanto retraso. Nadie que no estuviera muriéndose visiblemente sería atendido en un futuro próximo. Como consecuencia, cuando por fin recibíamos a un paciente no crítico, no estaba precisamente encantado con nosotros.

Estaba pasando por delante de una sala de reconocimiento cuando salió un hombre y se plantó frente a mí, interponiéndose en mi camino. No era un tipo muy corpulento, pero le sacaba bastantes centímetros a mi metro sesenta de estatura. Y no me gustó el modo en que cruzó los peludos brazos sobre el pecho y me fulminó con la mirada.

—Mi mujer lleva seis horas esperando en esa habitación —anunció—. Es una puñetera vergüenza. ¿Es que nadie la va a atender?

Me dieron ganas de gritarle que alguien había muerto ahí hacía menos de una hora y que más le valdría sentirse afortunado de que su esposa siguiera con vida. Porque comunicar la noticia a los familiares... fue espantoso. Sin embargo, en vez de ello, respiré hondo y le dediqué mi mejor sonrisa de enfermera paciente.

—Me temo que tenemos que encargarnos de varios casos urgentes, pero le prometo que nos ocuparemos de su esposa lo antes posible.

Recé para mis adentros por que el hombre se diera por satisfecho con mis palabras apaciguadoras y siguiera con su vida. Pero no fue así.

—Y una mierda. Nos van a tener esperando seis horas más, ¿verdad?

Respiré hondo otra vez.

—Este es el servicio de urgencias —expliqué—. Tenemos que atender los casos más apremiantes primero. —Miré hacia la habitación donde estaba su esposa y cogí la tablilla sujetapapeles que estaba en la puerta. Fiebre desde hacía dos días. Temperatura máxima de 38,6 grados, aunque en ese momento tenía 37,6. Nada demasiado preocupante—. Lo siento. Hacemos lo que podemos.

—No. Quiero que vaya a verla ahora mismo. —El hombre me acercó un dedo amenazador a un palmo de la nariz—. Estoy harto de esperar. Mi mujer merece que la atiendan en este instante.

Abrí la boca para replicar, pero, antes de que pudiera decir algo, oí una voz a mi espalda.

—¿Hay algún problema?

Volví la cabeza de golpe y exhalé un suspiro de alivio. Nunca me había alegrado tanto de ver a Mack detrás de mí con su uniforme azul marino de técnico en emergencias. Siempre he admirado su robustez y su habilidad para lidiar con pacientes pesados o borrachos, pero en ese momento agradecí que fuera capaz de ofrecer un aspecto intimidante cuando quería. Con los brazos cruzados, se alzaba imponente frente al hombre que estaba a mi lado. Cuando arqueó la ceja, el tipo se estremeció y retrocedió un paso.

—No. Ningún problema. —Agachó la cabeza—. Lo siento.

Acto seguido, se retiró hasta la habitación de su esposa sin rechistar.

Sin poder contenerme, estallé en carcajadas.

—Jopelines, le has dado un buen susto a ese tipo.

Mack desplegó una sonrisa, en parte por orgullo y en parte (sospecho) por mi uso de la palabra «jopelines».

—Ya lo creo.

—A veces resultas aterrador, ¿lo sabías?

Asintió.

—Cuando jugaba al fútbol americano en el instituto, me llamaban Mack el Mazas.

—Me lo creo.

Cuando acabé mi turno, estaba agotada y sin fuerzas para salir con Adam por la ciudad esa noche. Le mandé un mensaje de texto avisándole de que el cuerpo me pedía irme a la cama en cuanto llegara a casa. Me sabía mal, pero apenas podía mantener los ojos abiertos.

«Tranquila. Vente para casa en cuanto puedas», respondió él.

Como el piso de Adam quedaba más lejos del hospital que el estudio donde yo vivía antes, él me insistía en que pidiera un Uber para volver a casa cuando saliera muy tarde de trabajar. Le expresé mi desacuerdo aunque, en el fondo, sabía que tenía razón. Coger el metro un martes por la noche habría sido tentar a la suerte.

Mack opinaba lo mismo. Hace unos meses, antes de que me mudara, me vio salir cerca de la medianoche e insistió en acompañarme hasta casa. Por eso soy incapaz de enfadarme mucho con él por criticar tanto mi relación con Adam. Sé que solo quiere lo mejor para mí.

Cuando por fin irrumpí en nuestro piso a las doce y cuarto de la noche, el salón estaba a oscuras. Supuse que Adam había renunciado a esperarme levantado. Sin embargo, no tardé en descubrir que me equivocaba. Estaba despierto y bien despierto. Y en realidad el piso no estaba a oscuras.

Estaba iluminado con velas.

Futuros hijos, quiero atesorar en la memoria cada instante de esta experiencia. Quiero capturar cada detalle para poder revivir este momento durante el resto de mi vida: la docena de velas cuidadosamente dispuestas por toda la estancia para crear la atmósfera adecuada; el rastro de pétalos de rosa que conduce hasta la sala de estar, por Dios santo. Y luego Adam, con una rodilla en el suelo y los verdes ojos fijos en los míos. Vuestro padre estaba tan guapo que no os lo podéis ni imaginar.

—Victoria —dijo.

Yo ya estaba llorando. No soy mucho de llorar, pero no podía contener las lágrimas.

—Victoria. —Abrió la caja forrada de terciopelo azul que sujetaba en la mano, y... ay, madre. Si vierais el anillo, alucinaríais. Bueno, supongo que ya lo habréis visto, aunque seguramente lo guardo en una caja fuerte o algo por el estilo, porque el diamante es gigantesco. Si fuera en el metro con eso puesto, lo más probable sería que me asesinaran o, como mínimo, me rebanaran el dedo—. Te quiero mucho, Victoria.

—Yo también te quiero —susurré, aún presa del llanto.

—Solo deseo pasar el resto de mi vida a tu lado. —Me tomó las manos entre las suyas—. ¿Te casarás conmigo?

¡Le dije que sí, por supuesto!

De modo que así fue como me prometí con el hombre de mis sueños y viví feliz para siempre y os di a luz... al cabo de un tiempo. Eso aún no ha ocurrido, obviamente, pero seguiré consignando aquí todos los detalles de nuestra vida en común.

—Este anillo... —Me quedé contemplándolo, incapaz de asumir lo... grande que era. Para ser sincera, sigo sin asumirlo—. Debe de haberte costado una fortuna.

—Bueno, tú lo mereces.

No me atreví a preguntarle cuánto había pagado por él. No quería saber si llevaba una sortija que había salido más cara que mis estudios universitarios. Pero no hace falta que os diga que, si alguna vez tenéis problemas económicos, podéis vender mi anillo para salir del apuro.

Me temblaban tanto las piernas por lo que estaba ocurriendo que sentí que debía sentarme para no caer redonda. A Adam le enterneció.

—Te habría propuesto matrimonio hace siglos si hubiera sabido que reaccionarías así —dijo.

Me reí. Al resplandor de las velas, extendí el brazo a ciegas hacia el rincón de la sala para agarrar mi sillón Papasan, pero mi mano se cerró en el vacío. Parpadeé, pues mis ojos aún no acababan de acostumbrarse a la penumbra.

—¿Dónde está mi sillón? —pregunté.

Adam frunció el ceño.

—¿Qué?

—Mi Papasan. —Una oleada de pánico me bajó de la nube en la que estaba flotando—. ¿Dónde está?

—¿Te refieres a esa birria de trasto que trajiste del piso donde vivías antes? —Meneó la cabeza—. Lo he tirado. Lo he dejado en la acera esta mañana, y ya no está.

Me quedé boquiabierta. A pesar de su romántica proposición de matrimonio y del anillo disparatado que me había regalado, de pronto me sentí furiosa con él. ¡Ese sillón me pertenecía! Era el único mueble de mi vivienda anterior que me había permitido conservar, ¿y ahora lo había tirado... sin mi permiso? ¡Ese sillón os correspondía por derecho de nacimiento!

—Te dije que no quería deshacerme de ese sillón —musité con los dientes apretados.

—Era una mierda, Vicky. —Se chascó los nudillos—. Le daba un aire cutre a todo el piso. Me abochornaría recibir invitados con ese sillón ahí.

—¿Qué invitados? Tú no tienes amigos.

Esta vez fue Adam quien puso cara de horror. La verdad es que yo también estaba horrorizada conmigo misma. ¿Por qué le había dicho eso? No era propio de mí portarme de un modo tan cruel.

Pero es cierto. Adam no tiene amigos. Trata con su agente y con su editor, pero, por lo demás, no hay nadie en su vida. Ni siquiera habla con sus padres. No tiene a nadie más que a mí.

Pero esa no es la cuestión. No debería haber hecho ese comentario.

—Lo siento. —Me froté los ojos con la base de las manos—. Lo que pasa es que... estoy cansada. Encima, hoy se nos ha muerto un paciente, y...

Se le notaba en los ojos que estaba herido en su amor propio. Por un momento, temí que fuera a retirar su oferta de matrimonio. Pero, en vez de eso, me abrazó y me besó.

—No necesito amigos —dijo—. Te tengo a ti. —Me estrechó con más fuerza—. Siento lo del sillón. Conseguiremos uno nuevo. El sillón que tú elijas.

Y eso, señoras y caballeros, vendría a ser lo más bonito que un hombre me ha dicho nunca. Y no cualquier hombre.

Mi futuro marido. Vuestro padre.

19

Tumbada en la cama, se me cierran los ojos mientras acabo de leer la entrada en el diario de Victoria. Tal como sospechaba, recibió el no va más en proposiciones matrimoniales románticas.

Pero Adam tiró su sillón favorito, el Papasan que ella soñaba con legar a sus hijos.

Fue una cabronada. Me cuesta justificar que él le hiciera algo así, sobre todo porque parece muy buena persona y salta a la vista que la quiere un montón. Por otro lado, no me encontraba presente. Estoy dispuesta a creer que el sillón en cuestión daba asco. Recuerdo que, cuando vivía con Freddy, él se presentó con una estantería que había encontrado en la calle y, aunque éramos pobres como ratas, no pude permitir que ese trasto se quedara en mi casa. La madera estaba astillada y apestaba a orina.

Tal vez el sillón Papasan era tan horrendo como esa estantería.

Por lo demás, Adam era el novio perfecto, a juzgar por las cosas que Victoria escribía sobre él en su diario. Ella llevaba una existencia envidiable, en muchos sentidos. Si no supiera cómo ha acabado, seguramente la odiaría por la vida tan maravillosa de la que disfrutaba. Tenía un trabajo que le encantaba y una pareja inmejorable, su alma gemela, con la que iba a casarse.

No dejo de pensar en el agujero de bala que he descubierto en el árbol.

Cuando Victoria decía «arga», se refería a un arma. ¿Intenta darme a entender que Adam tiene un arma? ¿Y qué si así fuera? Vale, le disparó a un árbol de su jardín. ¿Eso es un crimen?

Bueno, al menos ya no hace falta que siga buscando el dichoso sillón Papasan.

20

Esta noche caerá la primera gran tormenta desde que estoy aquí.

Hasta ahora habíamos tenido suerte con el tiempo, pero el pronóstico anuncia lluvias intensas y vientos fuertes, con rachas de hasta ochenta kilómetros por hora. Tampoco me parece que sea para tanto. A ver, podré soportar un poco de lluvia. No será un problema muy gordo.

—El problema gordo —me explica Maggie mientras preparo el desayuno de Victoria— es que podríais quedaros sin electricidad.

Eso no me asusta. En mi viejo estudio sufría apagones continuos. Aunque en ese caso era porque no pagaba la factura de la luz.

—Oye —continúa Maggie—, si se desata un diluvio, siempre puedes venirte conmigo y con Steve. Vivimos en un bloque de apartamentos, así que por lo general nunca se va la luz. Y, cuando nieva, la retiran enseguida, así que no te quedarías atrapada.

—Gracias. —Saco del microondas el bol con los copos de avena—. Pero creo que estaré bien. —Remuevo la mezcla, que ha quedado espesa y viscosa, cualidades imprescindibles en todo buen desayuno. O sea que no, no tiene una pinta apetitosa, pero dado que Victoria seguramente no se dignará ni a probarlo, no pienso obsesionarme con ello—. Por cierto, ¿puedo preguntarte algo?

Maggie se coloca un mechón rojo detrás de la oreja. No se la ve muy ansiosa por ponerse manos a la obra con sus tareas de limpieza. Siempre busca excusas para escaquearse, y charlar conmigo es una de sus favoritas.

—Claro.

—¿Qué sabes de Glen Head?

Se queda callada un momento.

—¿Glen Head?

—Sí. Está en Oyster Bay, ¿verdad?

Percibo en sus ojos un brillo de reconocimiento inconfundible. Aun así, permanece en silencio. Esa localidad debe de ser importante por alguna razón. ¿Por qué la habría mencionado Victoria si no? Le cuesta tanto articular palabras que todo lo que dice tiene que ser significativo. Como «arga».

—Irina, la cocinera y jardinera, vivía ahí —contesta Maggie al fin—. Se mudó más cerca cuando empezó a trabajar aquí. Pero ahí es donde tenía su casa antes. —Tras vacilar unos instantes, añade—: Al menos, eso creo.

A Adam siempre se le pone una cara extraña cuando sale a colación el estado lamentable del jardín delantero. En una ocasión mencionó el nombre de Irina, pero cambió de tema enseguida. ¿Por qué habla de ella Victoria? Y ¿dónde está ahora? ¿Dejó ella el trabajo?

—En fin, me gustaría hacerte una pregunta —dice Maggie.

—Adelante.

—¿Quién es Freddy?

Se me cae el alma a los pies. Estoy a punto de preguntarle de qué habla cuando advierto que me he dejado el móvil sobre la encimera y ella está mirando directamente a la pantalla. Mierda.

Me apresuro a quitarle el teléfono de delante de las narices. ¿Por qué no me deja Freddy en paz de una vez? ¿Por qué no pasa página? Yo desde luego lo he hecho.

«Por favor, habla conmigo. No dejo de pensar en ti. Soy Freddy».

—No es nadie —farfullo.

Maggie arquea las cejas.

—¿Un nadie que no deja de pensar en ti?

—No es lo que piensas.

«Cometí un terrible error. Por favor, perdóname».

Tecleo en la pantalla las palabras «por favor, déjame tranquila» antes de bloquear el número. Ya sé que eso no sirve de nada con Freddy; siempre consigue un número nuevo. Esperaba que si me marchaba de la ciudad él desistiría, pero resulta evidente que está decidido a formar parte de mi vida.

—¿Y qué es lo que pienso? —inquiere Maggie con aire intrigado.

Nada más lejos de mi intención que hacerme la interesante. Quería disfrutar de una estancia aquí sin que nadie me interrogara sobre mi vida privada. No me apetece hablar del pasado. Es demasiado doloroso.

Pero entonces alzo la vista hacia la pecosa cara de Maggie, que está muy seria. Cuesta mucho resistir el impulso de confiarme a esta mujer después de pasar un rato con ella. Además, ya hace un tiempo que me muero por contar esta historia y quitarme ese peso de encima. Al igual que Adam, no tengo muchos amigos.

—Fue mi novio —digo—. Hace mucho tiempo.

—¿Es mono?

Se me escapa una sonrisa.

- Sí, mucho. Ese no era el problema.

—Entonces ¿qué pasó?

—Me quedé embarazada. —Aún me duele decir estas palabras. Me pregunto si algún día dejarán de producirme ese efecto—. Pero entonces tuve un accidente. Perdí el bebé y sufrí otras lesiones. Para colmo, me quedé sin seguro sanitario.

Todavía me estremezco cuando recuerdo el día que descubrí que mi padre me había borrado como beneficiaria de su póliza en el peor momento posible. Al fin y al cabo, necesitaba que el seguro pagara los gastos médicos derivados de lo que él me había hecho: la fractura de muñeca, la hemorragia postaborto que me duró meses y requirió una visita a urgencias, una transfusión y una intervención para detenerla.

—Freddy y yo no podíamos pagar las facturas del hospital ni el alquiler. Luchábamos por mantenernos a flote. —Crispo el gesto al revivirlo—. Yo quería declararme insolvente o pedir ayuda a los padres de Freddy, pero él no me lo permitió. Llegó un momento en que no hacíamos más que discutir. No éramos felices en absoluto. Así que, al final, cuando le pedí que se fuera…, se fue. Le faltó tiempo.

—Y ahora quiere volver contigo —aventura Maggie.

Hago un gesto afirmativo.

—No para de decirme que cometió un terrible error y que no debería haberse marchado. Pero el caso es que se marchó. Y no quiero saber nada más de él, sino seguir adelante y dejar atrás el pasado.

Llevo un año intentando rehacer mi vida, ¿y ahora Freddy pretende recuperarme? Ni en sueños.

—Guau —jadea Maggie—. No me extraña que no quieras regresar a su lado. Creo que a mí también me costaría superar todo eso. A veces lo mejor es volver a empezar de cero.

—Sí —murmuro.

Maggie se da golpecitos en el mentón con el dedo.

—Tendré que preguntarle a Steve si conoce a algún tío que podamos presentarte.

—No hace falta. Ahora mismo no me apetece meterme en una relación.

Chasquea la lengua.

—Vale, pero tarde o temprano tendrás que volver al terreno de juego, ¿no?

Cierro los ojos unos instantes mientras revivo en mi mente aquella nefasta noche. Freddy no regresó a casa hasta las dos de la madrugada. No fue culpa suya; estaba trabajando en el turno de noche como conserje de un gran edificio de oficinas de la ciudad. Su último empleo, de vigilante de seguridad, era mejor, pero desaparecieron unas cosas de la oficina y lo echaron a él, por más que juró y perjuró que él jamás robaría nada. Aunque le aseguré que le creía, en el fondo no estaba segura. Dada nuestra situación financiera, no lo habría culpado por infringir la ley. Yo misma me había sentido tentada a hacerlo.

El caso es que no había estado en un bar, de juerga con sus amigotes, sino trabajando. Pero resulta que yo intentaba dormir porque tenía que levantarme a las seis de la mañana para acompañar a pie a un par de niños al colegio a cambio del salario mínimo, y me molestó que hiciera tanto ruido al quitarse la camisa y los pantalones y luego al dar varias vueltas en nuestro chirriante colchón hasta encontrar una postura cómoda. La gota que colmó el vaso fue cuando me puso el brazo encima.

Me giré en la cama y le lancé una mirada asesina en la oscuridad.

—¿De qué vas? ¿Estás haciendo todo lo posible para no dejarme dormir?

Aunque la habitación estaba en penumbra, mis ojos habían tenido tiempo para acostumbrarse, así que advertí la sorpresa en su rostro.

—No, solo quería abrazarte.

—Pues así no hay quien pegue ojo. Tengo que madrugar, ¿sabes?

—Lo siento. Acabo de llegar a casa.

—Mira, estoy agotada y necesito dormir bien. ¿Por qué te cuesta tanto entenderlo?

Se incorporó apoyándose en los codos.

—¿Te crees que yo no estoy cansado, Sylvia? He estado ocho putas horas recogiendo basura. Tú solo tienes que pasear con un par de críos hasta el cole.

—Pues búscate un trabajo mejor.

—Sí, claro. Como es tan fácil… —Se dejó caer de nuevo sobre la almohada—. Está claro que es el trabajo de mis sueños. Fregar suelos y llevar bolsas de basura para arriba y para abajo… Es el no va más. ¿Para qué iba a buscarme otro empleo?

—No te pongas gilipollas.

Le pegó un puñetazo a la cama.

—No sé qué quieres de mí. Ahora mismo, esto es lo mejor que puedo conseguir.

Comprendí que tenía razón. Era lo mejor que podía conseguir. Me había enamorado de Freddy en el instituto. Todo lo que hacía me parecía de lo más glamuroso en ese entonces. Años después, nuestra vida no tenía nada de glamuroso. Estábamos metidos en un atolladero del que nunca conseguiríamos salir. Seguíamos batallando por saldar mis deudas médicas. Freddy no encontraba un empleo decente, y yo tampoco.

Yo no era feliz. Él tampoco. Y, lo que era aún peor, nos arrastrábamos el uno al otro hacia el abismo.

—Quiero que te vayas —le dije.

Soltó un gruñido.

—Oye, lo siento. Ya hablaremos por la mañana.

—No hay nada de que hablar. Lo nuestro… ha terminado.

—¡¿Qué?!—Tendió los brazos hacia mí, pero me aparté—. Sylvie… No seas así. Sabes que te quiero.

—Solo estás conmigo porque te sientes responsable de que mis padres me echaran de casa y de que yo perdiera el niño. —Tragué saliva porque se me había formado un nudo en la garganta—. Pues no eres responsable. Ni lo uno ni lo otro fue culpa tuya. Así que puedes marcharte… sin remordimientos.

—Sylvie…

—Que te vayas.

Me quedé observándolo en la habitación a oscuras. Quería que se opusiera. Quería que me dijera que me quería demasiado para marcharse. Pero, en vez de eso, se levantó de la cama, a las dos de la madrugada, y comenzó a vestirse. Metió cuatro bártulos suyos en una bolsa y se dirigió hacia la puerta sin despedirse. Oí el portazo que dio al salir.

Me acerqué a la ventana y vi su Ford Fiesta aparcado en la calle. Se lo había comprado unos meses atrás, después de que una panda de matones lo atracara y le pegara una paliza en el metro de madrugada, cuando volvía a casa del trabajo. Se lo vendieron barato, pero ya nos había costado más de mil dólares en reparaciones y nos había sumido aún más en la ruina.

Vi cómo tiraba su bolsa de lona dentro del coche antes de sentarse al volante y alejarse a toda velocidad.

Me había imaginado que me sentiría aliviada cuando se marchara, pero no fue así. Me entristecía que el único hombre al que había amado se hubiera ido. Y me daba rabia que me hubiera costado tan poco convencerlo de que se largara. Era como si hubiera estado esperando a que yo le concediera permiso. Pensé que tal vez regresaría al día siguiente, cuando se le hubiera pasado el enfado. Pero no regresó.

No consigo sacudirme la ira; me abandonó en cuanto le di autorización. Freddy y yo habíamos formado una buena pareja en otro tiempo, pero no durante nuestra edad adulta. Nos iría mejor por separado.

Luego, cuando pasó un año, reapareció, proclamando que aún me amaba y que quería intentarlo de nuevo. Pero ya era demasiado tarde. Yo había decidido que me convenía más vivir sin Freddy Ruggiero.

21

Cuando le subo la cena a Victoria, fuera ya llueve a cántaros. Los árboles se estremecen y las ramas se agitan de un lado a otro. Maggie se ha marchado hace un par de horas, tras reiterarme su invitación a alojarme con ella y con Steve, pero la he declinado. No quería dejar a Victoria, y menos aún si había riesgo de apagón. A fin de cuentas, hacerle compañía es mi deber.

Mientras la ayudo a guiar hacia su boca una cuchara temblorosa colmada de puré de boniato, ella tiene un ojo puesto en la comida y el otro apuntando a la ventana, donde las gotas de lluvia repiquetean con cierta violencia contra el cristal. Oigo el chirrido de una rama sacudida por el viento contra el costado de la casa. Cuesta determinar hasta qué punto comprende la situación. Le he explicado lo de la tormenta, y se ha quedado mirándome como suele hacer cuando le hablo. No reacciona, como de costumbre. Ni siquiera la he visto sonreír todavía.

Pero sabe cómo me llamo. Eso al menos lo entiende. Y se acuerda de cuando alguien disparó al árbol del jardín de su casa.

Adam entra en la habitación con la jeringa cargada con su medicación. Victoria se pone tensa en cuanto lo ve, y sé que toda posibilidad de convencerla de que coma se ha ido al garete.

—Quiero acostarla temprano hoy —dice él—, por si se va la luz.

Me aparto para que él manipule la sonda. Le he cortado a Victoria las uñas a ras del dedo para que, cuando intente arañarle la mano, no pueda rasgarle la piel. Como no lo consigue, trata de asirle la muñeca, pero tiene muy poca fuerza, así que él la reduce con facilidad y le inyecta los fármacos.

—Detesta que le hagas eso —observo.

—No le gusta que introduzca cosas por el tubo. Debe de resultarle incómodo.

—Ya, pero… —Bajo ligeramente la voz, como si eso sirviera de algo; Victoria me oye de todos modos—. Odia su medicación, más que la alimentación a través de la sonda. —Me muerdo el labio—. ¿De verdad la necesita? Parece producirle mucho cansancio.

Últimamente pienso que tal vez la razón por la que Victoria está siempre tan aletargada por las mañanas son los medicamentos que le administran por la noche. Una hora después de la inyección, a duras penas parece capaz de mantener los ojos abiertos.

Adam se pellizca el puente de la nariz.

—Sí, la necesita. Es lo que impide que le den convulsiones.

—Entiendo. Lo siento, no pretendía cuestionar tu forma de hacer las cosas.

Hunde los hombros.

—No te preocupes. Son fármacos fuertes y no quiero dejarla fuera de combate, pero en el hospital sufría unas convulsiones bastante aterradoras. Así que no me queda otro remedio.

Aunque es imposible que los medicamentos hayan pasado tan rápido a su torrente sanguíneo, Victoria parece haber perdido las fuerzas para luchar. Tiene los hombros laxos y la cabeza caída a un lado. Ahora no conseguiré que pruebe bocado ni por casualidad.

—¿Me avisas cuando termines con ella? —Adam consulta su reloj—. Entonces la meteré en cama y luego podemos cenar.

—Suena bien.

Adam y yo hemos estado cenando juntos varias noches por

semana. Él o yo cocinamos algo sencillo y nos lo comemos frente al televisor. Agradezco la compañía. Además, lo último que querría es estar sola en esta mansión inmensa en caso de apagón. Me imagino que él opina lo mismo.

Sin embargo, me hace sentir culpable. Estoy segura de que a Victoria no le haría gracia que otra mujer cenara con su marido cada noche. Una vez le sugerí a Adam que la bajáramos para que estuviera con nosotros mientras comíamos, pero él señaló que sería demasiado lío trasladarla escaleras abajo. No quise insistir, pero entonces me invadió el sentimiento de culpa. No me parece justo que Victoria tenga que comer siempre en su cuarto del piso de arriba, marginada.

Cuando Adam se va, cojo otra cucharada de puré de boniato y la acerco a los labios de Victoria. Le pesan los párpados y apenas parece consciente de mi presencia.

—Lo siento, Victoria —digo.

Pestañea varias veces seguidas y los ojos se le arrasan en lágrimas.

—Sylvie —balbucea.

Hay una caja de pañuelos desechables junto a la cama. Agarro uno y se lo ofrezco, pero ella no lo acepta.

—¿Qué ocurre, Victoria?

—Glen... Jaddd... —susurra—. Glen... Jaddd...

La miro con el ceño fruncido. Cuando mencionó Glen Head por primera vez, busqué información sobre el pueblo. Ni siquiera llega a la categoría de pueblo; es lo que en lenguaje administrativo se conoce como una «aldea» y está enclavado en la localidad de Oyster Bay. (Dato curioso: Oyster Bay es el lugar de nacimiento del presidente Theodore Roosevelt y del posiblemente más famoso Billy Joel). Se encuentra a dos horas largas en coche de aquí, así que no pienso acercarme a visitarlo solo por curiosidad.

—Mmmm —masculla mientras se le va la cabeza hacia un lado.

—¿Qué hay en Glen Head? —la apremio.

Ella sacude la cabeza.

—No. Él...

Dice algo articulando con tal dificultad que no consigo entender una palabra. Y entonces se le cierran los ojos.

22

Cuando acabo de atender a Victoria y bajo las escaleras, me encuentro a Adam preparando espaguetis en la cocina y hablando por el móvil. Está removiendo la pasta en una olla de agua hirviendo mientras se ríe por algo que ha dicho la persona al otro lado de la línea.

—Descuida —responde—. Estaremos bien. —Hace una pausa para escuchar—. Sí, solo procurad no acercaros a los enchufes. Si se va la luz, seguramente regresará por la mañana. —Tras intercambiar algunas frases más, cuelga el teléfono y me dirige una sonrisa de disculpa—. Era mi madre —dice—. También vive en Long Island, y está como loca por la tormenta. Siempre la llamo cuando se avecina una gorda para comprobar que esté bien.

—Es muy dulce por tu parte.

Hace una mueca.

—Bueno, soy un tío dulce.

Eso no se lo puedo discutir. Dado lo atento que es con una esposa que ya no puede ofrecerle nada a cambio, no me extraña que también lo sea con sus ancianos padres. Sin embargo, me preocupa que dedique tanto tiempo y esfuerzo a cuidar de los demás. Me temo que a este paso acabará quemado más pronto que tarde.

Me quedo vigilando la pasta mientras Adam sube a acostar a Victoria. Cuando regresa, ya he colocado sobre la encimera dos platos rebosantes de espaguetis y salsa de tomate, junto con dos vasos de agua. Justo cuando él alarga el brazo hacia uno de los platos, las luces del techo parpadean unos instantes.

Y luego se apagan del todo.

—Ahí va —digo. Un relámpago ilumina la habitación por una fracción de segundo, y el trueno retumba un momento después. En la penumbra apenas veo la comida—. Qué oscuro está esto.

—He colocado velas por todo el salón. Solo me falta encontrar un encendedor. —Se acerca a la encimera y rebusca en un cajón. Al punto, aparece una llama—. Voy a encenderlas.

Prende las velas una a una hasta que la claridad me permite al menos vislumbrar los espaguetis y distinguir el bello contorno del rostro de Adam. Nos llevamos la cena al sofá, como siempre, aunque esta vez no podremos ver la tele. No nos quedará más remedio que... charlar.

—¿Vino? —me pregunta mientras se encamina de nuevo hacia la cocina.

Una voz en un rincón de mi mente me dice que tomarme una copa de vino con mi jefe increíblemente atractivo estando los dos atrapados en esta casa y sin luz no sería la idea más brillante del mundo. Pero no he vuelto a beber alcohol desde mi primera noche en este lugar, y la tormenta me está poniendo nerviosa.

—Vale —digo.

Regresa con dos copas de vino blanco. Tras depositarlas sobre la mesa de centro, junto a la cena, coge su plato.

— Menos mal que he ido a correr esta mañana —dice—. Mañana el suelo estará hecho un barrizal.

—Seguramente habrá pasta de hojas por todas partes —comento.

—¿Pasta de hojas?

—Sí, ese revoltijo de hojas sucias y agua que forma una especie de pasta, ¿sabes lo que te quiero decir?

Se ríe.

—Ah, ya. Exacto.

Bebo un sorbo del vino blanco. Estoy segura de que es más caro que el que compro yo a diez pavos la botella, pero me sabe igual.

—Pero tu disciplina me parece admirable. ¿Desde cuándo corres?

—Para serte sincero, solo desde que Victoria regresó a casa.

—¿En serio? —La mayoría de los hombres no vería la discapacidad de su esposa como una motivación para ponerse en mejor forma—. ¿Por qué?

—Bueno… —Desliza el dedo por el borde de la copa—. El caso es que últimamente tengo demasiada… energía acumulada, no sé si me explico.

Inspiro con brusquedad. Adam ha agachado la vista, y tengo la sensación de que, si las luces estuvieran encendidas, vería el rubor de sus mejillas.

—Ah…

—Eso ha sonado mal. —Vuelve la mirada hacia la escalera—. No lo decía en ese sentido. Lo que le pasó a Victoria fue terrible, y quiero cuidar de ella durante el resto de su vida. Me comprometí a ello al pronunciar mis votos y pienso cumplirlos. Pero… a veces me resulta…

—No, lo entiendo.

Recuesta la cabeza hacia atrás sobre el sofá.

—Quiero aguantar hasta el final, por Victoria. Pero… para eso voy a necesitar muchas salidas a correr y duchas frías. —Respira hondo—. Además, nunca se sabe. Tal vez su estado mejore algún día…

Sin embargo, el primer día me dijo que, según todos los médicos, eso no iba a suceder. Victoria nunca se recuperará. Se quedará así hasta el fin de sus días.

Me estremezco cuando retumba otro trueno. Adam me mira, arrugando el entrecejo.

—¿Tienes frío, Sylvia?

—Un… un poco. —No lo había notado antes, pero de pronto me estoy helando—. ¿Está puesta la calefacción?

Niega con un gesto.

—Creo que se ha apagado. Oye, voy a encender la chimenea, pero tal vez deberías ir a por otro jersey.

Me aliso la sudadera que llevo sobre la camiseta.

—No sé si tengo nada… lo bastante abrigado.

Vacila unos instantes.

—¿Y si echas un vistazo al armario de Victoria? No veo por qué no. Hay mucha ropa ahí y es una pena que nadie la use. Creo que las dos tenéis más o menos la misma talla.

Hay algo en el hecho de hurgar en el guardarropa de Victoria mientras paso el rato con su esposo que no me parece apropiado.

—No hace falta.

—¿Estás segura? Esto se va a poner pronto muy frío, incluso con el fuego encendido.

Me recorre otro escalofrío. La temperatura ya me resulta incómoda. No me cabe duda de que con el fuego mejorará un poco, pero ni siquiera soy capaz de concentrarme en comer. Tal vez debería dejarme de remilgos y tomar prestado un jersey de Victoria.

Al final, decido hacerlo. Mientras Adam trastea con la chimenea, cojo una linterna en la cocina y me dirijo hacia las escaleras. A oscuras parecen aún más empinadas y amenazadoras. Subo con lentitud, aferrándome al pasamanos. No quiero caerme como Victoria.

Su enorme vestidor ofrece un aspecto aún más gigantesco a la luz de la linterna. ¿Cómo puede acumular tanta ropa una sola mujer? Qué suerte tiene. O al menos tenía.

Examino uno por uno los caros jerséis de cachemira, pero ninguno me convence. Al final, elijo uno de lana gris que, aunque un poco feo, tiene pinta de abrigar bastante. Da la impresión de que hace mucho tiempo que lo tiene, desde antes de hacerse con un marido rico que le financiara el vestuario. Como no quiero estar sexy hoy, me viene perfecto.

Cuando bajo las escaleras, unas pequeñas llamas anaranjadas arden en la chimenea, pero el ambiente no parece haberse caldeado mucho. Además de prender el fuego, Adam ha llevado un par de mantas al sofá, así que me apresuro a taparme con una. Esboza una sonrisa burlona al verme así arropada.

—¿Mejor? —pregunta, sentándose a mi lado y cubriéndose las piernas con la otra manta.

—Un poco. —Bebo otro sorbo de vino con la esperanza de que el alcohol me ayude a entrar en calor—. Pero sigue haciendo algo de frío.

—¿Quieres otra manta? —Levanta la que se ha puesto sobre las piernas y me la tiende. Esto me hace recordar el primer día, cuando me ofreció su bufanda en la estación de tren.

Niego con la cabeza.

—No, tengo el cuerpo bastante abrigado, pero la cara helada.

—¿La cara?

—Sí. Sobre todo la nariz y las mejillas. Y los ojos.

Suelta una carcajada.

—¿Tienes frío en los ojos?

—No te rías. Los tengo congelados.

—Es que… no sé muy bien cómo ayudarte con eso.

Resoplo. Si no estuviera tan oscuro, supongo que mi aliento sería visible.

—No hace falta que me ayudes. No es necesario que seas un héroe las veinticuatro horas del día, ¿sabes?

—¿Un héroe?

—Bueno… —Jugueteo con un hilo suelto de la manta—. Es que… haces tantas cosas por Victoria, por tus padres… Es muy considerado por tu parte, pero… llevas sobre los hombros una carga demasiado pesada para una sola persona.

—Ya. —La tenue claridad del salón titila en las facciones de Adam—. Para qué voy a mentirte. Ha sido… difícil.

Casi sin pensar, alargo la mano y le toco el brazo.

—Lo sé.

—Solo desearía que…

Cuando suena el estampido de otro trueno, me arrebujo bien en la manta. Nuestra cena se ha quedado olvidada sobre la mesa de centro. De todos modos, ya debe de estar helada. No puedo evitar fijarme en que Adam y yo estamos sentados muy juntos en el sofá. Sé que debería separarme un poco, pero no quiero dejar de notar su calor corporal. ¿No es eso lo que se supone que hay que hacer cuando el frío aprieta, arrimarse a otra persona para calentarse?

Aunque tal vez estemos demasiado cerca el uno del otro.

—Sylvia —susurra.

Cierro los ojos. Si no veo lo apuesto que es, la tentación no será tan fuerte. Pero esta situación me lleva al límite; entre la iluminación débil, los fogonazos de los relámpagos y los truenos, y la atracción de su cálido cuerpo, es como si alguien nos hubiera puesto una trampa para impulsarnos a hacer lo que no debemos. Sé que todos estos meses de soledad le están pasando factura.

Debería apartarme de él, lo sé. Pero no he vuelto a besar a un hombre después de Freddy, y eso fue hace mucho. Ambos llevamos demasiado tiempo solos.

«¡Apártate, Sylvie!».

Los dos estamos callados, sentados en el sofá, mirándonos y acurrucados bajo la manta para darnos calor. El corazón no para de martillearme el pecho. Mis labios están a unos palmos de los suyos. Sería tan fácil…

¡Chas!

Volvemos a la vez la cabeza en dirección a la escalera. El sonido procede de arriba, creo que de la habitación de Victoria. Pero es imposible que ella haya hecho el ruido, pues está en la cama, durmiendo. Por otro lado, no hay nadie más en la casa.

Adam se levanta de un salto del sofá como si estuviera en llamas.

—Voy a ver qué ha sido eso.

Yo también me pongo de pie como un resorte, de modo que las mantas caen al suelo.

—Tú termina de cenar. Ya voy yo.

—Tranquila, no me cuesta nada.

—A mí tampoco. —Al ver que vacila, añado—: Es mi trabajo, ¿no?

Se rasca la barba incipiente.

—Está bien. Si necesitas ayuda, pega un grito.

En cuanto asciendo de nuevo los chirriantes peldaños, me arrepiento de mi generosa oferta, sobre todo cuando me percato, en lo alto de la escalera, de que me he dejado la linterna abajo. Aunque la planta inferior estaba bien alumbrada con las velas y el fuego de la chimenea, el primer piso está oscuro como boca de lobo. Parpadeo varias veces para que se me adapte la vista, pero no sirve de mucho.

Me planteo bajar a por la linterna, pero me aterra descender por esas escaleras a oscuras. Sé que hay otra en el cajón superior de la cómoda en el dormitorio de Victoria, así que, si consigo encontrar su cuarto, podré utilizarla. Pero encontrar un cuarto en las tinieblas no resulta una tarea sencilla. Voy deslizando la mano por la pared, palpando los bultos y grietas del revoque. La habitación de Victoria es la tercera a la derecha. Toco la primera puerta, la segunda, y, por fin, la tercera: la de la alcoba de Victoria. Mis dedos buscan a tientas el pomo y abro la puerta de golpe.

Reina una oscuridad absoluta en la habitación. No se oye más que el repiqueteo de la lluvia contra su ventana.

—Victoria —susurro.

No responde. Debe de estar dormida.

Entonces ¿qué ha sido ese ruido?

Valiéndome del tacto, doy con la cómoda. Abro el primer cajón y escarbo entre papeles y otros utensilios identificables. Experimento una chispa de alivio cuando mi mano se cierra por fin sobre un objeto cilíndrico. En cuanto localizo el interruptor, la enciendo.

La luz inunda la habitación. Tengo que pestañear de nuevo hasta que mis ojos se adaptan a la claridad. Recorro el cuarto con el haz y lo dirijo hacia la cama de Victoria para asegurarme de que está bien y sumida en un sueño profundo.

Sin embargo, cuando la enfoco con la linterna, descubro que no está dormida. Tiene los párpados abiertos, y me mira fijamente con el ojo sano.

Es lo último que esperaba ver. El corazón me da un vuelco en el pecho. Hace solo un par de horas había caído en un sueño profundo, y ahora está totalmente despierta.

—Victoria —digo—. Me... me has asustado. Creía que dormías.

Ella solo parpadea.

—¿Va todo bien? —le pregunto—. He oído un golpe.

Bajo la vista al suelo para intentar averiguar la causa del ruido. Advierto que el vaso de agua que había dejado en la mesilla de noche de Victoria antes de salir de su habitación se ha caído y el líquido se ha derramado junto a su cama. Parece evidente que es lo que hemos oído desde abajo. Y lo que ha arrancado a Victoria del sueño.

Por otro lado, si ella dormía, ¿qué ha provocado la caída del vaso? Los vasos no se precipitan desde las mesas sin más. ¿Y si ella se ha despertado y ha intentado cogerlo? Nunca la he visto hacer nada parecido.

—Ahora lo recojo —le digo.

Armada con la linterna, me dirijo al cuarto de baño en busca de unos pañuelos de papel para limpiarlo todo. Solo es un poco de agua, así que no me llevará mucho tiempo. Cuando regreso, Victoria sigue con los ojos abiertos y me observa. Siento su mirada fija en mí mientras seco el suelo. Por fortuna, el vaso es de plástico y no se ha roto.

—Mmmmm —dice Victoria.

Alzo la vista de la poca agua derramada que queda.

—¿Qué pasa?

Victoria mueve los labios como si se esforzara por decir algo. Creo que las palabras con eme le cuestan más. Lo intenta de nuevo, concentrándose al máximo.

—Mmmmmío.

¿«Mío»?

Bajo los ojos hacia lo que está mirando. Mi jersey. O, mejor dicho, su jersey. Llevo puesto algo que le pertenece, y se ha dado cuenta.

—Lo siento mucho —me apresuro a disculparme—. Debería haberte pedido permiso, pero Adam ha dicho que no habría problema. La calefacción se ha apagado y tenía mucho frío. —Me lo quito, aunque me voy a congelar sin él—. No volveré a ponérmelo. Lo siento.

La expresión de Victoria no cambia.

—Mío —dice de nuevo, con una pronunciación mucho más clara esta vez.

Guardo el jersey en uno de sus cajones. Ahora mismo, no lo llevaría ni aunque me pagaran un millón de dólares. Sobreviviré tapándome con mantas. Me vuelvo otra vez hacia Victoria, esperando que esa mirada extraña e intensa se haya borrado de su rostro, pero no es así.

—Mío —dice.

El corazón me va a mil por hora. No hay quien la saque de ahí. Pero ¿qué puedo hacer? Ya le he devuelto su estúpido jersey. ¿Qué más quiere de mí?

—Si no necesitas nada más, me voy. —Retrocedo hacia la puerta—. Volveré por la mañana para ver cómo estás.

No es hasta después de salir del dormitorio que caigo en la cuenta de que tal vez no era el jersey lo que Victoria se empeñaba en recalcar que era suyo. Así que, en vez de bajar y tentar a la suerte con Adam, me voy a mi habitación a leer a la luz de la linterna hasta que me venza el sueño.

23

Diario de Victoria

5 de enero de 2017

No sé ni por dónde empezar a contar la locura de noche que he pasado hoy.

Todo empezó de maravilla. Estábamos cenando y charlando sobre el tipo de boda que queríamos organizar. ¡Planear la boda es tan divertido! Me siento como una cursi al decir esto, ¡pero es que es verdad! Adam quiere que nos casemos lo antes posible. Está muy ilusionado, lo que me parece muy tierno. Mientras que Carol siempre habla del pánico que le tiene su novio Jeff al compromiso, Adam está entregado al cien por cien.

Decidimos que queríamos algo pequeño. Dada su afición a derrochar el dinero, yo temía que me propusiera un bodorrio por todo lo alto y con muchos invitados, pero coincidimos en nuestro deseo de celebrar una ceremonia íntima y sencilla.

Extendió el brazo por encima de la mesa iluminada con velas para tomarme de la mano.

—Por mí, basta con que estemos tú y yo, tal vez en un juzgado, o en Las Vegas, si lo prefieres.

—¿No quieres invitar a ningún familiar?

Adam me soltó la mano con una expresión de dolor. En nuestra tercera cita, me confesó que no se hablaba con sus padres, lo que me extrañó un poco. Mi madre falleció de un cáncer cuando yo cursaba la secundaria, y mi padre sufrió un ataque al corazón cuando estaba en la universidad. Era hija única, y ellos dos también, por lo que no me quedaban parientes.

Sé que parecerá una tontería, pero siempre había fantaseado con casarme con un hombre que perteneciera a un clan numeroso, para poder disfrutar por fin de esa experiencia familiar. Tener unos suegros que ocuparan el lugar de los padres que había perdido. Pero eso es algo que Adam no puede darme. Me dijo que hace casi diez años que no se habla con ellos. También tiene un hermano al que odia.

—Sé que estás enfadado con ellos —digo—, pero ya ha pasado mucho tiempo. ¿No crees que…, ahora que vamos a empezar una nueva vida, estaría bien hacer las paces?

Adam cogió su copa de vino y agitó con suavidad el líquido granate oscuro.

—No, no lo creo.

—Pero ¿por qué no?

—Tú no lo entiendes.

—Tal vez podrías explicármelo. —Y entonces yo podría explicarle a él por qué era una cabezonería por su parte.

Se resistía a levantar la mirada de su copa.

—No me apoyaron en absoluto cuando les dije que quería ser escritor. Me dijeron que era perder el tiempo. Que iba a desperdiciar mi vida.

Lo entiendo. Tomar la decisión de dedicarse a la escritura requiere agallas, y hacerlo sin contar con el apoyo de la familia resulta aún más difícil.

—¡Pero sin duda ahora son conscientes de lo equivocados que estaban!

Alzó la copa y se la llevó a los labios. La empinó hasta vaciarla.

—Es lo que cabría esperar, pero no. Además, no les gustó mi primer libro.

—¿*Todo queda en familia*? —Había leído su novela debut años atrás, mucho antes de que él entrara en mi vida. No recordaba la trama, pero sí que me había encantado, que la historia de suspense enganchaba un montón y que me había parecido de una perversidad deliciosa. Pero me costaba acordarme bien de qué iba la historia—. ¿Qué es lo que no les gustó?

—Creyeron que algunos personajes estaban basados en ellos. —Se encogió de hombros—. Me acusaron de haberlos retratado de forma injusta.

—¿Y era verdad que te habías inspirado en ellos?

Volvió a encogerse de hombros.

—Cuando eres escritor, cuesta no basarte en tus propias experiencias. Así que… supongo que sí, hasta cierto punto.

Tomé nota mental de hacerme con un ejemplar de *Todo queda en familia* para refrescar la memoria. Adam tenía un estante repleto de ellos en su librería del salón. Podría coger uno prestado. No me importaría en absoluto releerlo. Como sabéis, vuestro padre es un escritor magnífico.

—Oye, Vicky, sé que tienes una idea romántica sobre el calor familiar, pero mis padres son personas horribles. —Adam se reclinó hacia atrás en el asiento—. Preferiría que nos olvidáramos de ellos. De todos modos, podemos formar nuestra propia familia, ¿no?

El corazón me dio un brinco en el pecho. Era la primera vez que le oía decir eso.

—¿A qué te refieres? —pregunté con cautela.

—Me refiero a que… —Desplegó una gran sonrisa—. Estaba pensando que estaría bien ponernos a hacer niños lo antes posible. ¿Tú qué opinas?

Me quedé sonriendo como una idiota. Antes de conocer a Adam, nunca había pensado en ser madre, era algo que no entraba para nada en mis planes. Sin embargo, en cuanto lo vi, lo primero que me pasó por la cabeza fue que quería que ese hombre fuera el padre de mis hijos. Al fin y al cabo, esa es la razón por la que escribo esto.

—Creo que podrías convencerme —dije con timidez. Había conseguido que me olvidara por completo de sus padres.

Me guiñó el ojo mientras se servía más vino en la copa.

—¿Cuántos críos quieres?

Noté una sensación cálida y difusa en el vientre. De repente, me moría de ganas de quedarme embarazada.

—¿Tres?

Se le iluminaron los ojos.

—Me has leído el pensamiento. Dos chicos y una chica.

Me reí.

—No sé si eso es algo sobre lo que tengamos mucho control.

—Vale, no me enfadaré si nos salen tres chicos.

Y nos pasamos el resto de la cena fabulando sobre nuestros futuros hijos. Era un disparate, pero muy divertido. No avanzamos mucho en los planes para la boda, pero no corre ninguna prisa. Todavía tardaremos un poco en casarnos. Además, será una ceremonia pequeña, por lo que no nos llevará mucho tiempo organizarla.

Todo marchaba viento en popa hasta que llegamos a casa.

En el ascensor, no podíamos tener las manos quietas. Creía que iríamos directos al dormitorio para…, esto…, acostarnos y dormirnos. Pero entonces Adam hizo una parada técnica en el cuarto de baño y ahí fue cuando todo se fue al traste.

Adam salió del lavabo con un tubo de pasta de dientes en la mano. Para ser más exactos, con SU tubo de pasta de dientes. Aunque ya llevo varios meses viviendo con él, no ha cejado en su empeño de que mantengamos nuestras pertenencias separadas. Las cosas en el estante inferior de la nevera siguen siendo mías; las del estante superior, suyas, y todas las del estante de en medio deben llevar etiqueta. La semana pasada se puso furioso conmigo porque cogí su botella de leche para echarme un poco en los cereales. En serio, ¿qué necesidad hay de que cada uno tenga su leche?

Y sí, también contamos con dos dentífricos, uno para él y otro para mí. No sé por qué narices no podemos compartir el mismo tubo de pasta de dientes, pero él insistió mucho en ello, y a mí me parece absurdo discutir por una nimiedad como esa. Adam es un poco obsesivo compulsivo, pero solo es cuestión de acostumbrarse. Resulta casi entrañable.

Pero en ese momento sujetaba su dentífrico, marcado con ese rotulador negro que he llegado a aborrecer, con el rostro congestionado.

—¿Has usado mi pasta de dientes? —preguntó.

—Pues... —De acuerdo, existe la posibilidad de que haya utilizado su pasta de dientes esta mañana. Como estaba un poco grogui, agarré el primer tubo que vi. No le di mayor importancia—. Creo que no.

—Entonces ¿quién la ha usado? —Se me acercó, blandiendo el tubo de dentífrico delante de mi cara—. ¿Ha entrado un ladrón y ha usado la pasta de dientes? Porque alguien ha apretado este tubo por la mitad.

Ahora entiendo por qué no me deja su pasta de dientes, porque la aprieto por el medio y no por el extremo. Y eso es inmoral.

Cuando me puse un poco de su leche, le pedí perdón enseguida, pero esto rayaba ya en lo ridículo. Después de todo, vamos a tener hijos juntos. Y los niños a veces aprietan el tubo de dentífrico por el medio. Adam tenía que aprender a ser más flexible. Solo un poco.

—Me parece una tontería que no podamos compartir un tubo de pasta de dientes —dije—. Solo es pasta de dientes, Adam.

Se le ensombreció la mirada.

—O sea que, en resumen, no eres capaz de respetar mis cosas, a pesar de que te dejo vivir en mi piso por la cara.

—¿Por la cara? Estamos comprometidos.

—Pues no pagas alquiler, así que diría que estás viviendo aquí por la cara. —El dentífrico le temblaba en la mano—. Sin mí, no podrías permitirte vivir aquí.

Me ardían las mejillas porque tenía razón.

—Está bien, no podría permitirme vivir aquí, pero eso no significa que no podamos compartir la pasta de dientes.

Adam bajó la vista hacia el tubo y lo tiró a la basura con tal violencia que el ruido me sobresaltó.

—Voy a comprar uno nuevo —anunció.

Acto seguido, agarró su abrigo y salió hecho una furia. Cerró con un portazo tan fuerte que retembló todo el piso.

Eso fue hace dos horas. Lo he llamado varias veces, pero no coge el teléfono. No sé qué diablos está pasando. Está muy enfadado conmigo. Por la pasta de dientes. Hemos tenido una discusión tremenda y acalorada por la pasta de dientes.

Pero dicen que es lo que sucede en las relaciones largas; las parejas se pelean por cosas tan tontas como que uno de ellos se ha olvidado de cambiar el rollo de papel higiénico o ha dejado la tapa del váter levantada. Por razones obvias, las reclamaciones por temas relacionados con el baño son frecuentes.

Estoy colada por Adam. Sí, tiene sus excentricidades. Si quiero casarme con él, tengo que aceptarlas. No debería haber dicho nada. Debería haberme disculpado y punto.

Al fin y al cabo, nadie es perfecto. Ni siquiera don Perfecto.

24

Al día siguiente me levanto tarde. La electricidad volvió en algún momento a primera hora de la mañana, y, aunque los números luminosos de mi despertador dicen que son las tres de la madrugada, el sol que entra por la ventana dice otra cosa. En cualquier caso, no me ha sonado la alarma.

Mi reloj de pulsera indica que son las ocho pasadas, así que me levanto y me tambaleo hacia el cuarto de Victoria. Cuando me asomo al interior, veo que ya no está en la cama, lo que significa que Adam debe de haberla colocado en su silla. Aunque el televisor está encendido, ella tiene los ojos cerrados, el cuello torcido hacia un lado y la nuca contra el reposacabezas. Duerme profundamente.

Bajo para prepararle el desayuno, aunque sé que no se lo comerá, pero me encuentro a Adam en la cocina, lavando platos. Me recibe con una sonrisa alegre, como si anoche no hubiera estado a punto de pasar algo muy feo entre nosotros.

Los párrafos del diario de Victoria que leí antes de dormirme en los que describe su rabieta por la pasta de dientes me revelaron un aspecto de Adam que desconocía. No lo habría creído capaz de reaccionar así. Sin embargo, en cierto modo, esto hace que me caiga mejor. Como decía Carol, la amiga de Victoria, parece don Perfecto. Me alegra ver que tiene sus defectos como todo el mundo. A nadie le gustan las personas demasiado perfectas.

También me alegra que se haya reconciliado con sus padres. La animadversión que les profesaba, por el motivo que fuera, parece haber desaparecido para siempre. Tal vez el accidente de Victoria tuvo algo que ver.

—Eva no ha podido venir hoy, así que he tenido que hacerme cargo de Victoria —explica mientras coloca un plato en el escurridor—. Ya me he ocupado de todo.

Me acerco al armario donde se guarda la avena y alargo la mano hacia la caja.

—Le haré algo de desayunar.

—No hace falta. Te digo que me he ocupado de todo.

Me detengo, dejando a medio abrir el paquete de avena.

—¿Le has dado de desayunar?

Levanta un hombro.

—La he alimentado a través de la sonda. De todos modos, tenía demasiado sueño para comer. Nunca come por las mañanas, ¿no?

Me siento un poco culpable por eso. Siempre intento darle al menos la posibilidad de comer, pero es cierto que rara vez desayuna. Me doy con un canto en los dientes cuando toma un bocado.

—Si no necesitas nada más —dice Adam—, subiré a escribir un poco. Hoy necesito avanzar en mi trabajo.

—¿Estás con un nuevo libro?

Una sonrisa le asoma a los labios.

—Sí, pero me encuentro en esa fase en la que todo lo que escribo me parece una mierda. Ayer rompí cinco páginas y las tiré a la basura.

Pongo los ojos en blanco.

—Seguro que no es una mierda. Según todas esas reseñas en internet, eres un escritor extraordinario. Además de número uno en ventas.

Resta importancia a mis palabras con un gesto.

—Qué va. Solo he tenido suerte.

—Y un cuerno.

—Es la verdad. —Se encoge de hombros—. Hay un montón de autores con talento por ahí. Yo fui lo bastante afortunado para contar con un buen agente que me consiguió un buen contrato editorial, y eso me abrió muchas puertas. Pero las cosas habrían podido ir de otra manera.

Me reclino contra la encimera.

—¿Siempre has sabido que querías ser escritor?

—Diría que sí. —Se queda con la mirada perdida—. En la vida, no todo sale siempre como esperas. Pero cuando creas un mundo de ficción, puedes hacer que todo suceda tal como tú quieres. Es lo que me encanta de escribir.

—Entiendo por dónde vas. A mí me gustaría reescribir partes de la historia de mi vida, desde luego.

—¿Y qué me dices de ti? —Arquea las cejas—. ¿Qué aspiraciones profesionales tienes?

Es lo que siempre me preguntaban cuando estaba en el colegio. «¿Qué quieres ser de mayor, Sylvia?». Nunca se me ocurría una buena respuesta. Mis padres eran personas sensatas de clase media que creían que debía ser maestra. Después de todo, sacaba malas notas... ¿y no dicen que el que no sabe, enseña? Pero nunca tuve vocación de profesora. Sentía que iba a la deriva por la vida hasta que conocí a Freddy. Creí que era mi bote salvavidas hasta que me abandonó como si no valiera nada.

—No sé. —Bajo la vista—. Es penoso, ¿verdad? O sea, ya estoy lo bastante crecidita para saber lo que quiero ser de mayor. Más que nada porque, en fin, ya soy mayor.

Adam se ríe.

—No te fustigues. Tienes tiempo de sobra para decidirte. Hasta que lo decidas, estamos encantados de contar con tus servicios mientras quieras quedarte. Nos gusta que estés aquí.

Aprieto los puños. No parece dispuesto a abordar el elefante en la habitación. ¿Acaso no es consciente de lo cerca que estuvimos de besarnos anoche? Pero a lo mejor su actitud es la correcta. Tal vez sea mejor fingir que eso nunca ocurrió.

Al fin y al cabo, nunca volverá a ocurrir.

25

Hoy Victoria parece especialmente aletargada. No he conseguido que pruebe el almuerzo, y va por el mismo camino con la cena. Se muestra apática cuando le ofrezco una cucharada de puré de zanahoria. La parte positiva es que al menos no me ha mirado mal por lo que pasó anoche.

Aún no me explico cómo se volcó ese vaso.

Tal vez sea mejor no saberlo.

Llevo cerca de una hora intentando darle de comer sin éxito cuando Adam asoma la cabeza.

—¿Es buen momento para administrarle la medicación?

A Victoria se le desorbitan los ojos al oír la pregunta. No la había visto tan despierta en todo el día.

—Dame veinte minutos más —le pido.

Asiente.

—De acuerdo. Hasta luego.

Victoria ha tomado un bocado de puré, y se le cae un poco por la comisura derecha de la boca. Intento limpiárselo, pero me aparta con la mano.

—Sylvie —dice.

Me he percatado de que, cada vez que pronuncia mi nombre, es porque quiere comunicarme algo importante.

—¿Sí?

—Arga. —Tiene sus ojos azules abiertos como platos—. Adam arga.

Ahora sé que se refiere a un arma, pero no entiendo de qué habla. No he visto una sola arma en esta casa. Pensaría que se lo está inventando si no fuera por ese agujero de bala.

—Tú… —Señala la pared—. Arga. En el…

Observo su rostro. Se esfuerza por encontrar una palabra. Parece tan frustrante. Sabe exactamente lo que quiere expresar, pero no puede. Casi veo cómo giran los engranajes de su mente, pero todo parece en vano.

—Bario —dice al fin en tono triunfal.

Genial. No tengo ni idea de lo que intenta decirme.

—¿Quieres ir al baño?

—No. No. —Cierra los ojos con fuerza por un momento y los vuelve a abrir—. Bario. Bario. El… bario.

Por mucho que repita la palabra, seguirá sin tener sentido. Pero entonces me fijo mejor en lo que está señalando. Su mano no apunta a la pared, sino a su armario.

—¿Armario? —pregunto.

Asiente enérgicamente.

—Sí. Bario Adam.

¿Quiere darme a entender que hay un arma en el armario de su marido?

Pues tal vez sea cierto. Pero ¿tan terrible sería? No me parece raro que viviendo en este sitio tan retirado quiera tener un arma para protegerse. Si guarda una pistola en su armario, es cosa suya. No la lleva a todas partes en una funda ni va por ahí encañonando a la gente.

Sin embargo, Victoria me mira con expresión suplicante. Quiere que vaya en busca del arma. Pero no puedo; Adam me despediría.

En cualquier caso, creo que Adam es suficientemente responsable para ser dueño de una pistola. No hay por qué alarmarse.

—No te preocupes —le digo a Victoria—. Ya me encargo yo.

Pero en el fondo sé que no voy a hacer nada.

26

Adam calienta platos precocinados para la cena de hoy. Albóndigas suecas, una de mis comidas precocinadas favoritas. Estoy segura de que Adam las considera un plato muy poco refinado, pero para mí es como darme un capricho. Cuando las pasaba canutas para afrontar el alquiler, no podía permitirme pagar cinco dólares por unas albóndigas con fideos y salsa metidas en un envase de plástico. Mi presupuesto semanal para comida era como de diez pavos. Comía muchos fideos instantáneos.

Me alegra que ya no llueva. El cielo ha estado despejado casi todo el día, aunque de pronto ha empezado a hacer mucho frío. Me da que no voy a poder seguir llevando a Victoria de paseo durante mucho tiempo. Quería sacarla hoy, pero me preocupaba que el suelo estuviera demasiado resbaladizo por las hojas y el agua tras la tormenta de anoche.

—Creo que cenaré en mi habitación —digo cuando el tintineo del microondas indica que la cena está lista.

Adam frunce el ceño.

—Ah. Como quieras.

No parece muy contento con mi decisión, pero no protesta. Lo entiende.

Sirvo la comida en un plato y me dispongo a subir las escaleras cuando suena el timbre.

—¿Esperas visita? —pregunto.

Niega con un gesto.

—No vienen muchos vendedores ambulantes por aquí.

Deja el microondas abierto y se encamina hacia la puerta. Mientras echa un vistazo por la mirilla, yo dirijo la vista hacia la ventana. En el camino de entrada hay un coche que me resulta dolorosamente familiar. Un Ford Fiesta verde con la pintura rayada. Me llevo una mano a la boca.

—¡Adam! —exclamo—. No…

Pero es demasiado tarde. Él ya ha abierto la puerta, y Freddy está en el umbral, con un ramo de flores. No se trata de rosas, como las que Adam le compraba a Victoria, sino de claveles. Son más baratos. No debería sorprenderme.

—¡Sylvie! —Freddy aparta a Adam de un empujón y entra en el recibidor. Ya está dentro de la casa, sin más—. Sylvie, tenemos que hablar.

Retrocedo un paso. Abro la boca, pero no consigo articular palabra. Por fin entiendo cómo se siente Victoria.

—¿Querías algo? —pregunta Adam.

—Sí. —Freddy posa la mirada en él y luego otra vez en mí—. Sylvie y yo… éramos…

Está pugnando por explicar nuestra relación. No sabe cómo. Nunca llegamos a casarnos. Desde que se marchó, yo diría que él y yo no somos nada.

Freddy pasa por el lado de Adam para hablar conmigo. No puedo evitar fijarme en que, a pesar de todo, está guapo. Antes iba siempre con el cabello oscuro desgreñado, pero ahora luce un peinado corto y profesional. Lleva una camisa de vestir blanca y unos pantalones bonitos. Parece un empleado de oficina. Da la impresión de haber sentado la cabeza. Me pregunto si habrá retomado los estudios, como yo siempre lo animaba a hacer.

—Sylvie, ¿podemos hablar, por favor?

—¿Cómo me has localizado? —pregunto.

—Tu casero de antes me ha dado tus señas.

Aprieto los puños.

—¿Te las ha dado él?

—Después de que yo aflojara veinte pavos. —Despliega una sonrisa, como si estuviera orgulloso de haber sobornado a mi casero—. De todos modos, tampoco era un gran secreto. Habrías podido decirme adónde ibas.

—Y tú habrías podido captar la indirecta de que no quería que lo supieras. —Retrocedo otro paso hasta dar con la encimera de la cocina—. Se acabó, Freddy. Ese capítulo de nuestras vidas llegó a su fin.

—No debí marcharme cuando tú me lo pediste. —Arruga el entrecejo—. Pero no entiendes que también fue doloroso para mí. La situación era de lo más… desesperante. Nos pasábamos el día discutiendo. Pero no era porque no te quisiera. Te sigo queriendo. Lo que pasa es que no paraba de comerme la cabeza pensando que todo era culpa mía…

Eso era lo peor. Freddy se culpaba de lo sucedido. Si tan solo hubiera insistido más en entrar conmigo cuando hablé con mi padre. Toda nuestra vida habría sido diferente. Me habría podido proteger.

Pero no lo hizo.

—Lo siento. —Se me quiebra la voz—. Pero no quiero verte más.

—Sylvie, por favor…

Da otro paso hacia mí. Intento retroceder, pero tengo la encimera detrás. Casi me he olvidado de la presencia de Adam cuando este carraspea y le da unos golpecitos firmes con los dedos en el hombro a Freddy.

—Perdona —dice—, pero voy a tener que pedirte que te vayas.

—Lo siento, tío. —Freddy apenas se digna mirarlo por encima del hombro—. Esto no te incumbe.

—Todo lo que ocurra bajo mi techo me incumbe —replica Adam en un tono frío que, para ser sincera, me da un poco de miedo—. Quiero que te vayas. Ahora mismo.

Freddy se detiene, se vuelve hacia Adam y lo mira de arriba abajo, seguramente para calcular si puede con él. A Freddy no se le daba mal luchar. Se metía en alguna pelea de vez en cuando, y se defendía bastante bien. No sé quién ganaría si se enfrentara con Adam.

Me viene a la mente el arma. La que, según Victoria, está en el armario de Adam.

Pero la cosa no llega tan lejos. Adam saca rápidamente su teléfono.

—Voy a llamar a la policía. En dos minutos podrían estar aquí.

Noto que Freddy se debate en la duda. Ahora que parece haber reencauzado su vida, seguro que lo último que quiere es acabar en la cárcel.

—Sylvie —dice en voz baja—, ¿puedes salir un momento a hablar conmigo?

Antes de que pueda contestar, Adam interviene.

—Ha dicho que quiere que te vayas. Vete. Ahora.

Freddy deja caer los hombros. Una parte de mí se pregunta si se arriesgará a quedarse. Una parte de mí desea que se quede. Después de todo, hubo un tiempo en que quería a este hombre. Creía que formaríamos una familia. Pero entonces echa a andar hacia la puerta arrastrando los pies. Me tranquilizo por fin cuando lo veo subir a su coche y alejarse.

No me atrevo ni a mirar a Adam a los ojos.

—Siento lo ocurrido.

—No te preocupes. Para eso estoy aquí.

Alzo la vista hacia él. Ha atravesado experiencias similares a las mías. Perdió a su hijo antes de que naciera. La persona que creía que era el amor de su vida le fue arrebatada. Él me entiende. Sabe lo que he pasado porque él ha pasado por lo mismo.

De repente, me desmorono. Rompo a sollozar como un bebé, y Adam me toma entre sus brazos y me estrecha contra sí. Hacía mucho que nadie me abrazaba así. Resulta muy agradable. Le apoyo la cabeza en el hombro y él me acaricia el cabello. Cuando levanto el rostro, me besa en los labios con tanta suavidad que no puedo evitar devolverle el beso.

Lo que sucede a continuación está muy mal. Pero ya ni siquiera me importa.

27

A la mañana siguiente, me despierto en la cama de Adam. El dormitorio principal cuenta con su propio cuarto de baño. Oigo que se está duchando. Canta. Trato de identificar la canción. Creo que es algo de Bruno Mars. Parece muy contento. Al menos, nunca lo había oído cantar antes, así que supongo que es señal de que está contento.

Sale del baño con una toalla alrededor de la cintura y una sonrisa de oreja a oreja. Confirmado: está muy contento. Supongo que hacía mucho que no echaba un polvo. Igual empezaba a pensar que ya nunca volvería a hacerlo.

—Hola. —Se inclina sobre la cama y me besa en la boca con delicadeza, lo que me trae recuerdos muy gratos de anoche. Le dejo hacer por unos instantes y luego me echo hacia atrás—. Por fin te has despertado. A dormir no hay quien te gane, Sylvia.

Desvío la mirada cuando deja caer la toalla y no vuelvo a alzarla hasta que se pone algo de ropa. No debería haber hecho lo que hice anoche. Debería haberlo apartado de mí. Sin embargo, después de ver cómo manejó la irrupción inesperada de Freddy, no pensaba con claridad.

—Adam —murmuro—, escucha...

La camiseta se le pega al pecho húmedo.

—Ah. Mierda.

—¿Qué?

La sonrisa se le borra de la cara.

—Estás a punto de decirme que lo de anoche fue un terrible error y que no puede repetirse.

—Bueno… —Esa era justo mi intención—. Es que… Victoria…

Se sienta en el borde de la cama, a mi lado.

—Sylvia, quiero a Victoria. Lo sabes. Siempre la querré. Pero…

—Pero ¿qué?

Se pasa los dedos por el cabello mojado.

—¿De verdad vas a obligarme a terminar la frase? Victoria padece daños cerebrales graves. Lo nuestro ya no es un matrimonio. ¿Te estoy diciendo algo que no sepas?

Bajo los ojos.

—No…, pero ella sigue estando ahí dentro. O al menos una parte de ella.

Niega con la cabeza.

—Tal vez una pequeña parte. No lo sé. Pero tengo treinta y cinco años, Sylvia. Quiero cuidar de Victoria y lo haré, pero no quiero que mi vida se reduzca a eso. No lo soportaría. Si supiera que el resto de mis días van a reducirse a eso, me… —Respira hondo—. Me volaría la tapa de los sesos.

Aunque lo que dice suena fatal, no puedo echárselo en cara. Ha sido un esposo estupendo para Victoria hasta ahora. Ha permanecido a su lado, algo que no todos habrían hecho, menos aún alguien tan joven y atractivo como él.

Pero lo que me inquieta de verdad es que la parte de Victoria que sobrevive en su interior es más grande de lo que él está dispuesto a reconocer. Si se hubiera convertido en un vegetal incapaz de abrir los ojos, la cosa sería distinta, pero no es así. Habla, aunque solo de vez en cuando. Sabe lo que sucede a su alrededor. Se acordaba de cuando una bala había impactado en el árbol del jardín. Se dio cuenta de que me había puesto su jersey. Afirma que hay un arma oculta en el armario de Adam. Y, por alguna razón, eso la asusta.

No obstante, entiendo que él se sienta solo. Al fin y al cabo, Victoria ya no puede mantener ni una conversación sencilla. Y me parece comprensible que acostarse con ella le resulte turbio desde el punto de vista ético. Él me ha confesado que, desde que ella regresó del hospital, ha tenido que darse duchas frías.

Sin embargo, esta mañana, se ha dado una agradable ducha caliente.

Se agacha para besarme de nuevo. Y, que Dios me perdone, se lo permito.

28

Adam y yo llevamos dos semanas enrollándonos.

Cada noche, después de meter a Victoria en la cama, cenamos juntos antes de retirarnos a su dormitorio. Y luego hacemos el amor durante horas. Estaba loca por Freddy cuando era más joven, pero lo mío con Adam no tiene nada que ver. La verdad es que pienso en él a todas horas. Es lo último en lo que pienso cuando me acuesto por la noche y lo primero en lo que pienso cuando despierto por la mañana. Sueño con él.

Pero no he vuelto a pasar una noche entera en su cama. Para empezar, sigo considerándolo el lecho matrimonial de Adam y Victoria. No tengo derecho a dormir en él. Y, en segundo lugar, no quiero que Eva o Maggie me pillen saliendo de ahí por la mañana. Maggie solo se reiría y me tomaría el pelo, pero me asusta la reacción de Eva. En el mejor de los casos, me lanzaría la mirada más asesina de la historia.

Por otro lado, me siento culpable por Victoria. No sabe lo que ocurre entre nosotros dos, pero seguro que lo sospecha. Y, aunque es verdad que sufrió una lesión cerebral grave, sigue estando lo bastante lúcida para atar cabos y deducir que me acuesto con su marido. Todavía recuerdo el modo en que me miró la noche del apagón, en su cuarto.

«Mío».

Lo cierto es que sigo leyendo su diario, pero por un motivo distinto. Voy por la parte en que describe su compromiso con Adam. Él la trata con una ternura y un romanticismo que no puede mostrar conmigo dadas nuestras circunstancias. Y en ocasiones simplemente me recreo en la lectura de las entradas, para imaginarme que soy yo quien disfruta de un paseo en coche de caballos por Central Park o quien va con él a ver un espectáculo de Broadway desde el patio de butacas.

Lo que no significa que no haya momentos románticos. Esta mañana, cuando abro la puerta de mi habitación, me encuentro una docena de rosas en el umbral. Nunca nadie me había regalado rosas; Freddy no podía permitírselas. Por poco se me saltan las lágrimas. Me recorre una oleada de alegría hasta que alzo los ojos y descubro a Eva acuchillándome con la mirada.

—Hola, Eva —balbuceo.

Me observa con los párpados entornados.

—Sé lo que estás haciendo.

Recojo las rosas del suelo.

—No... no sé a qué te refieres.

Suelta un bufido.

—No mientas. Desde el primer momento en que te vi supe que pasaría esto. Siempre ocurre lo mismo. ¿Te crees que eres la primera? Pues no lo eres.

Me empieza a sudar la parte posterior del cuello.

—Perdona...

—No —dice Eva—. Pedir perdón no te servirá de nada. Serás castigada por tus despreciables actos, te lo aseguro.

Dicho esto, pasa de largo y baja las escaleras pisando con fuerza. No suelto el aire hasta que oigo que cierra de golpe la puerta de la calle.

La casa queda sumida en un silencio absoluto. Victoria estará en su cuarto, supongo. Tras dejar las rosas sobre mi cómoda, avanzo con sigilo por el pasillo hacia su dormitorio. Cuando abro la puerta, la veo sentada frente a la ventana, como de costumbre, con los ojos cerrados.

Normalmente, bajaría a prepararle el desayuno, pero el encuentro con Eva me ha dejado tan alterada que siento que debería decirle algo a Victoria, así que me acerco a ella y fuerzo una sonrisa gigante.

—¡Hola, Victoria! —digo en voz muy alta, con la intención de arrancarla del sueño.

Funciona. Entreabre los ojos azules.

—¿Te apetece desayunar? —pregunto en un tono tan animado que me descoloca. Debe de ser el efecto de dos semanas de sexo estupendo.

Los párpados de Victoria se abren un poco más, pero ella se mantiene en silencio.

Oigo unos golpecitos en la puerta de la habitación, algo más bien innecesario dado que no está cerrada. Adam se encuentra de pie en el vano, con su pantalón corto de correr y una camiseta húmeda.

—Hola, Sylvia. —Me guiña el ojo—. Voy a hacer unos huevos para el desayuno. ¿Añado un par más para ti?

Miro a Victoria, que ahora tiene los ojos abiertos de par en par. Una profunda inquietud me oprime el pecho. Ella lo sabe. Sabe lo que está sucediendo entre nosotros. Se le nota en toda la cara.

—No, gracias —murmuro.

—¿Seguro? —Me mira, subiendo y bajando las cejas. Madre mía, ya puestos, ¿por qué no proclama a los cuatro vientos que estamos liados?—. No me cuesta nada.

—No. —Las mejillas empiezan a dolerme de tanto sonreír—. No hace falta.

Adam se marcha, pero Victoria mantiene la vista clavada en mí. Cualquier posible duda de que está al tanto de lo que ocurre se disipa. Por muy limitada que sea su capacidad de comprensión, ha comprendido que me acuesto con su esposo.

—Lo siento mucho —musito—. Es que…

No sé cómo terminar la frase.

Victoria parece estar rumiando sus siguientes palabras. Da la impresión de que tiene algo que decir. Y me juego lo que sea a que no se trata de algo muy agradable. Por primera vez, me alegro de que tenga dificultades del habla.

—Sylvie —dice al fin.

—¿Sí? —El corazón me martillea en el pecho. Me preparo para el horrible exabrupto que me va a soltar y que me he ganado a pulso.

—Tú…

Me muerdo el labio.

—Lo sé. Lo siento, Victoria.

—Te va a matar.

Nunca la había oído decir tantas palabras seguidas. Además, casi no ha arrastrado las sílabas al articularlas. Me quedo boquiabierta.

—Pero ¿qué dices? ¿De qué hablas?

—Arma. —El ojo sano de Victoria me atraviesa mientras el otro mira por la ventana. Esta vez ha pronunciado bien la palabra—. Coge… el arma.

Es lo último que me dice en todo el día.

29

Diario de Victoria

22 de marzo de 2017

Esta noche… No sé ni qué decir.

Hace una hora que no paro de llorar.

Esta noche Carol ha celebrado una fiesta de compromiso para Adam y para mí. Bueno, más que una fiesta ha sido una reunión de un grupo de amigos en un bar asador que está a unas pocas manzanas del hospital, donde hemos ocupado cinco mesas para cenar y beber como cosacos.

Como muchos de los invitados trabajan en el hospital, varios llevaban uniforme sanitario. Yo, por mi parte, me había puesto la falda azul combinada con una blusa blanca y zapatos de salón negros. Fue el segundo conjunto que elegí. En un principio, salí de la habitación con mi vestidito negro nuevo, pero en cuanto vi la expresión de Adam supe que más valía que me cambiara.

Adam tiene sus puntos buenos y sus puntos malos. Carol sigue con la broma de llamarlo don Perfecto, pero, como ya he dicho, nadie es perfecto. Es extremadamente exigente en lo que se refiere a la apariencia de la casa… y a la mía. Nunca salimos a comer o cenar sin que antes él dé su visto bueno a mi atuendo.

Es muy importante para él. Y, si no le gusta lo que llevo, tengo que regresar al dormitorio y ponerme otra cosa.

Así escrito parece... extraño, lo sé. Todo el mundo tiene sus rarezas. Yo tampoco soy perfecta ni mucho menos. Como suele señalar Adam, soy un poco dejada. Más que un poco, de hecho. Y, por supuesto, él tiene muchas virtudes: es encantador, cariñoso, generoso y un escritor brillante. A su editor le ha encantado su último manuscrito, y dice que va a ser un bombazo mayor que los anteriores.

Pero seguramente nunca lo leeré. Porque él y yo hemos terminado.

Adam y yo estábamos sentados en la parte central de la abarrotada mesa, frente a Carol y su novio. Y junto a Carol estaba Mack, que había acudido solo. Nunca me había parecido un tipo especialmente callado —estoy acostumbrada al sonido de su risa franca—, pero apenas había dicho un par de palabras en toda la noche. No hacía más que juguetear con su servilleta y lanzarme miradas.

Nos habían puesto delante una montaña de comida. Y era el tipo de comida que Adam y yo no pedimos nunca cuando vamos de restaurante: patatas fritas, alitas de pollo picantes, aros de cebolla y minibocadillos de carne. Todo lo que había sobre la mesa estaba cubierto con una capa de pan rallado, grasa o las dos cosas a la vez. Y, en vez de vino, yo estaba bebiendo una Corona. Tenía la barriga llena de fritanga y alcohol barato. ¡Pero me sentía genial!

—Bueno, ¿cuándo os dais el sí, quiero? —preguntó Carol inclinándose hacia delante, de modo que alcancé a oler la cerveza en su aliento.

Adam alargó el brazo para tomarme de la mano por debajo de la mesa.

—Tenemos billetes para volar a Las Vegas dentro de tres semanas.

—¿Vosotros dos solos? —preguntó Mack.

Me llevé un aro de cebolla a la boca.

—Nosotros dos solos.

Adam me dio un apretón en la mano.

—No nos hace falta nadie más.

—¡Qué bonito! —exclamó Carol. Le arreó un manotazo en el brazo a su novio—. ¿Por qué tú nunca dices cosas tan bonitas?

En realidad, Jeff, el novio de Carol, es un buen tipo. Lo conozco desde hace más tiempo que a Adam, y, aparte de afable, puede ser romántico cuando la situación lo requiere. Además, dudo mucho que obligue a Carol a tener su propia pasta de dientes. O que se ponga histérico si ella usa la suya por error.

Me metí más patatas fritas en la boca. Por alguna razón me había olvidado de cuánto me gustaban. Adam prefiere platos más refinados, pero a mí no me educaron así. A lo mejor soy una chica poco refinada.

—Modérate un poco, Vicky —dijo Adam—. Como sigas atiborrándote de patatas, no cabrás en el asiento del avión.

Carol, que se había echado al cuerpo demasiadas cervezas, celebró la broma de Adam con una risita. Yo también me reí, aunque noté que se me encendían las mejillas. No me atrevía ni a mirar a Mack, aunque me imaginaba la cara que se le debía de haber puesto.

Nuestra camarera se acercó a preguntar si queríamos otra ronda de bebidas. Aunque sabía que no era buena idea, me pedí otra cerveza. Carol también, pero Mack negó con la cabeza.

La camarera le posó la mano en el hombro a Adam.

—¿Y tú qué dices, cariño?

Llevaba tirándole los tejos desde que él había llegado. No era tan raro. Adam es un hombre muy guapo, y las mujeres coquetean con él. A menudo. A veces incluso delante de mí, cosa que no acabo de entender. ¿Se creerán que soy su hermana? ¿De verdad les interesa un tío capaz de dejar tirada a la mujer con la que está cenando en cuanto se presenta una opción más atractiva? Sea por la razón que sea, es algo que ocurre. Y me molesta.

Él le sonrió.

—Me cuesta decidirme.

—Bueno —respondió ella—. Como digo siempre: en caso de duda, ¡pide otra!

Cuando se rio de su propia broma, no pude evitar fijarme en su espectacular delantera embutida en una ajustada camisetita blanca. Adam también pareció reparar en ello.

—¿Qué cerveza me recomiendas? —preguntó él.

Ella se dio unos golpecitos con el dedo en el mentón.

—Bueno, creo que la Switchback Ale te gustará. Es suave, muy rica.

La sonrisa de él se ensanchó.

—Como yo.

Ella se le acercó un poco más con disimulo.

—Justo lo que estaba pensando.

Yo no daba crédito. Sí, a veces Adam les seguía el juego a las camareras que tonteaban con él, pero que estuviera flirteando de un modo tan descarado delante de todos mis amigos me sentó como una bofetada.

Y me sentó aún peor cuando ella regresó con su cerveza y una servilleta de cóctel que colocó en la mesa delante de él con un guiño insinuante. Había garabateado su número en el reverso de la servilleta.

—¡Qué fuerte! —chilló Carol—. ¡Esa camarera te ha dado su número!

—Guau —dijo Mack.

—No sé de qué os extrañáis —dijo Carol—. Adam está buenísimo. —Con una risa tonta, le dio golpecitos con el codo a Jeff, que puso cara de circunstancias.

Adam soltó una carcajada.

—Supongo que no se ha dado cuenta de que ya estoy pillado.

Lo peor fue que, en vez de romper o arrugar la servilleta, la dobló por la mitad y se la guardó en el bolsillo.

Yo tenía la barriga hinchada por toda la cerveza que había ingerido. Eché mi silla hacia atrás con tanta brusquedad que estuvo a punto de volcarse. Me levanté con las piernas vacilantes.

—Disculpadme un momento —conseguí farfullar.

Me encaminé hacia el lavabo de señoras dando traspiés. Aunque no tenía ganas de orinar, había bebido tanto que sentía que debía intentarlo. Pero, más que nada, quería alejarme de esa mesa. Mi prometido estaba ligando con otra mujer en nuestra fiesta de compromiso. No aguantaba ni un minuto más ahí sentada.

Cuando me disponía a abrir de un tirón la puerta del aseo, noté una mano en el hombro. Me volví de golpe y vi a Mack de pie detrás de mí, con una arruga profunda entre las cejas negras.

—Vicky —dijo.

—Necesito ir al baño —mascullé.

—Tengo que hablar contigo.

Desvié la mirada.

—Ahora no.

—Sí, ahora. —Meneó la cabeza—. Sé que te prometí guardarme mis opiniones sobre Adam, pero lo siento mucho, no puedo.

—Mack…

—Se porta como un idiota contigo. —Cerró la mano derecha en un puño—. Lleva toda la noche ninguneándote y haciendo chistes a tu costa. Y ahora está ligando con esa camarera delante de tus narices. Por Dios…

—Es solo un flirteo inocente.

—¡Qué va a ser un flirteo inocente! —Alzó la voz varios decibelios—. Te está faltando al respeto. Ya sé que no es asunto mío, pero…

—Tienes razón. —Tragué la bilis que me subía por la garganta—. No es asunto tuyo. Tú ni siquiera quisiste contarme por qué lo habías dejado con Kaitlyn, así que no actúes como si tuviéramos esa clase de relación.

Se le cortó el aliento.

—Vicky…

—No lo niegues. —Resoplé—. Cuando se trata de tu vida personal, todo es alto secreto. En cambio, cuando se trata de la mía, puedes inmiscuirte todo lo que quieras. ¿Por qué no me dices por qué rompiste con Kaitlyn? ¿Qué cosa terrible hizo la maravillosa Kaitlyn que te pareció tan inaceptable?

Mack hundió los hombros.

—¿De verdad quieres saberlo?

Mi pregunta iba en serio: quería saberlo. Sin embargo, su tono de voz me hizo dudar.

—Rompí con Kaitlyn porque... —Respiró hondo—. Estaba enamorado de ti.

¿Qué?

La cabeza me daba vueltas. No estaba muy segura de haberlo oído bien. ¿Mack estaba enamorado de mí? ¿Cómo era posible? Estaba prometida con otro hombre. Y Kaitlyn era..., bueno, era preciosa. ¿Por qué me soltaba este bombazo ahora, cuando faltaban tres semanas para mi boda con Adam?

Se pasó los dedos por el cabello negro.

—Sé que es un momento pésimo. No pensaba decirte nada, pero... no puedo quedarme cruzado de brazos viendo cómo cometes un error tan grave, y menos aún cuando...

Negué con la cabeza.

—Mack...

—Oye... —Arrugó la nariz con ese gesto que me parecía tan adorable. Supongo que aún me lo parece—. No espero que sientas lo mismo. Tengo claro que dejé escapar mi oportunidad. Pero... no te digo esto por mí, Vicky, sino por ti. Por favor, no te cases con ese tío. Por favor.

—Creo... —Alcé la vista hacia el rostro de Mack, hacia sus dulces ojos castaños y su enmarañada cabellera negra. ¿Por qué no me dijo esto el día antes de que Adam acudiera a urgencias y no ahora, cuando ya es demasiado tarde?—. Creo... que voy a vomitar.

Acto seguido, entré corriendo en el baño y eché una vomitona impresionante en el retrete. Mack tuvo el buen tino de no seguirme al interior del aseo de señoras, lo que habría sido humillante. Sin embargo, oí el leve chirrido de la puerta al entreabrirse, seguido de su voz.

—Vicky, ¿te encuentras bien?

—Por favor, ve a buscar a Carol —gemí.

Gracias a Dios, la siguiente voz que oí en el lavabo fue la de Carol. Entró en el compartimento conmigo y me sujetó el pelo de modo que no tocara el inodoro (lo llevaba suelto, tal como le gustaba a Adam). Yo ni siquiera estaba tan borracha. Creo que la culpa fue de la fritanga. Y tal vez un poco de Mack, por confesarme que estaba enamorado de mí.

Cuando por fin conseguí regresar a la mesa, Adam se puso en pie de un salto y pidió un Uber para que nos llevara a casa. Me alivió comprobar que, al parecer, ya no se acordaba de su vergonzoso numerito con la camarera. Me había enfadado mucho al principio, pero ahora solo quería olvidarme del asunto.

Me dolió la cabeza durante todo el trayecto de vuelta a casa. Adam me ayudó a bajar del coche, y fui caminando como una ancianita hasta nuestro edificio. Estaba deseando meterme en la cama. Por fortuna, Carol había elegido la fecha para la fiesta de modo que yo no tuviera que ir a trabajar el día después. Planeaba pasarme las siguientes veinticuatro horas durmiendo, o tal vez la semana entera.

Sin embargo, en cuanto entramos en el piso, Adam cerró de un portazo tan fuerte que sentí que me iba a estallar la cabeza. Por un instante, esperé que hubiera sido un accidente y no otra rabieta. Pero, en cuanto le vi la cara, supe que me iba a caer una buena.

—Eres de lo que no hay, Victoria —dijo.

Me froté las sienes. Sentía que tenía los ojos inyectados en sangre. Habría desembolsado cien pavos con tal de dar por terminada esa conversación en ese momento.

—¿Qué? ¿De qué hablas?

Sus labios se curvaron en una mueca desdeñosa.

—¿Te crees que no te he visto escabullirte con el sanitario gordo ese?

Se me cayó el alma a los pies cuando comprendí lo que ocurría. Adam estaba cabreado. Mis posibilidades de irme a la cama en un futuro cercano se habían desvanecido.

—No me he escabullido con Mack. He hablado un par de minutos con él camino del aseo.

—¿Esperas que me lo trague?

Me temblaban las rodillas.

—Adam, no le des mayor importancia. No pasó nada.

—¿Crees que no me he dado cuenta de cómo te mira, de que te has pasado toda la velada coqueteando con él?

—¿Que yo estaba coqueteando? —A pesar de las punzadas en las sienes, sentí un ramalazo de rabia—. ¡Es a ti a quien la camarera le ha dado su número de teléfono! ¿No te parece que eso estaba fuera de lugar?

—¡Fue cosa suya! Yo no se lo pedí.

—Podrías habérselo devuelto. O haberlo roto.

Clavó sus ojos verdes en mí y se le ensombreció la mirada.

—¿Sabes qué? Me alegro de no haberlo hecho. A lo mejor le doy un toque.

Me quedé mirándolo. Ya sabía que Adam tenía un problema de celos. No me supuso una gran sorpresa. Pero nunca nos habíamos enzarzado en una discusión tan fuerte por culpa de eso.

—Es obvio que no puedo confiar en ti —dijo—. A la mínima que me descuido, te pones a tontear con otro hombre. —Entornó los párpados—. ¿Te estás acostando con él, Victoria?

—¡No!

—No te creo. —Dirigió la vista hacia la mesa de la cocina, sobre la que había dejado mi bolso. Antes de que me diera cuenta de lo que ocurría, se abalanzó hacia él y sacó mi iPhone—. Seguro que, si echo un vistazo aquí, encuentro un millón de mensajes de texto de ese tío.

Bueno, podría haber algunos, pero no un millón. Unos doscientos, como mucho. Y todos de lo más inocentes.

—No es verdad.

Señaló la pantalla de mi móvil con furia.

—¿Cuál es tu contraseña, Victoria?

El dolor punzante que me atenazaba las sienes se intensificó.

—No pienso decírtela.

—¿Por qué no? ¿Acaso tienes algo que ocultar?

Podría haberle dado la contraseña. Podría haber abierto los

mensajes que había intercambiado con Mack para demostrarle lo inofensivos que eran. Sin embargo, por algún motivo, dudaba que eso bastara para apaciguarlo. Escudriñaría cada texto y se imaginaría cosas que no estaban ahí. Y, aunque no lo hiciera, no me parecía bien revelarle mi contraseña. ¿Por qué habría de hacerlo?

—No —dije con firmeza—. Es mi teléfono. Tú no me dirías la contraseña del tuyo.

—Porque yo no te estoy engañando con otra mujer.

No podía creer lo que oía. ¿De verdad pensaba que yo le estaba poniendo los cuernos?

—No te estoy engañando, Adam.

—Y una mierda. —Me agitó el teléfono delante de la cara—. ¿Cuál es tu contraseña, Victoria?

—Adam…

—¡Que me des la puta contraseña!

Se apoderó de sus ojos una expresión que nunca le había visto antes. Me hizo retroceder. Aunque el atroz dolor de cabeza no había remitido, había pasado a un segundo plano. Por un momento, no me cupo la menor duda de que iba a agarrarme del cuello y a estrangularme con sus propias manos. Pero, en vez de ello, alzó mi teléfono y me lo tiró a la cara.

Al menos, eso me pareció. No sé si fue por mala puntería o por otra razón, pero el móvil me pasó por un lado de la cabeza y se estrelló contra la pared que tenía detrás con tanta fuerza que dejó una pequeña marca. Oí que la pantalla se hacía añicos cuando el teléfono impactó en el suelo. Tras lanzarme una última mirada, Adam giró sobre los talones, salió por la puerta y la cerró de golpe detrás de él.

Y así ha transcurrido la noche de mi fiesta de compromiso.

Mi móvil está roto. La pantalla ha quedado tan destrozada que no se ve nada. Pero lo que ha quedado aún más destrozado es mi compromiso. No puedo casarme con Adam después de lo que ha hecho esta noche. Resulta que Mack tenía razón desde el principio.

Ya he echado el cerrojo a la puerta. Por la mañana, haré las maletas y buscaré un sitio donde alojarme. A lo mejor Carol me deja quedarme en su casa. Solo sé que he terminado con Adam.

Empecé a escribir este diario para que mis hijos pudieran leer la historia de cómo conocí a su padre, pero, al parecer, su padre no será Adam Barnett.

Me siento como una imbécil.

23 de marzo de 2017

Me da un poco de vergüenza escribir esto.

Nos hemos reconciliado. Lo de anoche fue horroroso. He leído por encima lo que escribí después de nuestra discusión y me acuerdo de lo enfadada que estaba. No habría vuelto con él por nada del mundo. Ni en un millón de años.

Me he pasado la noche dando vueltas y más vueltas en la cama. No paraba de ensayar lo que le diría cuando le devolviera el anillo que le había costado una millonada. Sin embargo, pensar en ello no me proporcionaba alivio o consuelo. La idea de perderlo me dolía demasiado y me provocaba una opresión en el pecho.

Era el hombre con quien había planeado casarme y formar una familia. ¿Cómo podía haberse acabado todo?

Adam se presentó ante la puerta a las diez de la mañana, con un aspecto tan lamentable como mi estado de ánimo. Estaba despeinado, con barba de un día y los ojos enrojecidos. Me dijo que había dormido en un banco del parque, lo que me hizo sentir fatal. Parecía a punto de estallar en lágrimas.

Aunque aún no estaba dispuesta a hacer las paces, lo dejé entrar.

—Siento mucho lo de anoche —dijo—. Había bebido demasiado y... —Se restregó los ojos—. No sé cómo fui capaz de decirte esas cosas. Yo no soy así. Lo sabes, Vicky.

En efecto, lo sabía. Adam tenía un genio bastante vivo y se

enfadaba por tonterías como la de la pasta de dientes, pero lanzarme mi teléfono había sido muy impropio de él.

—No volveré a beber cerveza en la vida —gruñó.

—No puedes achacárselo a la cerveza.

—Lo sé. —Torció el gesto—. No lo hago. No sé qué mosca me picó. Sé que tú nunca me engañarías. Yo tampoco te engañaría a ti. Ni en sueños.

Era en momentos como ese cuando más deseaba que mi madre siguiera viva. Carol a veces me da consejos, pero no es lo mismo; ella cree que Adam es don Perfecto. En cuanto a Mack, tiene sus propios intereses, así que no puedo fiarme de sus opiniones. No sabía qué hacer.

Pero no era capaz de imaginar un futuro sin Adam.

—Te quiero mucho, Vicky. —Me tendió la mano y dejé que tomara la mía—. Eres lo mejor que me ha pasado en la puñetera vida. Mejor que llegar a la lista de más vendidos del *New York Times*. Eres mi razón de vivir. —Sus ojos enrojecidos pestañearon—. Por favor…, dame otra oportunidad. Por favor.

Al final le dije que me lo pensaría. Se dio una ducha y, aunque debía de estar hecho polvo, me llevó a comer. Luego fuimos a una heladería italiana. Me compró flores. Se pasó el resto del día repitiéndome lo mucho que me quería y que yo era la mujer más extraordinaria que había conocido.

Una no es de piedra.

Adam es buena persona. Lo sé. Lo que hizo anoche no fue en absoluto típico de él. Al final voy a tener que achacarlo a todo lo que bebió. Voy a darle esa oportunidad que me pide, pero, creedme, voy a hacerle sudar tinta. No pienso aguantar más disparates. No voy a ser su saco de boxeo. Ni hablar.

Empecé a escribir este diario para contarles a mis futuros hijos la historia de cómo conocí a su padre, pero si la cosa con Adam no funciona, al menos esto servirá para recordarme que hasta la mejor relación puede irse a pique.

30

El relato de Victoria de lo sucedido en la fiesta de compromiso tiene que ser una exageración.

No me cabe en la cabeza. Mientras Adam extrae de la bolsa el festín de comida china que hemos encargado y nos han traído a casa hace unos minutos, intento imaginarlo lanzando un teléfono hasta la otra punta de la habitación. No lo consigo. Él no es así. Se ha portado en todo momento de forma amable y considerada delante de mí.

—Estás muy callada esta noche —comenta mientras echa un vistazo a un envase con pollo Kung Pao—. Oye, ¿hemos pedido dos raciones de este pollo o solo una?

—¿Quién es Mack? —pregunto de improviso.

Adam levanta la vista del envase.

—¿Mack?

No puedo hablarle del diario que he estado leyendo. Si se lo contara, pensaría que estoy violando la intimidad de Victoria. No se creería que ella me lo dio para que lo leyera, porque está convencido de que nada le funciona en la azotea. No ve lo que yo veo.

—Victoria lo ha mencionado.

—Ah. —Echa otra ojeada a la bolsa de papel marrón y saca unos palillos—. No me suena.

—Era un compañero de trabajo… Un técnico en emergencias, creo.

Se encoge de hombros.

—Pues no sé. Tenía muchos compañeros en el hospital. Es un lugar muy concurrido.

—¿O sea que el nombre no te resulta familiar?

—La verdad es que no —responde sin inmutarse. Si está mintiendo, se le da de maravilla—. ¿Por qué lo preguntas?

—Estaba pensando… —Me retuerzo las manos—. Me da pena que Victoria nunca reciba visitas. Como lo ha mencionado, se me ha ocurrido que tal vez…

Adam se aparta de la bolsa de comida china y me mira con expresión ceñuda.

—Algunas personas vinieron a verla cuando volvió a casa, pero eso la alteraba, así que… dejé de invitarlos.

—Ah…

—No me extraña. —Se muerde el labio—. Estoy seguro de que no quiere que sus conocidos la vean como está ahora. Antes era inteligente, encantadora y hermosa, y ahora… En fin, seguro que no es fácil.

—Es verdad.

No le falta razón. Si Victoria sentía algo por ese tío o él sentía algo por ella, dudo que le hiciera ilusión que la viera en su estado actual. Pero eso es una bobada. Se siente sola. Seguramente estaría más contenta si recuperara el contacto con algunas de sus viejas amistades.

O quizá simplemente quiero hacer algo bonito por ella porque me siento muy culpable por lo mío con Adam.

Él ha reanudado la tarea de sacar la comida de la bolsa. Hay demasiada, la suficiente como para cuatro personas, pero no pasa nada: mañana podremos cenar lo que sobre.

—Oye —dice—, he estado pensando en Acción de Gracias, que es la semana que viene. ¿Quieres tomarte unos días para ir a ver a tu familia?

Mi familia. Es un tema del que apenas le he hablado, y él ha tenido la delicadeza de no hacerme preguntas al respecto. Como él también está distanciado de sus padres por algún motivo, tal vez lo entendería. Nunca me sentí muy unida a mi padre. Siempre me dio la impresión de que lo decepcionaba en un sentido u otro. Nunca sacaba las notas que él quería. Siempre se comportaba como si esperara más de mí de lo que yo creía poder darle. Me había proporcionado un techo, sustento y una buena educación… y yo no había aprovechado nada de eso. Encima, mi madre siempre le seguía la corriente.

«¿Otro suficiente? ¿De verdad eres incapaz de hacerlo mejor, Sylvia?».

Por otro lado, me falta valor para contarle a Adam que la última vez que vi a mi padre me asestó una patada tan fuerte en las costillas que me las partió. No es una historia que quiera contarle a nadie.

—No tengo buena relación con mi familia —me limito a decir.

—Pues entonces creo que podríamos celebrar un pequeño banquete aquí mismo —dice Adam.

Noto que una sonrisa me baila en los labios. Hace años que no tomo una cena de Acción de Gracias como Dios manda.

—Vale. ¿Qué tienes en mente?

—Verás… —Me atrae hacia sí con las manos en la parte baja de mi espalda. Me encanta el olor de su loción para después del afeitado; siempre me desarma—. He pensado que yo podría cocinar un pavo y tú ayudarme con un par de guarniciones. Nada del otro mundo.

—¿Invitarías a tus padres?

Niega con un gesto.

—Ellos cenarán en casa del hermano de mi padre.

No consigo disimular el alivio. No me apetecía nada explicarles esta incómoda situación a los padres de Adam. Seguramente se percatarían de que hay algo entre él y yo.

—He pensado que lo mejor sería una celebración íntima —añade.

Asiento enérgicamente.

—Eso suena genial.

Se inclina para besarme.

—Así que estaremos solos tú, yo y Victoria.

Un momento… ¿Qué?

Tal vez he pecado de un egoísmo poco razonable, pero había supuesto que cenaríamos solos él y yo. O en todo caso que invitaría también a Maggie y su novio. No quiero ni imaginar lo violento que será compartir mesa los tres. Hace tiempo quería bajar a Victoria para que comiera con nosotros, pero ahora tengo claro que sería un error.

—Esto… —Me libero de su abrazo—. ¿Quieres que Victoria esté presente también?

—¿Tú no? —Arquea las cejas—. Es Acción de Gracias, Sylvia. Victoria es mi esposa.

—Pero… —¿No se da cuenta de lo raro que sería?—. Sé que tu intención es buena, pero creo que la haríamos pasar un mal rato. Me parece que sabe lo de…, en fin, lo nuestro.

Suelta un bufido.

—Qué va a saber.

—Que sí, Adam.

—Imaginaciones tuyas. —Niega con la cabeza—. Ha sufrido daños cerebrales graves, Sylvia. Según el médico, es como una niña de dos años. No se entera de lo que pasa a su alrededor. Ni siquiera se acuerda de las cosas al día siguiente. A duras penas sabe cómo te llamas.

—Recuerda mi nombre.

—Ah, ¿sí? ¿Entonces por qué cada vez que entras en su habitación dices: «Soy yo, Sylvie»?

Tiene razón. Es verdad que la saludo así cada vez que entro en su cuarto.

—No podemos excluirla —dice Adam con firmeza—. Le vendrá bien divertirse. Puedes ponerle algún conjunto bonito de los que guarda en su armario y arreglarle el pelo. Y, después de la cena, la subiremos de nuevo a su cuarto… y entonces podremos estar solos tú y yo.

Dudo que Victoria vaya a pasarlo bien en esa cena, pero, por otra parte, solo será una noche. Además, parece que es algo muy importante para Adam. Supongo que no será el fin del mundo.

31

Diario de Victoria

19 de abril de 2017

Me he casado hoy.

¡¡¡¡¡¡¡¡¡Estoy casada!!!!!!!!!

Ni yo misma me lo acabo de creer. La verdad es que, hasta ahora, todo el viaje ha sido mágico. Como un cuento de hadas. Bueno, un cuento de hadas que se desarrolla en Las Vegas. El hotel en el que nos alojamos parece el escenario de algún relato de fantasía. La planta baja entera está surcada por canales, y esta mañana Adam y yo hemos dado un paseo en góndola. ¡En góndola, nada menos! ¡No es broma!

En las últimas tres semanas, Adam ha sido el hombre más romántico y tierno del mundo. Deberíamos reñir más a menudo si este es el resultado. Me ha llevado flores a casa todas las noches y no ha parado de repetirme lo mucho que me quiere y lo afortunado que es de tenerme. Hasta compró una pasta de dientes nueva y dijo que era para los dos. ¡Por fin compartimos dentífrico! Es como si el miedo a perderme lo hubiera transformado en otra persona. Me alegro mucho de no haber cometido la locura de dejarlo aquella noche.

En contra de lo que me esperaba, nos hemos casado en una

capilla decorada con buen gusto. Temía que fuera una horterada porque…, en fin, estábamos en Las Vegas. Pero no: era una encantadora capillita blanca con molduras moradas, y en el interior había muchos bancos, como en una iglesia de verdad. Además, el señor que nos casó llevaba traje y no iba disfrazado de Elvis o algo por el estilo. Sí, lo de Elvis era una opción, pero al final la rechazamos (aunque me tentaba un poco).

No podíamos dejar de sonreírnos mientras el pastor nos leía los votos. Fue de lo más surrealista. Hace un año, yo ni siquiera tenía novio, y ahora estaba comprometiéndome de por vida con este hombre. ¡Y me sentí de maravilla al hacerlo! Tomé la decisión correcta.

Luego regresamos al hotel y Adam me cogió en brazos para cruzar el umbral. ¡Fue tan increíblemente romántico! Después estuvimos dos horas enteras en la cama.

En la cama con mi marido.

¡Mi marido! Marido, marido, marido… ¡No puedo dejar de decir esa palabra! No me cansaré jamás.

Lo sabía. Desde el primer momento en que lo vi, supe que esto pasaría. Fue cosa del destino. Estaba escrito que Adam se hiciera un corte en la mano y acabara en urgencias para que pudiéramos conocernos.

Cuando nos quedamos sin fuerzas, nos bebimos una botella de Bailey's que estaba en el minibar y a continuación pedimos la cena al servicio de habitaciones. Entonces Adam dijo que le apetecía bajar al casino a jugar unas manos de blackjack. Quería que yo lo acompañara, según él sería su amuleto de la suerte. Por un momento me lo planteé, pero estaba agotada tras todas las emociones del día.

Así que, en resumen, por si no os habíais enterado: ahora estoy casada (¡iiiih!). Y estoy tumbada en nuestra cama extragrande, releyendo *Todo queda en familia*, la primera novela de Adam. Estuve leyéndola ayer, durante el vuelo, y ahora estoy a punto de terminarla. Es tan buena como la recordaba; no me extraña que triunfara tanto.

Y tampoco me sorprende que no les hiciera ninguna gracia a los parientes de Adam. La trama gira en torno a un veinteañero con una familia tremendamente tóxica. Si el libro está basado en la realidad, no culpo a Adam por no querer saber nada de sus padres. Los pinta como gente infeliz empeñada en hacer fracasar cada uno de los esfuerzos del protagonista.

En la novela, los padres acaban por amenazarlo con desheredarlo en favor de su servil hermano mayor. En consecuencia, el héroe maquina la muerte de los tres. Al final, consigue su propósito y se va de rositas.

Así pues, entiendo por qué sus padres no son forofos del libro.

Con todo, no he renunciado a la idea de reconciliar a Adam con mis flamantes suegros. Algún día él y yo tendremos hijos, y me encantaría que conocieran a sus abuelos. Pero no pienso estropear nuestra luna de miel sacando a colación ese tema. Ya hablaremos de eso cuando llegue el momento.

Mientras tanto, voy a seguir leyendo y esperando a que mi marido vuelva a nuestra habitación.

Mi marido.

¡No me puedo creer que esté casada!

20 de abril de 2017 (muy temprano)

No me lo puedo creer.

Son las cuatro de la maldita madrugada, y Adam sigue sin aparecer. Al principio, lo esperé levantada en aras del romanticismo, pero, hacia las dos, dejó de parecerme romántico. Lo llamé y no me cogió el teléfono. Lo llamé varias veces.

A las tres, bajé y me puse a dar vueltas por el casino como una loca, preguntando por mi marido. Debí de parecer una absoluta pringada.

—Medirá en torno al metro ochenta, tiene el cabello castaño y treinta y pocos años —le dije a una camarera que llevaba una bandeja llena de cócteles—. Es muy…, esto…, muy guapo.

Me miró con compasión.

—Lo siento, cielo. Espero que lo encuentres.

Obviamente, no lo encontré. Lo telefoneé unas veinte veces más y le fui dejando mensajes cada vez más furiosos. Aún no ha dado señales de vida.

He pensado en llamar a la policía. Sigo dando vueltas a la idea. A ver, es posible que le haya pasado algo terrible. ¿Y si lo han atracado y está tirado en la calle, inconsciente? Pero me imagino la impresión que daría si telefoneara a la policía para explicar que mi marido se fue al casino hace unas horas y ahora no lo encuentro. Se reirían en mi cara.

Espero de verdad que esté bien.

Y, si lo está, lo voy a matar.

20 de abril de 2017

La verdad es que nunca habría esperado que mi luna de miel acabara así.

Adam no ha vuelto hasta esta mañana. El sol ya había salido cuando regresó al hotel. Me pasé casi toda la noche hundida en la cama extragrande, dando vueltas y vueltas. Debo de haber dormido una hora en total, en periodos intermitentes de unos diez minutos. Así que, cuando entró por la puerta vestido con la misma ropa de anoche, sin aspecto de haber recibido una paliza brutal y silbando una tonadilla por lo bajo, no tuve claro si quería abrazarlo o tirarle algo a la cabeza.

—¿Dónde has estado toda la noche? —le grité. No pienso ocultar que estaba gritando. Ya lo creo que gritaba. Se avecinaba una pelea a grito pelado.

—En el casino —dijo.

Yo sabía que era mentira, claro. Lo había buscado en el casino. Si hubiera estado ahí, lo habría encontrado.

Así que puntualizó que había ido a otro casino en el Strip, porque le habían dicho que era mejor que el de aquí. Cuando le pregunté quién se lo había dicho, masculló algo acerca de una camarera. Y entonces fue cuando llegamos al quid de la historia.

—¿Fuiste al otro casino con esa camarera? —inquirí.

Se encogió de hombros y desvió la vista.

—¿Qué importancia tiene?

Claro. Porque ¿a mí qué más me da que mi marido se haya ido por ahí con otra mujer en nuestra noche de bodas? ¿Por qué habría de molestarme?

A decir verdad, empiezo a caer en la cuenta de que todas las cosas que en un principio me atraían de Adam son las mismas que ahora detesto. A ver, me gusta que mi esposo sea guapo, pero ¿por qué tiene que ser tan increíblemente guapo? ¿Por qué tiene que salirle el dinero por las orejas? ¿Por qué tiene que derretir a todas las chicas con esa sonrisa? ¿Por qué tienen que acabar medio enamoradas de él todas las mujeres que se cruzan en su camino?

¿Y por qué tiene que corresponder a sus coqueteos?

Lo que me molesta es esto último, claro. Si él no les siguiera el juego, podríamos bromear sobre el asunto. «Ja, ja, qué ingenua, la camarera, que se cree que tiene alguna posibilidad conmigo».

—No me vengas con tus celos, Victoria —dijo—. ¿Eso es lo que quieres ser, una esposa celosa y cargante?

—¡No, quiero ser una esposa cuyo marido no la abandone en su noche de bodas!

La discusión no hizo sino ir a peor desde aquí. No la reproduciré, pero creedme, fue encarnizada. Si queréis imaginaros la peor conversación que podríais mantener con el hombre con quien lleváis casadas un día, así fue nuestra bronca.

Aun así, pensé que podíamos solucionar las cosas. Al fin y al cabo, ¡acabábamos de pasar por la vicaría! Pero cuando ya llevábamos más de una hora discutiendo, noté que Adam tenía las mejillas encendidas y supe que nunca iba a reconocer que había obrado mal. Porque él no creía haber obrado mal. La única manera de poner fin a ese altercado sería pedirle disculpas por gritarle y admitir que era una esposa celosa y cargante. Y ni loca iba yo a rebajarme a eso.

Aun así, me descolocó cuando se puso a recoger sus cosas.

—¿Qué haces? —pregunté mientras él metía sus vaqueros y camisas de cualquier manera en nuestra maleta marrón grande.

—¿A ti qué te parece? —Se tomó un momento para doblar una camisa—. No pienso compartir habitación con alguien que cree que le pongo los cuernos. Me largo.

—¿Vas a pedir otra habitación?

—No, me vuelvo a Nueva York.

Abrí la boca para preguntarle si hablaba en serio, pero no hacía falta. Se le notaba en la mirada que sí.

Así que esto es lo que hay. Mi marido ha hecho el equipaje y me ha abandonado el segundo día de nuestra luna de miel. Ni siquiera me queda una maleta donde guardar mi ropa, pues él se la ha llevado. Encima, falta una semana para el vuelo de regreso y las reservas están a nombre de Adam, lo que significa que, si quiero volver a casa, tendré que pagar un billete nuevo de mi bolsillo.

¿Cómo ha llegado mi vida a esto?

24 de abril de 2017

En un momento dado, descubres que tienes dos opciones:

1. Reconocer que tu matrimonio de dos días fue un terrible error. Entonces, cuando regresas al trabajo después del viaje de novios y todo el mundo te pregunta cómo te ha ido, tienes que explicarles que te has divorciado durante la luna de miel, lo que la convierte en la peor luna de miel de la historia.
2. Hacer de tripas corazón e intentar que la cosa funcione.

Si le contara a la Victoria de hace un año lo que me ha hecho Adam y que a pesar de todo he vuelto con él, ella se reiría y me alentaría a tener más amor propio. No obstante, cuando llegué a casa y Adam me estrechó entre sus brazos, mi determinación se vino abajo.

Ese hombre es mi marido. He jurado permanecer a su lado. No quiero divorciarme en mi tercer día de casada. No quiero tirarlo todo por la borda por una discusión fea. Al fin y al cabo, todo matrimonio tiene sus roces iniciales.

¿¿¿O no???

32

Qué clase de hombre engaña a su esposa con otra mujer en su noche de bodas?

Doy vueltas a esta pregunta mientras contemplo a Adam dormido. Si ya es guapo de por sí, cuando duerme resulta aún más atractivo. Tiene una barba incipiente muy sexy, y sus labios dejan entrar y salir el aire con suavidad. Después de leer el relato de Victoria sobre lo sucedido durante la noche de bodas, no quería entrar en el dormitorio de Adam. Pero estaba tan cariñoso y encantador que me costó negarme. Me ha engatusado con su pico de oro, tal como hacía con Victoria para convencerla de que lo perdonara. Así que aquí estoy.

Tengo que cortar por lo sano. Tengo que decirle que no puedo seguir con esto, que no puedo hacerle esto a Victoria. Diga lo que diga Adam, estoy convencida de que ella lo sabe.

Pero resulta más difícil de lo que imaginaba. Después de todo, no hay más que ver lo que le hizo a Victoria…, y, aun así, ella siguió con él. Mi situación es mucho peor. Al menos ella contaba con un buen empleo. Si yo me marchara, no tendría nada, ni siquiera un techo bajo el que dormir. Bueno, Freddy me dejaría alojarme en su casa, pero no, no puedo.

No sé qué hacer.

Mientras Adam sigue durmiendo, me levanto con sigilo de la

cama y salgo de la habitación sin hacer ruido. Aunque esperaba llegar a mi cuarto sin que nadie me pillara, casi me doy de bruces con Maggie, que está pasando el aspirador por el pasillo. Cuando me ve salir furtivamente del dormitorio de Adam, se le ponen los ojos como platos.

—Oh —jadea.

—Maggie. —Noto que me arden las mejillas. No quería toparme con ella, pero peor habría sido toparme con Eva—. No es lo que parece...

Ladea la cabeza.

—¿De veras?

Exhalo un suspiro. Es inútil seguir insultando la inteligencia de Maggie.

—De acuerdo, sí que es lo que parece. —Vuelvo la mirada hacia la puerta cerrada de la habitación de Adam—. Pero no es algo que haya planeado. Lo que pasa es que... En fin, que he estado viviendo aquí y... la casa resulta tan vacía... y fría...

De pronto, siento que estoy a punto de prorrumpir en llanto.

—Tranquila —se apresura a decir Maggie—. A ver, a mí desde luego no me importa. Si te he de ser sincera, algo me olía, pero no quería decir nada. —Esboza una sonrisa socarrona—. Además, te entiendo. Está bastante bueno.

—Por favor, no se lo cuentes a Eva.

Echa la cabeza hacia atrás y suelta una carcajada.

—Para eso primero tendría que hablar con ella. No, gracias. Descuida, Sylvie. Tu secreto está a salvo conmigo. —Tras vacilar unos instantes, dirige la vista hacia la habitación de Victoria—. Solo procura que su esposa no se entere.

Frunzo el ceño.

—¿A qué te refieres?

Maggie baja la voz.

—Adam cree que Victoria no se da cuenta de lo que pasa, pero se equivoca. Aunque no puede hablar bien, es perfectamente consciente de lo que sucede a su alrededor. —Me mira entornando los ojos—. Tú también lo sabes, ¿no?

Asiento despacio.

—Llevo trabajando en esta casa desde que Victoria y Adam se mudaron aquí —continúa Maggie—, y te diré una cosa: Victoria es una mujer muy celosa.

Siento náuseas en la boca del estómago.

—Ah, ¿sí?

—Sí, mucho. —Maggie titubea—. Que esto quede entre nosotras, ¿vale?

—Por supuesto.

Se inclina tanto hacia mí que casi me pega los labios al oído.

—Había una mujer que venía a cocinar y a cuidar el jardín. Irina. Pero a Victoria le entraron unos celos tremendos. Estaba casi obsesionada. Creía que Adam se acostaba con ella.

Irina, la que vivía en Glen Head, ese lugar que Victoria menciona cada pocos días con lo que parece una ansiedad creciente. No puede tratarse de una mera casualidad, ¿o sí?

—¿Y se acostaba con ella? —pregunto en una vocecilla apenas más audible que un susurro.

Maggie no responde de inmediato. Pasea la mirada por el pasillo.

—No estoy segura, pero creo que no. Por otro lado, tampoco me habría sorprendido mucho. Adam y Victoria... no eran un matrimonio bien avenido.

Esto no supone una gran revelación para mí después de lo que he leído en el diario de Victoria, pero oírselo decir a una tercera persona confirma mis sospechas.

—En fin. —Maggie se endereza y se pasa la mano por los vaqueros como para quitarse el polvo—. No debería cotillear sobre estas cosas. Todo matrimonio tiene sus problemas, ¿no?

Sí. Y yo tampoco soy quién para opinar. Lo más parecido a un marido que he tenido es Freddy, y lo nuestro fue un desastre.

—Gracias por contármelo —digo.

Maggie me guiña un ojo antes de encender el aspirador de nuevo.

—No hay de qué. Solo te recomiendo que... tengas cuidado.

Me sentiría mucho más tranquila si la gente dejara de aconsejarme que tenga cuidado.

33

Diario de Victoria

28 de agosto de 2017

Hoy, al llegar a casa del trabajo, apenas era capaz de tenerme en pie. Mi turno en urgencias había sido agotador. El último paciente al que había atendido era un hombre al que su familia había llevado ahí por temor a que hubiera sufrido un ictus, pero él insistía en que no arrastraba las palabras. «Lo que pasa es que soy del sur. Así es como hablamos», repetía una y otra vez. (Resultó ser un ictus).

Sentía un martilleo en la cabeza cuando por fin entré tambaleándome en nuestro piso. Adam estaba en el sofá, viendo la tele, y, al verme llegar, dio unas palmaditas en el asiento contiguo al suyo. Eso es lo mejor de estar casada; tener a alguien junto a quien acurrucarte en el sofá frente al televisor cuando llegas a casa después de una larga jornada.

Pero, antes de sentarme con él, me quité el uniforme. Por lo general, después del trabajo me lo dejaba puesto el resto de la tarde, pero Adam no soporta que lleve ropa sanitaria en casa, aunque esté limpia. Alega que el uniforme queda cubierto de los microbios y los fluidos corporales a los que me he visto expuesta en el hospital, lo que tiene su lógica. Me llevó un minuto registrar mis cajones en busca de algo que, en un equilibrio perfecto, resultara cómodo y a la vez aceptable para él, porque no pensaba volver a cambiarme.

Al final elegí una camiseta de tirantes ajustada y un pantalón de chándal de tela fina. Por lo general, a Adam no le gusta que me ponga ropa deportiva, salvo si se trata de ropa deportiva «sexy».

En cuanto regresé al salón y vi su cara de aprobación, suspiré aliviada.

Esperaba arrellanarme en el sofá junto a Adam para ver la serie *This Is Us*, pero, en vez de ello, cogió el mando a distancia y apagó el televisor. De inmediato me asaltó una sensación angustiosa en la boca del estómago. Sin duda había metido la pata sin darme cuenta.

Estrujé mi cansado cerebro intentando dilucidar qué había hecho que pudiera haberlo disgustado. ¿Había llegado más tarde de lo habitual? ¿Me había pillado flirteando con otro hombre? No sé si conseguiré deducirlo sin que él me lo diga. La semana pasada discutimos durante dos horas porque yo había usado un poco de la leche de su estantería en la nevera. No sé cómo se enteró. No habría hecho una cosa así en circunstancias normales, pero tenía un antojo tremendo de copos de maíz y me había quedado sin leche. Fui de lo más cuidadosa; volví a poner la botella justo en el mismo lugar donde él la había dejado e incluso la coloqué en el mismo ángulo.

Pero no había vuelto a hacerlo, de eso estaba segura. Solo echo mano de sus cosas en situaciones desesperadas.

—Tengo una noticia sensacional —anunció.

Estaba sonriendo. Yo no había hecho nada malo.

Relajé los hombros.

—Ah, ¿sí?

Supuse que iba a contarme algo de su libro, así que lo que dijo me pilló por sorpresa.

—He comprado una casa para nosotros.

¿Qué?

Era lo último que esperaba oír de su boca. Últimamente se quejaba de las obras ruidosas que estaban haciendo fuera y que no lo dejaban concentrarse en la revisión de su novela. Pero supuse que me diría que quería empezar a mirar casas, no que ya había comprado una. Es que... ¿en qué cabeza cabe?

—¿Has comprado una casa? —balbucí.

Asintió.

—Y he vendido este piso.

¿¡Qué!?

Me sentí como si me hubieran dejado sin aire de un puñetazo. ¿El apartamento en el que estaba viviendo en ese momento pertenecía a otra persona? ¿Cómo era posible? Desplacé la mirada por la sala con una sensación de pánico creciente que me oprimía el pecho. ¿Cómo había podido hacer algo así sin consultarme?

—Adam —dije, esforzándome por mantener la serenidad—. ¿Por qué no me habías dicho que ibas a vender el piso?

—Quería que fuera una sorpresa —respondió con voz inexpresiva, como si vender el piso a espaldas de tu esposa fuera lo más normal del mundo—. Creía que te alegrarías. Ahora somos dueños de una casa y no tendrás que pasar por el engorro de vender la vivienda vieja y comprar una nueva. Ha sido bastante estresante.

—Pero ¿es que no tengo voz ni voto a la hora de decidir dónde vamos a vivir?

Se encogió de hombros.

—La he comprado con mi dinero. Y el piso era de mi propiedad. Así que, en realidad, la decisión me corresponde a mí, ¿no?

Respiré hondo para intentar tranquilizarme, pero me zumbaban los oídos. Solo podía pensar que, si él me tuviera un mínimo de respeto, no habría hecho una cosa así.

Por otro lado, poner el grito en el cielo no serviría de nada. Ha vendido nuestra residencia y ha comprado otra. ¿Qué podía hacer yo al respecto aparte de provocar una bronca monumental?

—¿Dónde está la nueva casa? —pregunté al fin.

—En Montauk, Long Island.

En el momento en que me lo dijo, yo no tenía una idea clara de la ubicación de Montauk. De haberlo sabido, me habría disgustado aún más. Cuando lo busqué en un mapa más tarde, por poco me desmayo. ¿Sabéis dónde está Montauk? Casi en pleno océano Atlántico. Por lo que a mí respecta, es como si nos fuéramos a vivir a Siberia.

—Te encantará, Vicky. —Adam suavizó el tono y me posó la mano en la rodilla—. Es una casa enorme con un montón de habitaciones, un desván acondicionado donde podré trabajar, un jardín gigantesco… y un patio trasero para…, ya sabes, para que jueguen los niños.

Sabe cómo tocarme la fibra, eso hay que reconocerlo. Y es muy consciente de la ilusión que me hace la idea de concebir un bebé. Y hemos convenido en que no queríamos criar a un puñado de niños en un apartamento diminuto de Manhattan. Si queremos tener tres o incluso cuatro hijos, nos costaría un riñón vivir en un lugar donde no nos viéramos obligados a dormir todos en literas.

Un patio, un jardín, un montón de habitaciones…

Dicho así, no sonaba tan mal.

Adam notó que mi resistencia empezaba a flaquear.

—Deja que te lleve a verla —dijo—. Si te parece un horror…, daré marcha atrás a la compra. Pero, por favor, al menos échale un vistazo a la casa.

Así que mañana iremos en coche a visitarla. Me ha jurado y perjurado que, si no me gusta para nada, no nos mudaremos ahí. Por otra parte, no podemos quedarnos donde estamos, porque ya ha vendido nuestro piso.

Sigue pareciéndome demencial que haya hecho eso. Pero Adam es esa clase de hombre. Cuando toma una decisión…, la lleva hasta sus últimas consecuencias. Preferiría que no actuara así, pero quizá, cuando se haga más a la vida de casado, se acostumbre a consultarme más a menudo.

Mientras tanto, la verdad es que estoy ansiosa por ver la nueva casa. No he vuelto a vivir en una desde que era niña. Adam no para de recalcar lo estupenda que es y lo prendada que me quedaré de ella. ¡Tengo unas ganas…!

Hoy me he dado cuenta de que no he tomado muchas decisiones importantes en mi vida.

En general, he seguido un camino bastante obvio. Mis estudios: la carrera de enfermería era el camino previsible porque quería ser enfermera desde que mi madre libró la batalla contra el cáncer. (En la unidad de hospitalización la atendió una enfermera extraordinaria que me inspiró para convertirme en una gran profesional como ella). Luego, cuando una amiga me sugirió que me matriculara en un posgrado en enfermería de práctica avanzada, de algún modo supe que sería la decisión correcta. No tuve que pensármelo dos veces. Siempre había querido vivir en Manhattan, así que, cuando me ofrecieron el trabajo en la unidad de urgencias, lo acepté sin necesidad de darle muchas vueltas. Y, aunque tuve algunos momentos de duda antes de casarme, esa decisión al final también vino rodada.

Y, una vez más, parece que alguien ha tomado otra decisión importante por mí.

Hoy Adam alquiló un coche para llevarme a la casa de Montauk. ¿He mencionado ya lo lejos que está Montauk de Manhattan? Como he dicho antes, bien podría ser Siberia. Durante el trayecto, medité sobre lo que esto implicaba. Si decidíamos quedarnos con esa casa, no podría seguir trabajando en el mismo hospital; la inversión de tiempo en los desplazamientos sería absurda. Tendría que buscar otro empleo más cerca de la casa, y a saber qué ofertas de trabajo habría en la zona.

Mientras avanzábamos por la carretera, se lo comenté a Adam, que asintió.

—¿Se acabaría el mundo por eso?

No le faltaba razón. Había aceptado el puesto solo un año

después de finalizar mis estudios de enfermería avanzada sin creer en absoluto que sería mi empleo para el resto de mi vida. Pero, ahora que llevo ahí más de tres años, no me importaría que lo fuera. Me gusta esa unidad de urgencias. Me gusta la población de pacientes. Me gustan mis compañeros. No quiero irme.

Por otro lado, cambiar de trabajo te lleva a vivir experiencias nuevas. Eso dice la gente. O por lo menos eso ha dicho Adam.

—Tengo que ver qué empleos hay disponibles en Montauk o alrededores —dije.

—O también podrías… quedarte en casa —repuso.

Se me cortó la respiración.

—¿Qué?

—¿Tan malo sería? —Apartó los ojos de la carretera para posarlos en mí—. La casa es enorme, y solo ocuparse de ella será un trabajo a tiempo completo. Además, pronto la llenaremos de críos a los que habrá que cuidar, ¿no?

Ah, sí, esa es otra: he dejado de tomar la píldora. La regla me volvió enseguida. Tengo un ciclo de veinticinco días que funciona como un reloj, y hemos hecho el amor muchas veces este mes. Aunque parezca una locura, podría estar embarazada en este momento. Cada vez que lo pienso, siento mariposas en el estómago de la emoción. Una vez más, la decisión de quedarme encinta ha venido rodada.

Aunque me encanta mi profesión, siempre he soñado con quedarme en casa con mis hijos. Como mi madre murió siendo yo tan joven, no quiero perderme un nanosegundo de la vida de mis criaturas, pues en el fondo nadie sabe cuándo le llegará su hora.

—Quiero hacerme cargo de ti —dijo—. Gano dinero más que de sobra para mantener a nuestra familia. Por favor…, deja que lo haga.

—Lo pensaré —le prometí.

Después de unas cien horas de viaje, llegamos por fin a la casa. Se me escapó un grito ahogado al ver que estaba rodeada por una verja; nunca he tenido una casa vallada. Jamás me he considerado el tipo de persona que reside en una finca con verja. El jardín era enorme, estaba invadido de malas hierbas y había un pequeño cobertizo en un extremo del terreno. (¿Podría convertirlo en un refugio para mí? ¡Dicen que este tipo de cabañitas para mujeres son el último grito!).

No cabía duda de que estábamos en medio de la nada. Nunca he vivido en un lugar tan apartado de…, bueno, de todo. Nuestro vecino más cercano debe de estar a más de un kilómetro. Cuando me saqué el teléfono del bolsillo, la pantalla me informó de que no tenía cobertura.

Al entrar en el recibidor de nuestro posible futuro hogar, lo primero que pensé fue que, si gritaba, nadie me oiría.

—¿Qué te parece? —preguntó Adam.

—Es… —Titubeé, recorriendo aquel espacio con la vista por primera vez—. Es preciosa.

Lo decía en serio. La casa era preciosa… ¡y gigantesca! El salón era amplio y luminoso, y una escalera blanca ascendía en espiral al siguiente piso. Cuando alcé los ojos, vi una lámpara de araña sobre mi cabeza… ¡Una lámpara de araña, nada menos! Nunca me había imaginado que un lugar donde hubiera una lámpara de araña pudiera ser mi hogar. Como había vivido durante años en apartamentos minúsculos en Manhattan, me vinieron ganas de abrir los brazos y girar como una peonza, recreándome en la certeza de que no chocaría contra nada. Y, de pronto, antes de que pudiera contenerme, me dejé llevar. ¡Estaba dando vueltas y vueltas!

No quería que me gustara tanto.

Cuando al final me detuve porque empezaba a marearme, Adam me sonreía de oreja a oreja.

—Te encanta —dijo.

—Sí, pero… —Me retorcí las manos—. Mi trabajo…

—No es más que un trabajo, Victoria. ¿Acaso no puedes buscarte otro?

—Pero…

—¿O hay alguna otra razón por la que quieres seguir en ese

hospital y me la estás ocultando? —Entornó los párpados—. ¿Mack, por ejemplo?

Oh, no. Adam siente unos celos irracionales de Mack, y se las arregla para sacar el tema a las primeras de cambio. Bueno, supongo que no es un comportamiento del todo irracional teniendo en cuenta que Mack sí estaba enamorado de mí. Pero, desde que regresé de Las Vegas, él y yo hemos actuado como si esa conversación nunca se hubiera producido. Sin embargo, me resulta un poco violento verlo en el trabajo; otro punto en favor de marcharme.

—¿Es eso? —insistió Adam—. ¿No quieres separarte de tu novio?

Al percibir el deje de amargura en su voz, supe que estábamos al borde de una pelea acalorada. Y sabía que, si se enfurecía, Adam era perfectamente capaz de largarse, dejándome sola en esa casa, en medio de la nada y sin cobertura en el teléfono.

—No tiene nada que ver con Mack —me apresuré a replicar—. Es solo que… necesito pensar. ¿Es que no me vas a dar ni un momento para pensar?

Me miró con los ojos entrecerrados.

—¿Qué es lo que tienes que pensar?

Y eso puso fin a la discusión.

Así que, al parecer, vamos a mudarnos. Voy a renunciar a mi vida en Manhattan para abrazar una existencia totalmente nueva y distinta en Long Island. Me gustaría decir que se trata de algo temporal, pero, en cuanto vengan un par de niños, ya no habrá vuelta atrás.

Será definitivo.

10 de septiembre de 2017

Hoy he trabajado mi último turno en la unidad de urgencias.

Nos mudaremos mañana. Adam ha contratado una empresa de transporte que vendrá por la mañana para llevarse todas nuestras cosas a Montauk. Nosotros nos adelantaremos en el BMW que Adam se compró la semana pasada. Es un X35i, que en teoría se comporta muy bien en la nieve. Nos hará falta cuando llegue el invierno y nos quedemos atrapados bajo medio metro de polvo blanco. Solo estamos a principios de septiembre, así que da la sensación de que el invierno aún queda lejos, pero sé que está a la vuelta de la esquina.

Intento no ponerme triste por saber que me marcho para siempre y que es poco probable que haga muy a menudo el viaje de tres horas en coche para visitar la ciudad. Carol me organizó una minifiesta en el puesto de enfermería y conseguimos pasarlo bien durante unos cinco minutos hasta que la sala de urgencias empezó a abarrotarse de nuevo.

Hoy he saboreado cada interacción con los pacientes, incluso con los farmacodependientes que aseguraban que se les había caído la hidromorfona en el inodoro y me pedían que les diera unas pastillas para sacarlos del apuro. (¿Cómo es que a la gente solo se le caen narcóticos en el váter, y nunca pastillas para la tensión, por ejemplo?). Mi última paciente de la tarde fue una viejecita que había tropezado con una bellota y posiblemente se había roto la muñeca. Tuve que echar mano de todo mi autocontrol para no abrazarla.

—Y mientras estaba tumbada en el suelo —me dijo la señora—, la ardilla pasó corriendo junto a mi cabeza, ¡y le juro, señorita Victoria, que se reía de mí!

Resultó que tenía una fractura distal del radio, así que la derivé a cirugía ortopédica antes de ponerme a rellenar mis últimos informes. Me llevó un buen rato, pues cada pocos minutos me interrumpía alguien para darme un abrazo de despedida o comentarme lo mucho que le gustaba trabajar conmigo. Es curioso; no eres consciente de cuánto te aprecian los demás hasta que te vas.

Mack no ha ido a trabajar hoy. En cuanto llegué pregunté si alguien sabía si estaba de servicio y me dijeron que no. Así que supuse que se había acabado; ya nunca lo volvería a ver. Y era mejor así. Al fin y al cabo, estaba casada, y él había dejado bastante claro lo que sentía por mí. Prefería ahorrarme una despedida incómoda.

—Iré a visitarte —me prometió Carol mientras nos abrazábamos. Las dos teníamos los ojos llorosos. ¡Iba a echarla tanto de menos...!—. Y tú vendrás a vernos con el bebé, ¿verdad?

Solté una risotada.

—Todavía no estoy embarazada.

—Todavía no, pero apuesto a que Adam te dejará preñada antes del invierno.

Al final, me puse la sudadera con capucha encima de la blusa del uniforme y salí del pabellón de urgencias para no volver. Sentí una punzada de pena al pasar junto al puesto de perritos calientes donde pillé dos intoxicaciones alimentarias (me avergüenza confesar que la primera vez creí que había sido una casualidad). Era el fin de una era, el final de mi vida como mujer soltera en la ciudad, y el inicio de mi vida como ama de casa de las afueras. Bueno, al menos por el momento. Aún tengo la intención de explorar el mercado laboral de la zona.

—¡Vicky! ¡Eh, Vicky, espera!

Me quedé paralizada, con una burbuja de alegría en el pecho. Me volví, aunque ya sabía quién me estaba llamando.

—¡Mack!

Se acercaba corriendo por la calle, con el cabello negro aún más enmarañado que de costumbre. Sonreía, aunque con una sombra de tristeza. Su expresión reflejaba lo que yo sentía en ese instante. Estaba sonriente, pero a punto de estallar en llanto de un momento a otro.

—Menos mal que te he pillado a tiempo. —Se tomó un segundo para recuperar el aliento—. Carol me ha mandado un mensaje hace solo una hora diciéndome que era tu último día y que te mudas mañana.

—Sí...

Nos quedamos mirándonos en silencio. Las cosas habían estado un poco tensas entre nosotros desde que Mack había reconocido que estaba enamorado de mí justo antes de la boda, pero toda esa tensión se disipó de golpe. Se pasó una mano por el pelo.

—Voy a echarte muchísimo de menos, Vicky.

—Yo también —dije, y lo sentía con todas las fibras de mi ser.

Hizo ademán de añadir algo, pero, en vez de ello, se inclinó hacia mí y me estrechó contra sí. Fue un abrazo de oso con el sello de Mack; ya me había dado alguno, pero este fue el mejor, y seguramente también el último. Su cálido corpachón olía a jabón Dial y aire fresco. Me percaté de que estaba aferrándome a él, y permanecimos así abrazados…, bueno, un rato largo.

No fue nada malo. Es decir, hoy también me abracé mucho con Carol.

Cuando por fin nos separamos, a Mack se le habían humedecido los ojos.

—Si necesitas cualquier cosa, no tienes más que llamarme y me plantaré allí, ¿de acuerdo?

—Hum… Sabes que está a tres horas de aquí, ¿verdad? Y tú ni siquiera tienes coche.

—Da igual.

Fijé la vista en sus ojos castaños, con una sensación de angustia en el pecho, como si hubiera cometido un terrible error.

Aquella noche en el bar, cuando Mack me dijo lo que sentía, debería haber roto con Adam. No debería haberme casado con él. Debería estar con Mack. Tomé la decisión equivocada.

Pero la sensación se me pasó. Sí, elegí a Adam en vez de a Mack. Nada de lo que haga cambiará eso. No voy a dejar a mi marido.

Así que le dije adiós a Mack, y eso fue todo.

Llevo casi dos meses trabajando aquí, y en todo ese tiempo no he visto sonreír a Victoria ni una vez.

Y no es por falta de esfuerzo por mi parte. Hago bromas en su presencia. Intento sonreír mucho para darle ejemplo. Pero no parece que lo vaya a conseguir, y menos aún hoy. Mientras la ayudo a comerse el almuerzo, parece más a punto de echarse a llorar que de sonreír cuando abre la boca obedientemente para tomar un bocado de puré de ternera.

—El martes es el día de Acción de Gracias —le digo en tono animado—. Vamos a ponerte muy guapa y a cenar juntos, tú, yo y Adam. Estará para chuparse los dedos.

Dudo que el puré de pavo esté muy bueno, pero no pienso decirlo en voz alta.

Victoria alza su ojo sano hacia mí. Se la ve muy triste. Yo pensaba que llevaba una vida de ensueño antes del accidente, pero ya no lo creo. Si lo que escribió en su diario es cierto, no me da en absoluto la impresión de que fuera muy feliz con Adam.

Por lo que parece, él la trataba fatal.

Pero no se porta así para nada cuando está delante de mí. Me cuesta imaginar que esos dos hombres sean la misma persona. Es como si el Adam que ella describe en su diario fuera un hombre de todo punto distinto que casualmente se llama igual que el hombre con el que he estado compartiendo cama.

No sé qué pensar.

—Oye —le digo a Victoria, dejando la cuchara en su plato—. Estaba pensando… que quizá podría buscar a Mack, si quieres.

Me mira, pestañeando.

—¿Te gustaría, Victoria?

No me responde. Esperaba una reacción, tal vez no una gran sonrisa, pero sí por lo menos una disminución de la tristeza. Quizá no me crea capaz de encontrarlo. Y la verdad es que no las tengo todas conmigo.

—¿Cómo se apellida? —pregunto.

Abre la boca como para hablar. Me inclino hacia ella con la esperanza de captar alguna brizna de información que pueda ayudarme a localizar a ese tío.

—Mmmmmmmmm.

Comprendo lo que pretende. Trata de decir su apellido, pero no puede. Considerando lo difíciles que le resultan las palabras con eme, no debería sorprenderme. Pero, si es así, dudo que consiga sacarle nunca ese dato. Bueno, había que intentarlo.

—Lo encontraré —le prometo.

Es lo menos que puedo hacer.

Google no me ha ayudado mucho. Tampoco es de extrañar dado que solo sé que es un técnico en emergencias llamado Mack que trabajaba en Manhattan. La búsqueda arroja un montón de enlaces a webs de centros que imparten el título de técnico en emergencias sanitarias y algunos a páginas sobre camiones de marca Mack. La información que busco no la voy a encontrar en internet.

Así que decido telefonear al hospital Mercy, donde trabajaba Victoria. Seguramente ahí lo conocerán.

Mientras marco el número, me pregunto qué pretendo conseguir exactamente. Supongamos que localizo a Mack. ¿Qué pasa después? Es evidente que la quería mucho..., pero ya ha llovido desde que le confesó sus sentimientos. A estas alturas es muy posible que se haya echado otra novia. Dudo que aún piense en Victoria. Y, aunque así fuera, ¿seguiría queriéndola en su estado actual?

Pero algo me dice que el hombre al que Victoria describe en su diario no dejaría de quererla pese a cómo quedó después del accidente. Por lo menos, es lo que creo.

Cuando me pasan con la sala de urgencias, me contesta una voz femenina impaciente. Enseguida comprendo que esto no va a resultar fácil.

—Hospital Mercy, urgencias, dígame.

—Hola. —Aprieto el teléfono con la mano derecha—. Quería… He pensado que tal vez podría usted ayudarme… Busco a un técnico en emergencias…

—¿De qué empresa?

—No… no estoy segura —tartamudeo—. Pero se llama Mack.

—¿Apellido?

—No… no lo sé bien.

—¿Quiere presentar una reclamación contra ese técnico?

—No, no —me apresuro a decir. No quiero meter en líos al pobre—. Pero es muy importante que lo encuentre. Se trata de…, bueno, de una emergencia. Sé que lleva a muchos pacientes a su sala de urgencias, así que he pensado que quizá podría ayudarme a contactarlo.

Aguanto la respiración, mentalizándome para cuando la mujer me cuelgue el teléfono.

—¿Me repite el nombre del técnico, por favor?

Dios mío, me va a ayudar. Es un milagro de Acción de Gracias.

—Mack.

Mi gozo dura dos segundos.

—Por aquí no viene ningún técnico en emergencias con ese nombre.

—¿Está… está segura?

—Segurísima. Llevo un año trabajando aquí y registro a los pacientes que nos traen en ambulancia.

Tengo ganas de preguntarle una vez más si está segura, pero resulta evidente que lo está. Ahí no conocen a ningún técnico sanitario llamado Mack, al menos desde hace un año. Tal vez trabaja en otro sitio. Quizá, tras la marcha de Victoria, decidió marcharse él también.

Ya no sé qué más hacer. Supongo que podría ponerme a llamar a todas las empresas de ambulancias para intentar localizarlo, pero, dado que ni siquiera sé cómo se apellida, lo veo complicado. Todo apunta a que no conseguiré encontrar a Mack para darle una alegría a Victoria.

36

Diario de Victoria

28 de septiembre de 2017

Hoy ha sido un día extraño.

Hace dos semanas que nos mudamos a la casa nueva. Aún no la siento mía; es como si no fuera más que una invitada. No he tenido tiempo para buscar trabajo, porque sacar nuestras cosas de las cajas ha sido un calvario, y la casa en sí requiere mucho mantenimiento. Hemos tenido que pedir que vengan a instalar el cable y la conexión a internet, y Adam ha adquirido una microcelda para que tengamos una cobertura móvil decente, aunque yo le insistía en que quería una línea fija. Me sentiría más segura aquí, en medio de la nada.

Ahora tengo coche. Adam me sorprendió regalándome un Honda Civic. Es un automóvil fiable, pero, considerando lo obsesionado que estaba con que su coche se desenvolviera bien en la nieve, no entiendo por qué me ha comprado un vehículo diminuto que solo tiene tracción delantera. Cuando lleguen las nevadas, me quedaré atrapada aquí. Según su razonamiento, no debo conducir en condiciones de mucha nieve de todos modos. «Hace años que no te sientas al volante, Victoria. Has perdido la práctica».

Sea como sea, no serviría de nada discutir sobre el asunto. Los coches no se pueden devolver.

Como no voy a trabajar en un futuro próximo, Adam ha abierto una cuenta bancaria conjunta para los dos. He cancelado mis tarjetas de crédito y ahora él y yo tenemos una tarjeta común. Acostumbrada a ser autosuficiente desde mi época universitaria, me produce una sensación extraña depender económicamente de otra persona, pero Adam se empeñó en que quería «ocuparse» de mí. Y, a decir verdad, llevo trabajando desde que estaba en el instituto, así que no me vendrá mal tomarme un descanso.

Además, Adam ha contratado a una persona para que arregle el patio delantero porque está hecho un desastre y a mí no se me da demasiado bien la jardinería. Al principio, me alegré de que él se responsabilizara de buscar a alguien, pero no me alegré tanto cuando vi a quién había elegido. Nuestra nueva jardinera es una joven despampanante llamada Irina que procede de algún país de Europa del Este. Tiene una larga cabellera rubio platino y piernas de jirafa. Aunque apenas habla inglés, las bromas de Adam siempre le hacen mucha más gracia de la que tienen.

Por otro lado, me he visto obligada a adquirir más muebles, porque este inmenso espacio queda muy vacío con los que trajimos de nuestro antiguo piso. Adam insistió en que sometiera a su aprobación cada una de mis compras, lo que me parece razonable, claro, pero es muy maniático. Yo iba a la caza de un sofá, y tuve que enseñarle —no exagero— más de cien fotos de sofás en internet antes de que le diera el visto bueno a uno. Nos lo trajeron hace unos días, pero, en cuanto se sentó en él, le pareció un horror y me acusó de haber «comprado el que no era». Supuse que, como había tantas opciones, cabía la posibilidad de que me hubiera equivocado. El caso es que esta mañana yo estaba esperando a que los de la tienda de muebles vinieran a llevarse ese sofá y a traer otro distinto cuando se presentó Peter.

Peter es el agente de Adam, un cincuentón bastante majo, más que nada porque no me tira los tejos. Llevaba traje y corbata, estaba un poco molesto por el largo trayecto en coche desde donde sea que vive y se molestó aún más cuando le dije que Adam había salido.

—¿Quieres esperarlo aquí? —le pregunté.

Soltó un bufido.

—Supongo. No sabría adónde ir, si no.

Me dirigí a la cocina con el fin de improvisar un tentempié para nuestro invitado. La semana anterior había ido al supermercado, que me había parecido abrumadoramente grande en comparación con los establecimientos a los que iba en la ciudad. Por lo general adquiría el noventa por ciento de mis comestibles en la tienda de conveniencia que estaba en mi misma calle. Pero el sitio donde vivíamos no tenía nada de conveniente.

Dispuse en un plato galletas saladas con queso mascarpone y mermelada de frambuesa, pero, cuando lo deposité en la mesa de centro, Peter ni siquiera alzó la vista de su teléfono.

—Oye.

—¿Sí? —respondió, aún sin levantar la mirada.

—¿Puedo preguntarte algo sobre los padres de Adam?

Desde que nos mudamos aquí y empezamos a buscar el bebé con más ganas (incluso me compré unos test de ovulación), pienso cada vez más en mis suegros. Sé que Adam está enfadado con sus padres, pero es hora de enterrar el hacha de guerra. A lo mejor, si me comunico con ellos, consigo convencerlos. A fin de cuentas, ¿a quién no se le cae la baba con la perspectiva de tener nietos?

Peter despegó por fin los ojos de su móvil.

—¿Qué pasa con sus padres?

—¿Sabes dónde viven?

—¿Que si sé... qué?

—O un número de teléfono —añadó enseguida—. Cualquier dato que tengas...

—Victoria...

—Adam ya me ha dicho que se distanció de ellos, pero si pudiera contactarlos...

—Victoria —me dice Peter, esta vez con voz más firme—, los padres de Adam están muertos.

El siguiente argumento se me congeló en la punta de la lengua. ¿Que los padres de Adam estaban... qué?

—¿Muertos?

Enarcó una ceja.

—¿No lo sabías?

—No, yo... —La cabeza me daba vueltas—. ¿Estás... estás seguro?

Soltó una risotada lúgubre.

—Asistí al funeral, así que sí, estoy bastante seguro.

¿Al funeral? ¿O sea que fue una sola ceremonia conjunta? ¿Eso quería decir que habían fallecido a la vez?

Aunque no quería, no pude evitar pensar en la primera novela de Adam, *Todo queda en familia*. El protagonista le guarda rencor a su espantosa familia, planea sus muertes «accidentales», y su crimen queda impune.

—¿Cómo murieron? —murmuré.

—En un accidente de tráfico. Una de esas cosas que pasan.

Bueno, por lo menos la causa no fue intoxicación por monóxido de carbono, como en el caso de la familia del libro de Adam. Me mordisqueé el labio.

—¿Y su hermano?

Peter se reclinó en el sofá, exhalando un profundo suspiro.

—¿Me estás diciendo en serio que Adam no te ha contado nada de esto?

—Peter, por favor...

Suspiró de nuevo.

—Se suicidó unos meses después del fallecimiento de sus padres. Se metió una pistola hasta la garganta.

De pronto, me entraron ganas de vomitar. Y, un segundo después, corrí hasta el fregadero de la cocina y vomité de verdad. Como no podía ser de otra manera, Adam llegó justo en ese momento, silbando una melodía con total despreocupación mientras cruzaba el umbral.

Desde la cocina oí que Adam y Peter hablaban en voz baja. No quería ni imaginar lo que Peter le estaba diciendo. Me acuclillé en el suelo de la cocina, apretándome las sienes con las manos. Estaba mareada y tenía náuseas. Quería salir de esa casa, pero no me sentía en condiciones de conducir ni podía ir a pie a ninguna parte. Ese era el inconveniente de vivir en medio de la nada.

Cinco minutos después, Adam entró tranquilamente en la cocina y me encontró en el suelo.

—¿Qué haces ahí abajo?

—No… no me encuentro muy bien.

Una sonrisa le asomó a los labios.

—¿Estás embarazada?

Claro. Había vomitado sin motivo aparente en pleno día. Ni siquiera se me había pasado por la cabeza, pero, ahora que empezaba a contemplar esa posibilidad, me sorprendió que me provocara un pánico tan intenso. Lo primero que pensé fue: «Por favor, Dios mío, no dejes que esté embarazada. Por favor…».

Me enjugué los labios con el dorso de la mano y me puse de pie con dificultad.

—No lo creo.

—Oye, ¿cómo es que el sofá sigue aquí? ¿No eras tú la responsable de deshacerte de ese maldito trasto?

Me estremecí al percibir sus ganas de bronca. Pero, antes de que la tomara conmigo, le salí al paso.

—Adam, ¿tus padres fallecieron?

Abrió la boca, seguramente mientras se debatía entre decirme una mentira o no. Estoy descubriendo algo sobre mi marido: es un experto mentiroso. Le he pillado en algún que otro renuncio, y me irrita no ser capaz de distinguir cuándo falta a la verdad. Solo me doy cuenta cuando la mentira es descaradamente obvia, y, aun en esos casos, rara vez reconoce su falta.

—Sí —respondió al fin.

—¡Madre mía! —chillé en voz tan alta que seguramente Peter me oyó, pero me dio igual—. ¿Por qué me lo habías ocultado?

Al menos tuvo la delicadeza de mostrarse avergonzado.

—Lo siento, Vicky. Debería habértelo dicho.

—Ya lo creo que deberías.

Se apoyó en la encimera, pasándose los dedos por el cabello.

—Es que... había discutido con ellos, como te dije. Y, antes de que se me presentara la oportunidad de arreglar las cosas entre nosotros, sufrieron ese accidente. Me quedé tan destrozado que no... no podía afrontar la realidad, así que actuaba como si siguieran con vida. —Agachó la mirada—. Quería contártelo, pero me avergonzaba demasiado haberte mentido. Creía que nunca te ibas a enterar.

A veces parece que la esencia de nuestro matrimonio consiste en eso: me miente porque cree que nunca me voy a enterar.

—Adam —dije en voz baja—, si quieres que lo nuestro funcione, tienes que ser sincero conmigo a partir de ahora. Lo digo en serio. Estamos casados.

Inclinó la cabeza despacio.

—Por supuesto. Tienes razón. —Dio un paso hacia mí—. Lo siento mucho, Vicky. No debería haberte mentido. No lo volveré a hacer.

Dejé que me abrazara y, poco a poco, me relajé entre sus brazos. Seguía enfadada porque me había mentido, pero decidí dejarlo pasar. Después de todo, perder a sus padres antes de reconciliarse con ellos debió de ser una experiencia terriblemente traumática para él. Mis padres también están muertos, pero al menos ellos sabían cuánto los quería.

Cuando Adam se apartó de mí, me retiró un mechón de la cara. Ahora siempre llevo el cabello suelto porque así es como le gusta. Si alguna vez me lo recojo, se queja.

—Ah, sí, y otra cosa, Vicky.

Asentí.

—Dime.

—Ni se te ocurra volver a hablar de mí con Peter a mis espaldas. —Le tembló la mandíbula—. ¿Entendido?

—Eh... —Le escudriñé el rostro en busca de alguna señal de que me estuviera tomando el pelo—. De acuerdo. Perdona.

Farfullando entre dientes, agarró una botella de vino de un estante de la cocina antes de regresar al salón. Yo me quedé en la cocina, esperando a que llegaran los transportistas para llevarse el sofá.

Me hice un test de embarazo por la tarde. Salió negativo.

Rompí a llorar de alivio.

18 de noviembre de 2017

Esta mañana se me ha metido en la cabeza que debería apuntarme a un gimnasio.

Cuando era más joven, no tenía suficiente dinero para pagarme un gimnasio; a duras penas podía permitirme unas deportivas para correr por el parque que estaba cerca de mi casa. Luego, cuando tuve trabajo y más dinero, me faltaba tiempo. Pues bien, ahora lo único que tengo es tiempo y dinero. Han pasado dos meses y aún no he encontrado un empleo por aquí (aunque, en honor a la verdad, no he buscado muy a conciencia). Adam ha contratado también a una asistenta que viene dos veces por semana, por lo que casi no tengo nada que limpiar. Y, ahora que ha llegado el frío, Irina ha empezado a encargarse de la cocina en vez del jardín. Al parecer, posee múltiples talentos.

De modo que así es como transcurren mis días:

Me levanto hacia las nueve o las diez. Me doy una ducha de por lo menos cuarenta minutos. Tras prepararme un opíparo desayuno, me despatarro frente al televisor con una bolsa de patatas o algo igual de nutritivo. Y… no hago gran cosa más hasta la hora del almuerzo. Me estoy enganchando peligrosamente a algunos concursos de la tele, como *Family Feud* (qué buen programa; creo que se me daría genial la prueba del Dinero Rápido).

Después de almorzar, salgo a hacer algunas compras. Bueno, en realidad compro un montón de cosas. Estoy llenando la casa de trastos a pasos agigantados. Tengo el guardarropa desbordado. Hay tantos zapatos…

Últimamente no me atrevo a subirme a una báscula, pero esta mañana me ha costado abrocharme los botones de los vaqueros. Y no me refiero a los ajustados, sino a los tejanos holgados que me pongo los días que no salgo de casa y que no me importa quién pueda verme. No fui capaz de abrocharme esos tejanos.

Así que tenía dos opciones: o ir a comprarme ropa una talla más grande (a quién quiero engañar: dos tallas), o apuntarme a un gimnasio y, con un poco de suerte, volver a caber en mis prendas habituales.

Encontré un gimnasio que estaba a unos ocho kilómetros de casa y puse rumbo hacia allí después del almuerzo. Está bien: paré por el camino a almorzar en un McDonald's. Decidí zamparme mi último Big Mac con patatas antes de volver a la vida sana.

El gimnasio me pareció ideal. Aunque pequeño, estaba equipado con una buena cantidad de máquinas de ejercicios. Era luminoso y de aspecto nuevo, y las personas que estaban entrenando no tenían un cuerpo perfecto. No hay nada peor que correr al lado de alguien con pinta de modelo *fitness*. Me dio la impresión de que encajaría bien ahí, así que me acerqué a la recepcionista, una rubia pizpireta llamada Taylor, y le anuncié mi intención de hacerme socia.

Durante los quince minutos siguientes, no solo me dejé convencer de adquirir un bono de un año, sino que me apunté a clases semanales de zumba, natación y kickboxing. También me apunté a algo llamado Vinyasa Slow Flow, que ve tú a saber qué es. Si la chica me hubiera pedido a mi primogénito, seguramente se lo habría dado también.

—Ahora solo necesitamos una tarjeta de crédito para añadirla a su ficha —dijo Taylor en tono jovial.

Llevé la mano a mi bolso para sacar la cartera. La ranura en la que suelo llevar la tarjeta de crédito estaba vacía. El pánico me oprimió el pecho.

—Ay, Dios —dije—. ¿Dónde está mi tarjeta?

Una pequeña arruga apareció entre las cejas claras de Taylor.

—¿Se la habrán robado?

—Creo que sí. —Al echar una ojeada dentro de la cartera, vi que el dinero en efectivo seguía ahí—. Voy a tener que llamar a la compañía de la tarjeta. —Alcé la vista hacia ella—. ¿Puedo apuntarme de todos modos?

Frunció el ceño.

—Me temo que no. Nos piden que incluyamos un número de tarjeta en la ficha. Pero puedo guardar sus datos para cuando consiga una nueva y vuelva.

Aunque me fastidiaba todo aquel lío, estaba aún más nerviosa ante la perspectiva de contarle a Adam lo de la tarjeta. Y tenía que contárselo. Era nuestra tarjeta conjunta, así que, si necesitaba una nueva, tendríamos que pedir otra para él también. Se pondría hecho una furia cuando le dijera que había desaparecido. Solo de imaginar la conversación, me entraban escalofríos.

Aún era posible que la encontrara. Entonces no tendría que informarle de su pérdida. No me parecía probable que alguien me la hubiera robado y luego me hubiera devuelto la cartera con todo el dinero. La última vez que había usado la tarjeta había sido dos días antes, en el centro comercial. ¿Me la había olvidado en alguna tienda?

Me pasé las siguientes dos horas repasando en mi mente los lugares donde había estado los últimos días, intentando pensar dónde podía haberla dejado. Luego comencé a llamar como una desesperada a todos los comercios donde había comprado algo para preguntar si tenían mi tarjeta de crédito. No hubo suerte.

Así que me puse a dar vueltas por ahí en el coche para retrasar el momento de volver a casa. Tendría que cancelar mi tarjeta y averiguar si se habían efectuado cargos no autorizados. No me quedaba otro remedio. Adam se pondría furioso.

Cuando por fin llegué a casa, él estaba en la planta baja, en la cocina, ayudando a Irina a guardar las provisiones que ella había comprado. Supongo que no me oyeron entrar, y me quedé un momento observando a mi marido con nuestra deslumbrante cocinera/jardinera de Europa del Este. Adam estaba muy arrimado a la chica y, cuando dijo algo, ella lo agarró del brazo y se rio.

Acto seguido, él se inclinó hacia ella y le susurró algo al oído que le arrancó una carcajada más fuerte.

Fue entonces cuando carraspeé.

—¡Señorita Victoria! —exclamó Irina. La mujer tuvo la desfachatez de fingir que se alegraba de verme—. ¡Ya está en casa! Por favor, ¿quiere ver lo que he comprado? Para la cena de hoy.

Negué con un gesto.

—No, gracias. —Respiré hondo—. Adam, ¿puedo hablar contigo un momento?

Aunque me daba mucho miedo confesarle lo de la tarjeta, no tenía alternativa. Si alguien me la había robado, tenía que denunciarlo y cancelarla lo antes posible. Si lo dejaba para más tarde, él se enfadaría aún más. No había escapatoria.

Subimos a nuestro dormitorio, donde le expliqué entre sollozos todo lo ocurrido. Al principio, traté de forzar el llanto para despertar su compasión, pero entonces caí en la cuenta de que las lágrimas eran reales. Le relaté mis intentos desesperados por encontrar la tarjeta. Le juré que yo me ocuparía de llamar a la compañía, conseguir una nueva y hacer todo lo necesario para arreglar el desaguisado.

Escruté su rostro, preparándome para su arrebato de rabia. Sin embargo, para mi sorpresa, no parecía en absoluto disgustado.

—Nadie te ha robado la tarjeta de crédito —dijo—. Yo te la cogí de la cartera.

Me quedé boquiabierta. ¿La cogió él? Pero ¿por qué?

—¿En serio?

Asintió.

—Creo que no eres consciente de la cantidad de dinero que has gastado en el último par de meses, Victoria. Ahora soy el único sostén de esta familia y, para serte sincero, me parece ofensivo que te tomes esas libertades con mi dinero. Lo he hablado con varias personas, y creo que lo mejor será que te dé una asignación en metálico para que no gastes más de la cuenta.

No podía creer lo que oía. ¿Una asignación en metálico? ¿Me había tomado por una cría?

—No puedo estar sin tarjeta de crédito, Adam. ¿Cómo quieres que haga compras por internet?

—Puedes hacer compras por internet —repuso—. Solo tienes que mandarme el enlace y, si el producto me parece apropiado, te lo compraré. Tal vez podría idear un sistema para aprobar tus compras.

Casi sentí que me subía la tensión. Es verdad que Adam ha aportado mucho más dinero que yo a nuestro matrimonio, pero yo tampoco estaba precisamente en la indigencia. Nunca he tenido que pedir permiso para adquirir una triste lámpara. Ahora me arrepentía de haber metido mis ahorros en una cuenta corriente conjunta. Yo quería mantener mi cuenta personal, pero él insistió en que no sería justo. ¿Por qué habría de tener yo acceso a su dinero si él no tenía acceso al mío?

—Será una asignación muy generosa —dijo—: doscientos dólares a la semana. Y eso sin contar las compras online, claro.

—¡No puedo vivir con doscientos dólares semanales!

Arrugó el entrecejo.

—¿Por qué no? Irina se encarga de la compra, y yo pago la hipoteca y los servicios de limpieza. ¿En qué pretendes gastarte más de doscientos dólares a la semana? ¿En gasolina? ¿En ropa? ¿En el McDonald's?

Noté que se me encendía el rostro. Eso había sido un golpe bajo.

—A Irina le pagas más de doscientos dólares a la semana.

Entornó los ojos.

—Cierto. Pero resulta que ella trabaja, mientras que tú te pasas el día rascándote la barriga sin hacer nada salvo despilfarrar mi dinero.

Me ardían las mejillas. Había sido idea suya que me quedara en casa, y ahora me lo estaba echando en cara. Pero, si se lo hubiera hecho notar, él no lo habría entendido.

—¿Y si alguna semana tengo que hacer un gasto más fuerte?

Se encogió de hombros.

—Pues más vale que ahorres para esa eventualidad. O, si has sido irresponsable y te lo has gastado todo, puedes pedirme un préstamo. Creo que así aprenderás a administrar el dinero.

Respiré hondo. Me repateaba la situación, pero, en el fondo, tal vez era hasta cierto punto razonable. Es verdad que he comprado muchas cosas últimamente, más que nada por aburrimiento.

—¿Qué tal doscientos cincuenta dólares a la semana?

Esbozó una sonrisa tolerante.

—Te propongo lo siguiente: cuando te quedes embarazada, subiremos a doscientos cincuenta dólares a la semana.

Ah, sí. Seguimos intentando concebir. Por el momento no ha habido suerte. Realizo el test de ovulación cada mes, siempre tenemos relaciones en el momento que toca y luego yo me quedo una hora tumbada boca arriba en la cama con las rodillas en alto. Tomo vitaminas prenatales y he dejado el alcohol y la cafeína. Por desgracia, hace unos días me vino la regla, así que no es que los vaqueros me aprieten porque esté encinta, sino simplemente porque estoy gorda.

No le he confesado a Adam que, cada vez que la prueba de embarazo me sale negativa, respiro aliviada. No acabo de entenderlo, porque sí que quiero un bebé. De verdad.

—Está bien —dije. No me apetecía discutir. Las discusiones con Adam nunca eran breves. Una vez que nos enzarzábamos en una pelea, la cosa podía alargarse durante días—. En fin, el caso es que hoy he ido a apuntarme a un gimnasio. ¿Puedo usar la tarjeta de crédito para eso?

—¿Un gimnasio? —Se le ensombreció el semblante, y se me cayó el alma a los pies al intuir que, pese a todo, no me había librado de la discusión—. ¿Para qué quieres apuntarte a un gimnasio?

No tenía ni la más remota idea de por qué se estaba enfadando de esa manera. ¿Qué tenía de malo apuntarse a un gimnasio?

—Quiero volver a ponerme en forma —dije—. He aumentado un poco de peso.

Bajó los ojos a mi abdomen.

—Sí, ya lo había notado.

Genial. No pude evitar visualizar la perfecta y esbelta figura de Irina.

—Pero ¿por qué tienes que ir al gimnasio? —insistió—. La única razón por la que la gente se apunta al gimnasio es para ligar con otros solteros. ¿Es eso lo que quieres? ¿Apuntarte a un gimnasio para conocer hombres?

—¡No!

—No me mientas, Victoria —siseó—. ¿Por qué crees que solo he contratado mujeres para que trabajen aquí? Porque tonteas con el primer hombre que se te acerca a menos de un kilómetro.

—Vaya, y yo que pensaba que habías contratado a Irina para que tú tuvieras alguien con quien tontear.

No debería haber dicho eso. A estas alturas, tengo muy claro qué cosas sacan de quicio a Adam. Y sabía que eso desencadenaría una bronca de campeonato. Pero no fui capaz de contenerme. ¿Cómo se atrevía a acusarme a mí de tontear cuando él había contratado a un bellezón como Irina?

—Yo no tonteo con Irina —dijo—. No sé cómo se te ocurre pensar algo así. Es que te entran unos celos terribles ante cualquier mujer que sea más guapa que tú.

—No estoy… —Iba a replicar que no estaba celosa de Irina, pero habría sido mentira. Sí que estaba celosa. Claro que lo estaba. Como para no estarlo—. A ver, simplemente no sé por qué tenías que contratar a una chica tan guapa.

—Yo ni siquiera me he fijado en su físico. Tú eres la que está obsesionada con ella.

—¿Obsesionada? —Advertí que había subido demasiado la voz y que seguramente Irina me oiría desde el piso de abajo—. ¡No estoy obsesionada! Pero te he visto arrullarla al oído en la cocina.

—¿Arrullarla? —Elevó las cejas—. Solo estábamos planeando qué hacer para la cena. Madre mía, estás totalmente desquiciada, ¿sabes? —Meneó la cabeza—. Por eso no puedo dejar que vayas al gimnasio. Me alegro de haberte confiscado la tarjeta de crédito. Cómprate unas deportivas y sal a correr.

Había adoptado ese tono frío que indicaba que no me dirigiría la palabra en varios días. En aquellos momentos, no estaba segura de si me importaba.

Bueno, de acuerdo: me importa. No tenéis ni idea de lo que es convivir con alguien que se niega a hablar contigo. Resulta de lo más violento.

Me mordí el labio.

—¿Me das mis doscientos dólares para la semana?

—Sí, claro. —Resopló—. Te los daré el domingo. Cada domingo recibirás tu paga. Tendrás que ser paciente por una vez.

Así que ahora mismo llevo en la cartera cincuenta y tres pavos que me tienen que durar hasta el domingo (no sé si me dará el dinero por la mañana o por la tarde). No tengo ni idea de qué hacer. Tal vez debería intentar encontrar trabajo, aun sabiendo que, en lo que tarde en adaptarme, podría quedarme embarazada y verme obligada a dejarlo al poco tiempo. El aburrimiento me está volviendo loca, pero, cuando tenga el bebé, cuidar de él ocupará buena parte de mi tiempo.

Supongo que me compraré esas zapatillas deportivas. Bueno, el domingo, cuando disponga de algo de dinero.

2 de diciembre de 2017

Acabo de enzarzarme en una bronca tremenda con Adam.

Tenía una reunión con su editor, y, como Maggie, nuestra mujer de la limpieza, no viene los martes, me ha pedido que le planche una camisa.

En principio parecía una tarea sencilla. Saqué la plancha y la tabla del armario, y le planché la camisa lo mejor que pude. No soy lo que se dice una profesional en lo que se refiere al cuidado de la ropa, pero creí que había hecho un trabajo aceptable. Sin embargo, cuando él salió de la ducha y le mostré la camisa recién planchada, se puso como loco. Por lo visto, lo había hecho mal. Repitió una y otra vez algo sobre el pliegue y que había estropeado la prenda para siempre. Acabó tirándola a la basura, lo que me resultó absurdo. Maggie habría podido plancharla más tarde para arreglar mi metedura de pata.

—¿Es que no sabes hacer nada? —preguntó—. Porque la verdad es que no se me ocurre nada que se te dé bien, aparte de pasar el día apalancada en el sofá viendo la tele y atiborrándote. Y gastar mi dinero, claro.

—Pues entonces tal vez debería volver a trabajar. —Lo dije como una amenaza, como si no hubiera mandado ya copias de mi currículum a todos los sitios que se encontraban a una distancia accesible. Empezaba a sospechar que tendría que ampliar el radio de búsqueda. No quería tener que conducir hora y media para llegar al trabajo, pero quizá valdría la pena. Sería mejor que quedarme en casa. Y volvería a tener ingresos.

—Eso también se te daba fatal. —Alzó la mano izquierda—. Mira la cicatriz que se me quedó por tu culpa.

—Tienes una cicatriz en la mano porque te cortaste con un cuchillo.

—Seguramente te habrían despedido si no hubieras renunciado —prosiguió como si no me hubiera oído—. Tienes mucha suerte de que te mantenga. —Me miró con expresión desdeñosa—. Eso era lo que buscabas, ¿a que sí? Un hombre que te mantuviera para no volver a dar un palo al agua.

—No es verdad.

—¡Claro que es verdad! —espetó—. Nuestro matrimonio no es más que un fraude.

Dicho esto, agarró la foto que estaba en la mesilla de noche y que nos habían hecho solo unos minutos después de casarnos. La arrojó contra el suelo y el vidrio del portarretratos saltó en mil pedazos. Retrocedí porque iba en calcetines y no quería pisar los cristales.

—Recoge eso. —Me lanzó una mirada de odio—. Yo tengo que ir a ver qué coño me pongo.

Me entraron ganas de tirarle algo a la cabeza. La plancha seguía sobre la tabla y, aunque la había apagado, la superficie metálica aún estaba muy caliente. Por un instante, se apoderó de mí el impulso de coger esa plancha y estampársela en toda la cara. Así aprendería.

Sin embargo, en vez de agredirlo con la plancha, bajé a buscar una escoba y el aspirador de mano para retirar los fragmentos de vidrio.

Cuando recogí el último, Adam ya se había ido. Ni siquiera se despidió; solo me enteré de su marcha por el portazo que dio al salir. En cuanto lo oí, me desplomé sobre la cama con el rostro oculto entre las manos y brotaron las lágrimas. Sigo queriendo a Adam, pero a veces creo que lo odio. Hay ocasiones en que me gustaría asesinarlo con mis propias manos.

Llevaba unos cinco minutos sollozando cuando oí un zumbido procedente de mi teléfono, que llevaba en el bolsillo del pantalón de chándal. Cuando lo saqué, vi que había recibido un mensaje de Mack.

«¿Cómo va todo?».

Aunque era un mensaje de lo más simple e inocente, me hizo llorar con más fuerza. Mack estaba pensando en mí. Estaba preocupado por mí.

Cogí el móvil sin saber muy bien qué responderle. Podía contárselo todo, pero ¿de qué serviría? No cambiaría nada. Con la suerte que tengo, Adam seguramente acabaría por descubrir toda nuestra conversación.

«Todo bien», escribí al fin.

Contestó casi de inmediato.

«¿Solo bien?».

Continuar con el tema me resultaba insoportable, así que me limité a escribir: «¿Cómo estás tú?».

«Bien. —Y, acto seguido—: Te echo de menos».

Se me cortó la respiración.

«Sabes que estoy casada, ¿no?».

«Te echo de menos platónicamente».

A pesar de todo, le sonreí a la pantalla. Tras pasarnos media hora más intercambiándonos mensajes, al final se me secaron las lágrimas. Era agradable charlar con un amigo. Aún no había hecho amistades por mi zona. Cada vez que le comento a Adam que me gustaría apuntarme a alguna actividad, él se niega a darme su aprobación. Había un club de lectura en la biblioteca, pero se puso fuera de sí cuando le hablé de ello. Me pidió una lista de todos los miembros. No bien le dije que no podía conseguírsela, me prohibió asistir. De vez en cuando aún esgrime lo del club de lectura como un ejemplo de mi comportamiento irracional, como si le hubiera pedido permiso para participar en una orgía.

El club de lectura se reúne esta semana, y ya me he leído el libro. Tal vez vaya a la sesión. Adam ya está furioso conmigo, así que eso no empeoraría las cosas. Y me siento tan sola aquí…

No, será mejor que no vaya.

37

He ido en el Honda Civic de Victoria a la tienda de autoservicio que está a kilómetro y medio, porque es la única que abre en Acción de Gracias, y Adam me ha dicho que no nos queda suficiente mantequilla (afirmación que me ha asustado, teniendo en cuenta que la semana pasada compré un paquete de cuatro barras). Él fue a buscar el pavo y otros ingredientes ayer, así que tenemos la nevera bien aprovisionada. Hoy se ha levantado temprano y ha estado sazonando el pavo y cuidando de él como si se tratara de un recién nacido.

Esta mañana estaba muy mono mientras lo untaba de aceite, mantequilla, salvia y romero al tiempo que canturreaba para sí. Me he quedado observándolo un momento, inundada por una oleada de afecto hasta que me he acordado de lo que he leído en el diario de Victoria. Esto no es más que una fachada: el auténtico Adam es un hombre colérico, celoso y violento.

Entonces he salido corriendo de la casa sin siquiera despedirme.

Cuando regreso con la mantequilla, él está metiendo el pavo en el horno. Se endereza para recibirme con un beso y un abrazo que yo acepto algo rígida. Sin embargo, él está tan emocionado por el pavo que no parece darse ni cuenta.

—El pavo ya está listo —anuncia.

—Genial. —Alzo la vista hacia su rostro sonriente—. Oye, esto… Es una pena que tus padres no puedan venir.

Estudio su expresión con detenimiento.

—Ya, bueno —dice—. Les gusta ir a casa de mi tío. Es una de esas personas extrovertidas a las que les encanta recibir visitas y prepararles un gran banquete. Así le ahorra a mi madre el trabajo de cocinar.

¿Está mintiendo? Me entran ganas de zarandearlo y preguntarle si sus padres están muertos. Pero ¿de verdad sería capaz de inventarse toda una historia sobre sus planes para Acción de Gracias? Porque, en caso afirmativo, tiene un problema grave.

¿Y qué hay de esa llamada que hizo la noche de la gran tormenta? Si la persona al otro lado de la línea no era su madre, ¿con quién hablaba?

He intentado encontrar el libro de Adam *Todo queda en familia*. Tengo curiosidad por comprobar si es tan truculento como lo describe Victoria. Pero no he hallado ningún ejemplar en la casa. Incluso lo he buscado en el supermercado, también sin éxito. Me he planteado la posibilidad de leerlo en el móvil, pero al final he decidido no hacerlo.

Tengo que poner fin a esta relación, o lo que sea que hay entre nosotros. No puedo seguir haciéndole esto a Victoria. Ni seguir haciéndomelo a mí misma. No sé quién es este hombre. Lo único positivo que puedo decir es que, por lo que parece, no ha maltratado a su esposa físicamente.

Pero, si rompo con él, ¿me despedirá? Me parecería comprensible hasta cierto punto. Y entonces ¿qué sería de Victoria sin mí? Estoy segura de que prefiere que yo ande por aquí a que él se ocupe de ella a todas horas.

Adam me rodea con sus brazos y me atrae hacia sí.

—¿Sabes por qué quiero dar gracias este año? —susurra con los labios contra mi cabello.

Niego con un gesto.

—Quiero dar gracias por ti. —Me estrecha con más fuerza—. No sé si alguna vez te he dicho lo desdichado que era antes de que aparecieras. Mi vida estaba vacía. Bueno, tenía mis libros, pero ni siquiera podía concentrarme en eso.

—¿Te refieres a después del accidente de Victoria?

Soltando un largo suspiro, se aparta de mí.

—Hay algo que debo decirte.

Como me diga que sus padres fallecieron, dejo el trabajo.

—Victoria y yo no éramos felices juntos. —Se frota el rostro con las manos—. Bueno, al principio sí. Pero, cuando nos comprometimos, se convirtió en una persona diferente. Y luego, después de nuestra boda, su carácter empeoró mucho más. Pero… yo no veía cómo salir de la situación…

Se queda con la mirada perdida. No sé de qué me habla. Victoria relató con todo detalle lo mal que Adam la trataba. ¿Acaso él no se daba cuenta? Quizá por eso le parecía que ella había cambiado.

—Bueno —digo—, teniendo en cuenta lo complicadas que eran las cosas, es muy generoso por tu parte que cuides de ella como lo haces.

Exhala.

—Ya, ese es el tema… —Juguetea con la jeringa de cocina que está sobre la encimera—. He estado reflexionando mucho. Quería seguir ocupándome de Victoria, pero es muy duro para mí. Creo que…, después de Navidades, empezaré a llamar a las residencias de la zona. Será lo mejor. —Sin duda repara en que me he puesto pálida, porque se apresura a agregar—: Podrás continuar viviendo en esta casa, por supuesto. No voy a echarte. Y podrás seguir trabajando aquí o buscar otro empleo. Pero tu habitación estará a tu disposición mientras quieras. O… la mía.

—No… no sé —balbuceo. Siento muchas náuseas, como si estuviera a punto de vomitar.

Alarga la mano para tocarme el brazo, pero lo retiro con brusquedad. Ahora mismo no quiero estar cerca de él.

—Voy a llevarle a Victoria su desayuno —masculло.

Baja la mirada.

—Créeme, Sylvia. Será lo mejor. Para todos.

Pero no me fío de él. No me fío un pelo.

38

Diario de Victoria

12 de diciembre de 2017

Hoy me ha faltado poco para pasarme todo el día dando saltos de emoción porque Carol y su novio Jeff iban a venir a vernos por la noche. Ella me dijo que quería visitarnos antes de las fiestas.

Conseguir que conocidos nuestros de la ciudad vengan hasta aquí no es tarea fácil, pero Jeff es conductor de Uber, así que no le parece tan terrible. Es decir, no hay duda de que vivimos en el quinto pino, pero él está acostumbrado a pasar mucho tiempo al volante. Yo, por mi parte, no he ido a la ciudad ni una vez desde que nos mudamos aquí hace tres meses. Una vez se lo propuse a Adam, pero se disgustó tanto que no volví a tocar el tema.

He comprado un vestido nuevo expresamente para esta noche. Bueno, en parte lo he comprado también porque casi todos mis vestidos viejos me aprietan demasiado. La semana pasada por fin me subí a la báscula y descubrí que he aumentado casi siete kilos en los tres meses que llevamos viviendo aquí. Es una pena que no pueda apuntarme a un gimnasio, y más ahora que hace demasiado frío para salir a correr. Pero, como esta posibilidad queda descartada, estoy pensando en pedirle a Adam algún tipo de máquina de ejercicio, tal vez una elíptica. Es demasiado cara como para pagarla con la asignación que me da.

El caso es que he ahorrado mi paga de las últimas dos semanas para comprarme este Michael Kors negro ceñido con una raja hasta el muslo derecho. Cuando Adam me lo vio puesto, se le iluminó el rostro y decidí que el gasto había valido la pena. Últimamente parece que no hay forma humana de contentar a mi marido así que, si un vestido basta para conseguirlo, vale cada centavo de lo que cuesta. También me puse el collar de copo de nieve que Adam me regaló cuando empezábamos a salir.

Sin embargo, en cuanto lo tuve colgado del cuello, me invadió una tristeza repentina al pensar lo mucho que había cambiado mi vida desde la noche en que Adam me lo había dado. En algunos aspectos para bien, claro. Ahora estamos casados. Vivimos juntos. Estamos buscando un bebé. Sin embargo, por algún motivo, cuando me acuerdo de la vida que llevaba antes de recibir ese collar, me entran ganas de echarme a llorar.

—Estás espectacular —me dijo, dándome un beso en el cuello—. Qué afortunado soy.

Adam ha estado de un humor inmejorable esta semana. Su nueva novela va viento en popa. Pronto saldrán las galeradas, y está ansioso por enseñármelas. Su comportamiento conmigo ha sido dulce, generoso y de lo más cariñoso. No solo se ha mostrado bien dispuesto a recibir la visita de Carol, sino que incluso se ha ofrecido a preparar una elaborada cena italiana. A pesar de la herida de cuchillo que acabó con él en urgencias, cocinaba para mí a veces cuando vivíamos en la ciudad. No se le daba mal. Pero lo cierto es que me alegré sobre todo de que Irina no fuera a estar en casa durante la velada. No habría soportado que Adam se pasara toda la noche flirteando con ella delante de mis amigos.

Cuando llegaron, Carol y Jeff parecían cansados por el viaje y tenían las mejillas coloradas por el frío. Ella sujetaba contra el pecho un streusel de manzana de mi pastelería favorita de Manhattan. En cuanto vi su rostro familiar, estuve otra vez a punto de estallar en lágrimas. Le eché los brazos al cuello y la achuché durante unos segundos más de la cuenta.

—Os he echado mucho de menos —le dije.

Se apartó de mí y me miró de arriba abajo. Se le animó el semblante.

—Bueno, ¿y cuándo sales de cuentas?

Sentí que me ardía el rostro.

—No estoy embarazada.

Carol puso cara de querer que se la tragara la tierra.

—¡Ay, Dios, lo siento mucho, Vicky! Por favor, no te lo tomes a mal. Como me dijiste que lo estabais intentando, he dado por hecho…

—No es culpa tuya —terció Adam—. Se pasa el día sentada comiendo, y este es el resultado.

—Estás estupenda, Vicky —se apresuró a decir Carol—. Lo que pasa es que… por alguna razón creía que me habías dicho que estabas embarazada. Eso es todo.

Fue un buen intento de arreglar su metedura de pata. Por desgracia, todos sabíamos la verdad. No estoy estupenda. Estoy hecha un asco.

Adam y Jeff se fueron a ver un partido en la tele mientras yo guiaba a Carol en un recorrido por la casa. Empezamos por la planta baja y luego subimos las escaleras. Ella se deshacía en exclamaciones de admiración en cada habitación. Debió de decirme por lo menos cien veces la envidia que le daba. En el fondo no creo que le diera tanta. Ningún habitante de Manhattan aspira a vivir en la punta de Long Island.

El recorrido finalizó en el dormitorio principal. Carol desplazó la vista por la enorme habitación, meneando la cabeza.

—Es como una casa de ensueño —dijo—. No me extraña que quisieras mudarte aquí.

En realidad, yo no quería mudarme aquí. Adam compró la finca sin consultarme. Y tuve que renunciar a toda la vida que tenía montada en la ciudad para venir. No pasa un día sin que me arrepienta de ello.

—Qué suerte tienes —suspiró—. Vives en esta maravilla de casa. Estás casada con don Perfecto. ¡Y apuesto a que sí que estás embarazada! Irradias ese tipo de luminosidad.

—Ya. Bueno, ¿y cómo están todos en el hospital? —Me había hartado de hablar de mí y de lo envidiable que ella creía que era mi vida—. ¿Algún cotilleo?

Esto le desató la lengua a Carol. Me contó que habían pillado a una enfermera dándose el lote con un médico casado en la sala de material. Y otra enfermera está encinta. Mientras ella parloteaba sin parar, caí en la cuenta de que solo me interesaba saber de una persona. Y empezaba a desanimarme que ni siquiera la mencionara.

—¿Cómo le va a Mack? —pregunté al fin cuando se produjo una pausa en la conversación. Intenté aparentar una indiferencia absoluta.

Se encogió de hombros.

—Bien. Como siempre.

—Ah, me alegro.

Se quedó pensativa un momento.

—Me pregunta por ti.

El corazón me dio un vuelco en el pecho.

—¿De veras?

—Sí. Una vez por semana, al menos. Como quien no quiere la cosa. —Me miró entornando los ojos—. Oye, ¿alguna vez pasó algo entre vosotros?

—¡No! —No quería dar pie a la menor sospecha sobre Mack y yo. No me habría extrañado lo más mínimo que Adam estuviera escuchando detrás de la puerta—. Solo éramos buenos amigos. Eso es todo. Hace siglos que no sé de él. Te lo preguntaba por curiosidad, nada más.

Sonrió de oreja a oreja.

—Pero es bastante mono, ¿a que sí?

—Para quien le gusten así… —Bajé la vista a mi reloj—. Vamos a ver cómo va la cena.

En la planta baja, Adam y Jeff estaban bebiendo cerveza, totalmente absortos en un partido de fútbol americano. Bromeaban entre ellos y Adam mostraba esa faceta encantadora suya que le granjeaba la adoración de todo el mundo e impulsaba a las camareras a darle su número de teléfono. Don Perfecto: ese es mi marido.

Carol se sentó en el sofá mientras yo me dirigía a la cocina para echar un ojo a la comida. Adam estaba tan distraído viendo la tele que al parecer se había olvidado de ella. La salsa de tomate que había dejado al fuego parecía haberse reducido demasiado —estaba casi quemada— y él ni siquiera había empezado a cocer la pasta. Sabía que debía salir al salón para avisarle de que su salsa estaba a punto de echarse a perder, pero también sabía que, si se lo decía, se enfadaría conmigo. No quería discutir en presencia de Carol y Jeff.

Al final, decidí que lo mejor sería ponerme con la pasta. De este modo, le echaría una mano. Además, no convenía que cenáramos muy tarde, porque a Carol y a Jeff les esperaba un largo trayecto de vuelta a la ciudad. Cuando el agua rompió a hervir, añadí los espaguetis. Justo en el momento en que programaba el temporizador, Adam entró en la cocina con aire despreocupado.

—¿Qué haces? —inquirió.

—Ir adelantando con la pasta.

Todo rastro de sonrisa se le borró del rostro.

—¿Y quién te ha dado permiso para hacer eso?

—No es una cuestión de vida o muerte. Es solo pasta.

—Ya. Pero soy yo quien está preparando la cena. —Arqueó las cejas, con los ojos clavados en mí—. Cuando vamos a un restaurante, ¿te cuelas en la cocina para hacer el tonto con los fogones?

Me retorcí las manos. Saltaba a la vista que mi intento de evitar una pelea había fracasado.

—No...

—Primero me obligas a hacer de anfitrión de los pelmas de tus amigos..., luego me avergüenzas con tu aspecto... —Llevaba la cuenta de mis faltas con los dedos—. Y a continuación intentas estropear la cena que me he pasado cocinando toda la tarde. —Meneó la cabeza—. No sé cómo te aguanto. Tienes suerte de que sea buena persona.

—Oye... —Me mordisqueé el labio—. Lo único que he hecho ha sido poner a hervir un poco de pasta. Mi intención era ayudarte.

—Ya veo. Así que crees que no puedo encargarme de la cena sin tu ayuda, ¿no? —Soltó un bufido—. Bueno, si eso es lo que piensas, te propongo una cosa: ¿por qué no terminas de prepararlo todo tú sola, joder?

Acto seguido, cogió uno de los platos de cerámica que estaban en el escurridor y lo lanzó contra la pared, donde se hizo añicos.

Giró sobre los talones y salió de la cocina, no sin antes volcar la caja de pasta por el camino. Como aún estaba medio llena, los espaguetis se desparramaron por todo el suelo. Adam no se enteró, o le dio igual. En cualquier caso, no se detuvo. Me agaché para recoger la pasta, y crispé el rostro cuando la puerta principal se cerró de un portazo.

Carol acudió corriendo, y me inventé la excusa de que se me había caído un plato y lo había roto, torpe de mí. Solo esperaba que no se fijara en el desconchón en el enlucido de la pared. En cuanto a Adam, le dije que se había ido a toda velocidad para comprar unos ingredientes de última hora. Al parecer, ella se lo tragó y me ayudó a limpiar el suelo de la cocina.

Una hora después, Adam seguía sin volver, claro. Les conté que me había llamado para decirme que se le había averiado el coche. Al menos conseguimos salvar parte de la cena, y nos tomamos el streusel de manzana de postre. Yo estaba tan alterada que acabé comiéndome tres pequeñas porciones. Aunque Carol insistía en restarle importancia al asunto, me sentía muy humillada. No podía creer que me hubiera dejado plantada por una cosa tan nimia y ridícula. Lo peor era que ni siquiera me sorprendía.

Y ahora es medianoche, y aún no ha regresado.

Mi marido tiene mal genio. No me queda más remedio que

aceptarlo. Sabía que si ponía a cocer los espaguetis se disgustaría. No debería haberlo hecho. ¡Lo sabía! ¿¿¿Pero qué narices me pasa??? A estas alturas, tengo bastante claro qué clase de cosas lo sacan de sus casillas. Solo tengo que andarme con mucho ojo para no hacerlas.

¿Dónde se habrá metido? ¡Es medianoche, por Dios santo!

Voy a bajar a comer un poco más de ese streusel de manzana.

39

Victoria lleva un holgado vestido con estampado de flores que he encontrado en su armario. No tiene sentido ponerle algo más ceñido por su sonda de gastrostomía, y además no le quedaría bien, por la forma en que suele encorvarse en la silla. Supongo que antes el vestido la ceñía más, pero ahora está tan esquelética que le cuelga por todas partes.

También he dedicado un rato a arreglarle el cabello. La he peinado y le he aplicado de nuevo el tratamiento con aceite, y ahora se le ve brillante y sedoso. He pensado en intentar recogérselo hacia atrás, pero creo que está más favorecida cuando lo lleva suelto.

Ahora he pasado a la fase del maquillaje. Le he aplicado una capa de rosa en los labios torcidos y estoy haciendo lo posible por taparle la cicatriz de la mejilla izquierda. No creo que logre ocultársela por completo, pero tiene mucha mejor pinta que antes.

Ella se deja maquillar, pero no muestra el menor entusiasmo. No se lo reprocho; pese a los rollos que suelto sobre lo divertido que será esto, tampoco me hace una ilusión bárbara.

Una parte de mí desearía escaquearse y dejar que Victoria y Adam celebraran Acción de Gracias como un matrimonio. Sin embargo, cuanto más leo su diario, mayor es mi impresión de que eso no es lo que ella prefiere. No quiere quedarse a solas con él. Y yo tampoco quiero que se queden solos.

—Ya está. —Doy los últimos toques con el corrector (he gastado media barra, y la cicatriz aún está muy visible)—. Hemos terminado.

Por toda respuesta, Victoria se queda mirándome.

—Estás preciosa. —Cojo el espejo que he encontrado en el baño y se lo coloco delante de la cara—. Mírate.

Tras echar un vistazo, Victoria aparta los ojos. Nunca se pone muy contenta cuando hago que se mire en un espejo. O desvía la mirada o contempla su reflejo con el ceño fruncido. A veces se toca la cicatriz. Ojalá Adam hubiera apoquinado para pagarle la cirugía plástica. Sé que cree que ella no se da cuenta, pero está equivocado.

—Solo… —Me muerdo el labio—. Solo quiero que sepas que no voy a… Quiero decir, Adam es tu esposo, no el mío. Esta noche le diré que no voy a…

Por primera vez desde que he entrado aquí, veo una chispa de interés en los ojos de Victoria.

—No está bien —prosigo—. Ha sido un error, y lo siento. Se lo diré esta noche.

—Ten… —Está tan concentrada en lo que quiere expresar que le gotea un poco de saliva por la comisura derecha de la boca y se le corre el pintalabios—. Ten… cui…

Por una vez, sé perfectamente lo que intenta decir. «Ten cuidado».

La dejo para ir a buscar esmalte de uñas al baño. Es lo último que falta para completar su look para la cena. Quiero que esté muy guapa esta noche, que se parezca lo más posible a la Victoria de antes. Es importante para mí.

Maggie debe de haber cambiado de sitio el esmalte de uñas al limpiar. Echo una ojeada al armario del baño donde suele estar, pero no lo encuentro. Busco en los otros estantes el estuche con botecitos de esmalte de varios colores. Encuentro otros cosméticos, pero no esos. Sin embargo, veo algo que me sorprende.

Una bolsa de medicamentos negra.

No sabía a ciencia cierta dónde guardaba Adam la medicación de Victoria. Siempre parecía tenerla a punto para administrársela. Saco un frasco de la bolsa de plástico negro y miro la fecha de la última recarga. Fue hace menos de un mes. No son medicinas antiguas. Son las que le está dando ahora.

Leo el nombre del fármaco en la etiqueta: quetiapina.

Adam dijo que Victoria solo recibía medicación para prevenir las convulsiones. Instintivamente, saco mi móvil del bolsillo de los vaqueros y tecleo el nombre del medicamento en el buscador. Aparece la página de Wikipedia del término «quetiapina» y la pincho.

No es un medicamento para evitar convulsiones. Según Wikipedia, es un antipsicótico que se usa para tratar la esquizofrenia y el trastorno bipolar. También se emplea como somnífero por su potente efecto sedante.

Bueno, eso explica por qué Victoria está siempre tan cansada después de recibir su medicación.

Hay otros frascos dentro de la bolsa. Reconozco el nombre del fármaco que figura en uno de ellos: Valium. Es lo que se tomaba mi madre a veces cuando sentía ansiedad. Por lo general la dejaba muy grogui, así que se iba directa a la cama.

¿Por qué le administra Adam a Victoria un montón de drogas que la dejan fuera de combate?

Cuando oigo unos pasos que se acercan, me apresuro a guardar de nuevo la bolsa negra. Un segundo después, Adam aparece en la puerta del baño. Lleva una camisa verde que le realza el color de los ojos y con la que está arrebatador.

—¿Te falta mucho para acabar de arreglar a Victoria? El pavo ya está casi listo para salir del horno.

Me enderezo y asiento con la cabeza.

—Iba a pintarle las uñas, pero creo que lo dejaré para más tarde. No quiero que los dedos le huelan a esmalte durante la cena.

—De acuerdo. —Se coloca bien el cuello de la camisa—. Pero

no te olvides de cortarle las uñas. No quiero que me arañe mientras le pongo la medicación.

Agarro el cortaúñas que está sobre una balda próxima al lavabo y se lo muestro.

—Claro. Sin problema.

—Genial. Eres la mejor, Sylvia.

En cuanto se aleja, vuelvo a dejar el cortaúñas donde estaba.

40

El banquete de Acción de Gracias está casi listo.

Me he puesto un atuendo un poco más elegante que mis vaqueros y sudadera habituales, pero no mucho más; no me he traído ropa de vestir, y no pienso ponerme a rebuscar en el armario de Victoria, por más que Adam me haya dado permiso. Además, no quiero eclipsar a Victoria. Esta es su casa, y merece ser la persona mejor vestida.

Ya solo falta trasladarla a la planta baja para comenzar con el festín. Sin embargo, cuando entro en su habitación, me da la impresión de que no será tarea fácil.

Adam está intentando levantarla en brazos como cuando la baja para que yo la saque a pasear. Sin embargo, ella se resiste con toda la violencia de que es capaz, empujándolo y gritando: «¡No! ¡NO!».

Me impresiona la eficacia de sus forcejeos, considerando que solo cuenta con un brazo hábil, y no demasiado. Hasta la pierna izquierda interviene en la refriega. Cuando por fin consigue propinarle una buena patada en la espinilla, él retrocede un paso maldiciendo entre dientes. Tiene el rostro de un color rosa encendido.

—¡Por el amor de Dios, Vicky! —exclama, frotándose la canilla—. Nos espera una cena estupenda abajo. ¿No quieres disfrutarla con nosotros?

—No. —Me lanza lo que parece una mirada elocuente—. No. No.

Adam se vuelve hacia mí.

—Me ha dolido de verdad. Ya no sé qué hacer.

—No —repite Victoria—. No. Yo… No.

—Creo que está bastante claro que no quiere bajar —señalo.

Él aprieta los dientes.

—No sabe lo que quiere.

—Yo diría que sí.

Mira a Victoria con los ojos entornados.

—Está bien. Si no quieres bajar, quédate aquí. Pero no te traeremos comida. Te irás directa a la cama.

Me indigna que le hable como a una niña. Quiero ofrecerme voluntaria para subirle un plato a Victoria más tarde y ayudarla a comer, pero Adam parece decidido a mantenerse en sus trece, así que me pide que vaya abajo mientras él acuesta a Victoria, la alimenta a través de la sonda y le administra la medicación. Por lo general, la rutina de preparar a Victoria para dormir le lleva una hora, pero baja solo treinta minutos después, lo que me lleva a preguntarme qué pasos se habrá saltado.

Mientras tanto, yo he llevado la cena al comedor y he puesto la mesa. Mientras la inspecciona con detenimiento, noto una punzada de inquietud. Me acuerdo de cómo estalló cuando Victoria puso a hervir los espaguetis aquella noche. ¿Me saltará a la yugular por haber sacado la comida de la cocina? Ya está de bastante mal humor por la negativa de Victoria a bajar, así que me preparo para lo peor.

—Hola —dice—. Lo has traído todo aquí.

Doy un paso hacia atrás.

—Sí…

Una sonrisa le asoma a los labios.

—Genial. Entonces ya estamos listos para comer.

Suelto el aire; no ha habido un estallido. Aunque, a decir verdad, Adam nunca me ha gritado. Si no hubiera leído el diario de Victoria, me parecería el hombre más afable que he conocido.

Supongo que nunca se sabe lo que se esconde bajo la superficie. Y tengo miedo de cómo reaccionará cuando le diga que no podemos seguir juntos.

Pero tengo que decírselo. Las cosas no pueden continuar así.

Aguardo hasta que los dos estamos atiborrados de pavo, relleno, puré de patatas y judías verdes. Y vino. Vino a raudales. La cena ha estado bien. Al principio Adam parecía un poco disgustado por lo ocurrido con Victoria, pero luego se ha relajado y hemos mantenido una conversación amena. Ha sido una noche deliciosa. Sin embargo, yo no dejaba de pensar en Victoria, arriba en su cama.

—Lo he pasado muy bien —me dice Adam, reclinándose en su silla, saciado y contento. Posa la mano sobre la mía como sin darle importancia.

—Sí. —Quito la mano de debajo de la suya con el mayor disimulo posible—. Ha sido… agradable.

—Estoy deseando ir a la cama…

Vale, no puedo posponer esto un minuto más. Tengo que decírselo. No hacerlo estaría mal.

—Oye, Adam —murmuro—. Tengo que decirte algo.

Se queda callado unos instantes, escudriñándome el rostro.

—Lo sé.

—¿Lo sabes?

—Estoy loco por ti, Sylvia. —Se frota la sombra de barba en el mentón—. Pero tengo ojos en la cara. Sé que tú no sientes lo mismo.

—No es exactamente que no sienta lo mismo, sino que…

—Es por Victoria —dice, ahorrándome el mal trago—. Lo sé. Es una situación extraña. No debería haberte puesto en esta tesitura. —Menea la cabeza—. En mi defensa, te diré que no lo habría hecho si no fuera por esta mierda de soledad.

No está enfadado. No se ha puesto a gritarme ni ha montado en cólera. Me hace sentir culpable por poner fin a lo nuestro. Sé que ha estado muy solo, y ahora comprendo que nuestra breve relación le ha brindado algo de alegría.

—Sin rencores. —Me tiende la mano en un gesto formal—. ¿Amigos?

Alargo el brazo para estrechársela. Noto su apretón cálido y firme. ¿Me estaré equivocando? A lo mejor Adam ya no es el tipo que perdía los estribos con Victoria a la mínima. Ahora mismo no lo parece en absoluto.

Sea como sea, he hecho lo correcto. No puedo seguir con él. Está casado con Victoria.

Adam y yo recogemos los platos de la mesa en silencio. Tras guardar las sobras en la nevera, me encamino de vuelta al comedor a por las copas que hemos usado. Antes de salir de la cocina, me fijo en el desconchón en la pared. El que, según Adam, fue resultado de un golpe accidental al trasladar el frigorífico.

En su diario, Victoria dice que él estampó contra la pared un plato que dejó una marca.

Contemplo la imperfección en el enlucido. ¿La causó una nevera o un plato? No logro distinguirlo.

No tengo claro si algún día sabré con certeza lo que sucedió en esta casa.

41

Cuando Adam se va a la cama, bajo a hurtadillas a la cocina. Echo una ojeada al frigorífico y compruebo que las sobras siguen ahí. Tras examinarlas unos momentos, saco la tarta de manzana.

Es uno de los pocos platos de la cena que no es casero. Adam la compró ayer en el supermercado. Agarro un cuchillo y corto una porción. A continuación, la echo en el procesador de alimentos y selecciono el modo puré.

Una vez que la tarta ha adquirido la consistencia adecuada, la vierto en un bol pequeño. Luego subo las escaleras con sigilo hacia la habitación de Victoria.

Que se negara a participar en nuestra embarazosa cena de Acción de Gracias no significa que no merezca comer algo esta noche. Estoy segura de que Adam la ha alimentado por medio de la sonda, pero al menos debería probar un bocado de nuestro opíparo banquete. Si está despierta, claro.

Abro la puerta de su cuarto sin llamar. A la luz de la luna, la veo tendida en la cama con los ojos cerrados. Duerme. Me acerco de puntillas a la lámpara de la mesilla de noche y la enciendo. Sus párpados tiemblan antes de abrirse.

—Soy yo, Sylvie —digo—. Te he traído tarta. —Bajo la vista al cuenco que sostengo en la mano. El postre ofrecía un aspecto mucho más apetitoso antes de que lo redujese a papilla. Me hubiera gustado que la degustara entera, pero, según Adam, se atragantaría—. ¿Te apetece un poco? —pregunto.

Victoria fija la mirada en el bol. Permanece inmóvil durante tanto rato que casi me preocupa que se esté quedando dormida con los ojos abiertos. Pero de pronto habla.

—¿Has…?

—He hablado con él —me apresuro a decir—. Todo ha ido como la seda. Se lo ha tomado a bien. Ha estado muy amable conmigo.

Victoria emite un sonido que nunca le había oído antes, algo a medio camino entre una carcajada y un resoplido, aunque no está sonriendo. Jamás sonríe.

—En fin. —Yo sí que fuerzo una sonrisa—. ¿Quieres algo de tarta?

—Sylvie —dice.

Cojo una cucharadita de tarta triturada.

—¿Sí?

—Coge el… —Hace una pausa para tragar saliva—. Arma. Coge.

¡¿Qué?!

—Victoria —susurro—. No puedo…

—Coge. —Clava los ojos en mí. Nunca había visto a una mujer menos interesada en tomar un bocado de tarta—. O… si no…

Bajo la cuchara.

—Lo siento. No puedo…

Antes de que ella logre decir una palabra más, cojo el cuenco con puré de tarta y me encamino hacia mi habitación. Hecha un ovillo bajo las mantas, me la como yo. En realidad, no está nada mal.

42

Diario de Victoria

20 de diciembre de 2017

No sé ni qué pensar de lo que ha pasado hoy.

Estaba sentada en el sofá viendo la tele cuando Adam llegó a casa. Puso mala cara al verme ahí apalancada, pero ¿qué se esperaba? Irina se encarga de cocinar, y Maggie de limpiar, así que ¿qué otra cosa puedo hacer? Tuve una entrevista de trabajo hace unas semanas en un sitio que está a más de una hora en coche con tráfico, pero no he sabido nada de ellos. Probé a salir a correr hace unos días, y estuve a punto de resbalar sobre una placa de hielo. Ha sido un invierno especialmente frío y con mucha nieve, y el terreno está demasiado resbaladizo para correr.

Le comenté a Adam mi idea de apuntarme a algún curso. En el instituto local se imparten clases nocturnas. Sin embargo, él se empeñó en que yo solo quería ir ahí para conocer otros hombres, así que no me dejó usar la tarjeta de crédito para inscribirme.

De modo que mis días transcurren entre concursos por la mañana y maratones de series en Netflix por la tarde. También me inflo a chuches, pero intento que Adam no se dé cuenta. Por desgracia, tenía tres patatas fritas con crema agria y cebolla en la boca cuando entró y me miró muy mal. No le gusta que pique entre comidas. También sabía que no aprobaba la ropa que llevaba, con mi chándal de estar por casa. Yo creía que Adam estaría fuera todo el día. Si no, me habría puesto otra cosa. Siempre procuro recibirlo con un atuendo bonito.

—Así que has renunciado a cuidarte —dijo—. Es eso, ¿no?

Enderecé la espalda, limpiándome las migajas de patata de la sudadera.

—No...

Meneó la cabeza, asqueado.

—Ve a cambiarte.

Sabía que la conversación podía descontrolarse de un momento a otro, así que subí a nuestra habitación sin rechistar. De todos modos, tenía razón. Estaba hecha un desastre. El chándal ni siquiera estaba limpio; tenía una mancha enorme en la sudadera. Qué vergüenza. Pero había pensado que no importaba porque no iba a salir de casa.

Revolví en mi vestidor en busca de algo que le pareciera decente. Saqué unos vaqueros de diseño que había adquirido un par de meses atrás porque los viejos ya no me entraban, aunque dejara el botón de arriba sin abrochar. Me compré dos, un par de tallas más grandes que los que usaba antes.

A pesar de eso, cuando me puse los nuevos, me apretaban demasiado para abotonarlos. Los únicos pantalones en los que quepo bien son los de deporte.

Así que me dejé puestos los tejanos y me enfundé una de mis camisetas más largas para ocultar el botón desabrochado. No sabía ni cómo iba a sentarme con esos vaqueros tan ajustados.

Lo que me recuerda que voy a tener que ahorrar para comprarme ropa otra vez. Por nada del mundo pienso pedirle dinero para unos pantalones nuevos porque me cuesta embutirme en los que tengo. Es una discusión que prefiero evitar.

El caso es que, cuando bajé las escaleras, Adam estaba trasteando con el pequeño maletín negro que llevaba al entrar a casa. Lo había colocado sobre la mesa de la cocina y estaba examinando su interior.

—¿Son las galeradas de tu libro? —pregunté. Aún no le he echado un vistazo a su última novela. Ni siquiera sé el título.

Negó con un gesto.

—No. Es una pistola.

—¿Una... qué?

Hay dos clases de personas en el mundo: las que se sienten cómodas con las armas de fuego y las que caen en las garras de un miedo profundo y paralizante en cuanto ven una. A que no sabéis a cuál de los dos grupos pertenezco.

Abrió el maletín del todo para mostrarme la pistola encastrada en la gomaespuma. Retrocedí un paso de forma instintiva. Nunca había estado tan cerca de un arma. Y, para ser sincera, no tenía el menor interés en estarlo. Incluso habría podido vivir tan tranquila el resto de mis días sin coincidir nunca con un arma en la misma habitación.

—¿Por qué has comprado una pistola? —le pregunté, casi a gritos.

—Vicky. —Alzó hacia mí sus ojos verdes—. Estamos en medio de la nada, totalmente aislados. Como nos entre alguien en casa, seremos blanco fácil. Necesitamos esto para protegernos.

Me abracé el torso.

—¿Al menos sabes utilizarla?

Riéndose, sacó el arma del estuche. Di otro paso hacia atrás.

—Claro. Cuando era adolescente, mi padre me llevaba a practicar a un campo de tiro. Todo el mundo debería aprender a disparar un arma. Lo dice la segunda enmienda.

—Yo esa cosa ni tocarla.

Puso los ojos en blanco.

—Sabes que no siempre estoy aquí. Deberías saber usarla.

—Prefiero no saber.

Empuñando la pistola en la mano derecha, apuntó con ella a la pared.

—¿Y qué pasa si un extraño se cuela en casa durante mi ausencia?

Por toda respuesta, negué con la cabeza.

—Seguramente te gustaría. —Entonces me encañonó a mí. Me quedé mirando la boca del arma, y el estómago me dio un vuelco—. Seguramente te parecería atractivo y te lo tirarías.

Tenía la boca tan seca que casi no me salían las palabras.

—Por favor, no me apuntes con eso.

—No está cargada. —La bajó, gracias a Dios—. Vamos, por lo menos deja que te enseñe a usarla. No hace falta que vayamos a un campo de tiro ni nada.

Detestaba la idea de tener un arma en casa, pero, en el fondo, no le faltaba razón. Vivimos en medio de la nada. Si alguien conseguía entrar, podría hacernos lo que le diera la gana y nosotros estaríamos indefensos. Una pistola podría equilibrar la balanza.

—Está bien —accedí—. Una clase.

Así que Adam me enseñó a colocar las balas en el tambor. Cuando agarré el revólver con una mano, me pareció más pesado de lo que me esperaba. Todo aquello se me antojaba de lo más surrealista. Tras poner el seguro, hizo un gesto con la barbilla en dirección a la puerta.

—Ponte el abrigo. Voy a enseñarte a tirar.

—¿Vamos a disparar de verdad?

Puso cara de exasperación.

—¿De qué sirve una pistola si no disparas con ella?

No tengo la menor intención de disparar con esa pistola. Jamás. A lo mejor podría usarla para intimidar a alguien, o blandirla de forma amenazadora. Pero a la hora de la verdad, no creo que fuera capaz de apretar el gatillo. Por otro lado, cuando a Adam se le mete una idea en la cabeza, resulta muy difícil disuadirlo. Así que cogí el abrigo y salí tras él.

La nieve que cayó ayer apenas se había derretido. Nuestro gigantesco jardín delantero estaba cubierto con un manto de polvo blanco. Aunque yo llevaba las botas, se hundían tanto en él que los pies se me empaparon enseguida. Necesitaba urgentemente unas botas nuevas, pero aún no había ahorrado lo suficiente para comprarme unas decentes. Para colmo, había cometido la estupidez de dejarme los guantes en casa.

Adam señaló un árbol que se alzaba en nuestro extenso patio, junto al cobertizo donde guardamos el material de jardinería (mis sueños de una cabañita femenina no han llegado a cristalizar). Estaba a unos seis metros.

—Quiero que apuntes a ese árbol.

Me explicó lo que tenía que hacer: sujetar el arma con la mano derecha y el dedo índice extendido a un lado del tambor, rodear la empuñadura por delante con los otros dedos y el pulgar doblado como en un puño. Luego, debía cubrir la parte frontal de la mano derecha con la izquierda. Al final de la lección, tenía los dedos de un color rojo encendido a causa del frío.

Adam me hizo una demostración del agarre para que yo pudiera observar a alguien experimentado. Él llevaba sus guantes de piel calentitos, claro. Dirigió la pistola hacia el árbol.

—Tienes que sujetarla lo más fuerte posible sin que tiemble el cañón —explicó—. Luego, debes subirla a la altura de los ojos cuando apuntes al objetivo.

Sin previo aviso, apretó el gatillo.

Siempre había sabido que las pistolas eran ruidosas, pero no estaba preparada para el estampido aterrador que atronó el aire cuando el estúpido revólver disparó. Solté un chillido y pegué un bote como de un metro hacia atrás, lo que a Adam le pareció tronchante. Me zumbaban los oídos. Al ver que una parte del tronco se había astillado, comprendí que había acertado en el blanco.

—Ahora te toca a ti —dijo.

Me tendió la pistola. Me esforcé por empuñarla como él me había enseñado, pero me tiritaban demasiado las manos. Los dedos se me habían entumecido del todo. Riéndose de mi temblor, me rodeó con los brazos para ayudarme a sujetar el arma con un pulso más firme. No sirvió de mucho.

—Aprieta el gatillo —me indicó—. Recuerda que debes aplicar una presión estable y constante.

Era consciente de que no me dejaría en paz hasta que disparara la dichosa pistola, así que apunté al árbol con las manos temblorosas y apreté el gatillo.

Resultó aún más atronador al hacerlo yo. Sentí el retroceso en el hombro derecho, seguido de una punzada de dolor.

—No le has dado al árbol —dijo Adam con una sonrisa de suficiencia—. Creo que la bala ha impactado en el cobertizo.

—Menuda sacudida —mascullé. Aún me pitaban los oídos.

Entramos de nuevo en casa, y Adam me mostró dónde guardaba el arma: en lo alto del armario de nuestra habitación. Así que, en resumen, a partir de ahora voy a dormir con una pistola a dos metros de mi cabeza. Le pedí que me jurara que la mantendríamos descargada y que no la tocaríamos a menos que estuviéramos seguros de que había entrado un intruso.

Aunque no soporto la idea de que haya un arma en casa, supongo que tiene su lógica. Estamos muy apartados de todo. Si llamo a la policía, ¿cuánto tardarían en llegar? Quizá no sea una idea tan terrible contar con una pistola como protección.

De todos modos, tampoco es que mi opinión cuente algo.

43

Si hubo un momento propicio para sacar el arma del armario de Adam, fue cuando nos acostábamos juntos. Ahora que ya no lo hacemos, no se me ocurre ninguna excusa para entrar a fisgonear en su habitación. La oportunidad ha pasado.

Por otro lado, no tengo la menor intención de fisgonear en su habitación para buscar esa pistola, por más que me insista Victoria.

Me cuesta conciliar el sueño después de haber leído esa entrada de su diario. Me resulta muy duro enterarme de todo lo que le sucedió. Antes de que sus escritos llegaran a mis manos, creía que vivió feliz hasta su accidente. Ahora sé que no. Y cada pasaje parece peor que el anterior.

Me aterra averiguar qué otras cosas le hizo Adam.

A lo mejor no es verdad que se cayera por las escaleras. Quizá él la empujó.

Me levanto a primera hora de la mañana. Como seguramente Victoria aún no se ha despertado, bajo a la planta inferior y me pongo el abrigo. Es tan temprano que me cruzo con Eva, que llega en ese momento. Me mira como si fuera basura. Y tal vez lo sea.

—¿Adónde vas? —me pregunta, observándome con los párpados entrecerrados—. ¿Te marchas?

—No, solo… —Tengo que salir de aquí un rato—. Luego vuelvo.

Una vez en el exterior, el aire gélido me golpea como una bofetada. Si hubiera una precipitación, caería en forma de nieve. Maggie me ha advertido que en cualquier momento se desatará una ventisca. Me estremezco solo de pensarlo.

Remetiendo las manos en los bolsillos del abrigo, echo a andar por el sendero que rodea la casa. Por lo menos ya no hay hojas caídas en el suelo. Adam, en vez de contratar a otro jardinero, se ha encargado de recogerlas. Hace no mucho lo vi salir con un rastrillo. Sigue habiendo ramas con las que es fácil tropezar, pero no tantas como antes. Me detengo cuando llego al árbol que Victoria me enseñó el otro día. Me acerco a él y examino la corteza astillada en el punto en que penetró la bala.

Entonces me vuelvo hacia el cobertizo situado junto al árbol. Doy unos pasos hacia él, pero, cuando me encuentro a pocos metros de distancia, reparo en que la madera presenta un astillamiento similar al del tronco. También el cobertizo fue alcanzado por una bala, la que disparó Victoria cuando intentaba acertar al árbol y falló.

O sea que ocurrió de verdad. Tal como ella lo describe.

Al igual que el desconchón en la pared de la cocina.

Tengo miedo de lo que voy a descubrir en su diario. No quiero seguir leyendo.

Pero debo hacerlo.

44

Diario de Victoria

28 de diciembre de 2017

Hoy, cuando Adam estaba arriba, trabajando, Peter se presentó con ejemplares en pruebas del nuevo libro.

Me hizo una ilusión tremenda. Me encantaban las otras dos novelas de Adam. Ambas habían llegado a lo más alto de la lista de los más vendidos del *New York Times*. Según Peter, la nueva es aún mejor. No para de repetir que va a ser el libro del año. Me muero de ganas de leerlo.

—¿Has traído el libro? —fue lo primero que le pregunté a Peter cuando le abrí la puerta.

Se rio.

—Pues sí que estamos impacientes, ¿eh?

Yo también me reí, aunque tenía razón. Cuando Adam me dijo que los ejemplares de edición anticipada estarían listos esta semana, me obsesioné con ellos. Ni siquiera me molestó que Irina anduviera pavoneándose por nuestra cocina con una escasísima camiseta de tirantes y un pantalón corto. Es que hay que ver… ¿Quién se viste así en pleno invierno?

Llamé a Adam a voces para que bajara. Me había avisado de que Peter nos visitaría hoy y me había insinuado de forma poco sutil que más valía que estuviera presentable. Incluso me dio un adelanto de mi paga semanal. Así que ayer me compré ropa nueva. Todas las prendas eran una talla más grande de lo que necesitaba. Aunque mi lado optimista confiaba en perder unos kilos, mi lado realista dudaba que eso fuera a ocurrir antes de la primavera.

Prácticamente podía oír el redoble de tambor mientras Peter extraía de su maletín la gruesa novela de tapa dura. El título, escrito todo en mayúsculas blancas, captó mi atención de inmediato.

LA DEVORAHOMBRES

¿La devorahombres? ¿Y eso?

Aunque sabía que Adam se enfadaría si echaba un vistazo al libro antes de que él bajara, se lo quité de las manos a Peter. En la cubierta, bajo las grandes letras mayúsculas, había una fotografía de una mujer. Una rubia. Con el mismo tono de cabello y el mismo peinado que llevo yo. El parecido era evidente. Y, debajo de la imagen, había una frase:

«Ella traicionó su confianza. Ahora le toca pagar».

Me temblaban las manos. Estuve a punto de rasgar la sobrecubierta para leer el resumen de la solapa interior. «*La devorahombres*: una mujer que engaña a su marido una y otra vez. ¿Y ahora? Ahora ha llegado el momento de la venganza».

Pero. Qué. Narices.

Adam bajó las escaleras, hecho también un pincel con un pantalón de color tostado y una camisa de vestir. Cuando se ponía elegante, estaba arrebatadoramente guapo. No ha perdido ni un ápice del atractivo que destilaba el día que lo conocí. En cambio, yo parezco una persona totalmente distinta. Últimamente no me atrevo ni a mirarme en el espejo porque apenas me reconozco.

—¡El libro! —Ladeó la cabeza al verme con el ejemplar entre las manos—. Vicky, creía que habías prometido esperarme.

Estaba demasiado alterada hasta para ponerme a la defensiva. Seguía intentando asimilarlo todo. Mi marido había escrito un libro sobre un hombre traicionado por su esposa que luego busca vengarse de ella.

Eso no me sentó nada bien.

—Has escrito sobre mí —dije con voz trémula—. La novela trata acerca de mí, ¿verdad?

Bajó la vista hacia la cubierta del libro y me lo arrebató.

—Pero ¿qué dices?

—¡Está claro que ese libro es sobre mí! —insistí, casi gritando—. ¡No hay más que ver la portada! ¡Soy yo!

—Adam no diseñó la portada —dijo Peter. Está defendiendo a Adam, claro.

—Así es —confirmó este—. Es la primera vez que la veo.

—¡Ah..., jobar! —Lamenté, no por primera vez, que mis padres me hubieran inculcado esa aversión profunda a las palabrotas, porque en aquel momento tenía muchas ganas de ponerlo de vuelta y media.

Los labios de Adam formaron una línea recta.

—Victoria, no es el momento.

Peter esbozó una sonrisa incómoda.

—De hecho, creo que me voy a ir ya. Adam, llámame en cuanto hayas tenido un rato para echarle un ojo.

Aunque no me apetecía discutir delante de Peter, me quedé con mal sabor de boca cuando se marchó. Adam ha escrito un libro sobre mí, en el que me pinta como a una esposa infiel que lo ha engañado en repetidas ocasiones. Así me ve.

Escribió ese otro libro sobre su familia. Y ahora están muertos.

¿Significa eso que planea matarme?

Una vez que Peter se marchó, Adam echó el cerrojo a la puerta y se volvió hacia mí.

—Victoria, tienes que tranquilizarte.

Señalé el libro.

—¿De verdad piensas eso de mí?

—¡No, claro que no! —Negó con la cabeza—. Es ficción. Un producto de mi imaginación. Si lo lees, te darás cuenta de que no trata sobre ti para nada.

—Pues entonces deja que lo lea.

Tras dudar unos instantes, asintió.

—Está bien. Léelo si quieres. —Alargué la mano hacia el volumen, pero entonces él lo apartó de mí—. Pero primero deja que se lo enseñe a Irina. Le hará mucha ilusión.

Me quedé sin aliento por un instante.

—¿En serio? ¿Tienes que enseñárselo a la cocinera antes de dejar que tu mujer le eche un vistazo?

Se le ensombreció la mirada.

—¿Qué problema tienes con Irina? Debes dejar de ser tan celosa. Estás de psiquiatra. Es una buena chica.

Me entraron ganas de gritarle de nuevo, pero habría sido inútil. Adam no iba a dejar de tontear con Irina. Así pues, permití que fuera a la cocina a mostrarle el libro. Vi que ella lo abrazaba, emocionada. «¡Eres estupendo, Adam!».

Eso es lo que le encanta a mi marido. Quiere que todo el mundo le diga lo maravilloso que es. Como yo no se lo repito lo suficiente, tiene que acudir a Irina.

Al final conseguí un ejemplar. Y, como hoy no tenía nada mejor que hacer, he estado leyendo sin parar en el dormitorio. Lo he terminado hace cinco minutos.

Es la cosa más espantosa que he leído.

A ver, es genial. Los personajes son tan reales que parecen cobrar vida en las páginas. La trama es tan retorcida e ingeniosa que, cada vez que creo saber por dónde van los tiros, se produce otro giro. En cuanto al personaje de la esposa —Nicki—, bueno, es el prototipo de bruja cazafortunas y despiadada que al final recibe su merecido: una muerte terrible y dolorosa.

No sé qué significa que Adam haya escrito este libro. Aunque yo nunca le he sido infiel, Nicki le pone los cuernos a su marido una y otra vez, sobre todo con un hombre llamado Jack. Poco después de casarse, ella deja su trabajo y se queda en casa, gastando todo el dinero del protagonista. Nicki comete todas y cada una de las faltas que Adam me ha achacado a mí.

Ha escrito este libro para enviarme un mensaje:

«Ándate con ojo, o acabarás como Nicki».

Y os aseguro que no quiero acabar como Nicki.

En las noches en que nieva mucho, e incluso cuando no, Adam deja que Irina duerma en la habitación de invitados. Según él, es porque tiene que conducir mucho rato para llegar a su casa y no quiere que sufra un accidente. Además, no vamos a necesitar esa habitación para nada (sobre todo dada mi espectacular incapacidad para quedarme embarazada).

Quiero ser una empleadora generosa que acepta de buen grado que una trabajadora duerma en su casa por su seguridad. El problema es que anoche, a las tres de la madrugada, cuando me desperté con ganas de ir al baño, Adam no estaba en la cama conmigo.

Tras enfundarme mi albornoz rosa, salí con sigilo al pasillo. Caminaba despacio para que las tablas del suelo no crujieran como tendían a hacer. Esperaba echar un vistazo en la planta de abajo y descubrir a Adam en la cocina, preparándose un tentempié nocturno. Por desgracia, cuando llegué a la habitación de invitados, resultó evidente que sus ocupantes estaban bien despiertos.

De hecho, se oían risitas.

Me quedé paralizada, sin saber qué hacer. Quería entrar de golpe y pillarlo in fraganti. Pero ¿y luego qué? Eran las tres de la madrugada, y mi coche estaba enterrado bajo medio metro de nieve. No podía marcharme. Y, si le pedía a Adam que se fuera él, sin duda se negaría. Después de todo, la casa es suya, no mía.

Además, no habría soportado la visión de mi esposo con otra mujer. Solo de pensarlo, el cuerpo entero me ardía de vergüenza. Irrumpir en una escena así me destrozaría.

Así que decidí encararme con él por la mañana.

No sé cómo, pero al final conseguí conciliar el sueño otra vez.

Y, cuando desperté de nuevo, Adam yacía a mi lado en la cama, como si hubiera pasado toda la noche ahí. Si yo no hubiera bebido tanta agua antes de acostarme, no me habría enterado de nada.

—Hola, Vicky. —Tras darme un beso en el cuello, soltó un fuerte bostezo y se acurrucó contra mí—. Qué calentita estás.

De improviso, empezó a besarme de forma más agresiva, tironeándome del camisón, que me venía grande. Retrocedí ante su contacto.

—Por favor, Adam… Ahora no.

—No tienes ganas. —Se apartó de mí, bostezando de nuevo—. Menudo sorpresón.

—¿Por qué mejor no le haces otra visita a Irina?

Se frotó los ojos.

—Pero ¿qué dices?

Me incorporé en la cama, apretándome las sábanas contra el pecho.

—Anoche estuviste en su cuarto.

—De eso nada. —Se enderezó también y me miró con sus ojos verdes y francos—. No sé de qué me hablas.

—Os oí.

Negó con la cabeza.

—¿No lo habrás soñado? Venga ya, Vicky. Sabes que yo jamás haría algo así.

Un minuto antes, yo estaba convencida al cien por cien de lo que había oído, pero empezaba a dudar de mí misma. Parecía muy sincero. Tal vez sí que lo había soñado todo. Era perfectamente posible. Porque nadie miente así de bien, ¿no?

—Aunque, si lo hiciera, nadie podría echármelo en cara —añadió—. ¿Tú te has visto? Estás como una vaca. Eso no me pone muy cachondo que digamos.

Noté que se me acaloraba el rostro.

—Pues lo siento.

Soltó un bufido.

—Sabía que la mayoría de las mujeres se vuelven unas dejadas cuando se casan, pero lo tuyo es exagerado. De verdad, tienes mucha suerte de que no te ponga los cuernos.

Dicho esto, se levantó de la cama y fue a ducharse antes de que yo pudiera pensar una respuesta.

¿Me lo había figurado todo? Cerré los ojos. Me visualicé frente a la puerta de la habitación de invitados. Oí risas, susurros. Irina no estaba sola ahí dentro. Había alguien con ella..., un hombre. Pero no tenía por qué tratarse de mi marido. Tal vez había invitado a algún novio, y Adam había estado todo el rato trabajando arriba, en el desván. O a lo mejor lo había soñado todo, como había sugerido él.

Me puse la bata y salí de la habitación para preparar el desayuno. A lo mejor hacía tortitas con rodajas de plátano, como cuando Adam y yo empezábamos a salir. Es verdad que últimamente no ha sido un marido ideal, pero yo tampoco he sido una esposa ejemplar. No hace ni un año que nos casamos, y ya parece que nuestro matrimonio ha perdido todo el romanticismo.

Pensé que no vendría mal reavivar la llama de antes, empezando por un... desayuno a la luz de las velas. Bueno, dejémoslo en un desayuno.

Sin embargo, antes de llegar a las escaleras, me di de bruces con Irina.

También iba en bata, aunque la suya era roja, traslúcida, y apenas le cubría la parte superior de los muslos. La piel de sus largas piernas era perfecta. Si me hubieran pedido que adivinara su edad, le habría echado veintidós años, más o menos. Tenía los pómulos elevados y los ojos azul claro. Tanto de lejos como de cerca, era una de las mujeres más bellas que había visto.

—Señorita Victoria —dijo—. Hola.

—Hola, Irina —farfullé.

Vaciló unos instantes, frunciendo los rosados labios.

—He oído su conversación con Adam. Acerca de que estuvo en mi cuarto.

—Ah... —Desvío la mirada—. Bueno, no pretendía...

—Pues oyó usted bien —dijo con su fuerte acento de Europa

del Este—. Su esposo estuvo en mi cuarto anoche. Durante muchas horas. —Y, para que no cupiera confusión alguna, agregó—: Hicimos amor.

—Ah. —La miré con fijeza, parpadeando—. Ya... ya veo.

—Usted no merece a Adam. —Clavó en mí sus ojos azules—. Es hombre maravilloso y brillante. Y usted... Yo veo lo que hace. Todo el día en casa tirada como babosa. No mueve un dedo. Solo ve televisión y se pone gorda.

Me quedé boquiabierta. No era así en absoluto como me había imaginado la confrontación con Irina.

—No...

—Él dice que es asquerosa —prosiguió, y yo quería taparme los oídos con los dedos—. Dice que ya no siente nada por usted. Se arrepiente de casarse con usted y se siente atrapado. —Entornó los párpados—. Pronto la dejará. Usted quedará en la calle sin nada.

Mi boca seguía abierta de par en par. Me costó varios intentos conseguir que mis labios me obedecieran.

—Estás despedida, Irina.

Aparecieron sendos círculos en sus altos pómulos.

—¡No puede despedirme! Se lo diré a Adam.

Pasó por mi lado, dándome un brusco empujón en el hombro. Se fue directa al baño y abrió la puerta sin llamar. Oí que le chillaba a Adam con su voz estridente y su acento marcado. Al cabo de unos momentos, él salió del baño con el cabello mojado y una toalla atada a la cintura.

—¿Qué ha pasado, Vicky? —preguntó—. ¿Por qué has despedido a Irina?

Me quedé sin habla. No daba crédito a lo que estaba ocurriendo delante de mis narices. ¿En qué se había convertido mi vida?

—La he despedido porque se acuesta contigo.

Adam soltó un gruñido.

—Ya te he dicho que no. —Me miró con expresión ceñuda—. Tienes que aprender a controlar esos celos, Victoria. Estás enferma. Deberías ir a que te vea un especialista. Que te recete medicación.

Por unos instantes, pensé en esa pistola en lo alto de nuestro armario. Me imaginé que la sacaba de ahí, apuntaba al bonito rostro de Irina y apretaba el gatillo. Sí, había fallado al disparar al árbol, pero no erraría el tiro a quemarropa. Imaginé su bonita cara reventando y salpicándolo todo de sangre.

Yo nunca haría una cosa así, claro.

Tras pasarse media hora apaciguando a Irina, Adam regresó al dormitorio para gritarme por no saber dominar mis celos. También me informó de que no tenía derecho a despedir a nadie sin su permiso. Acto seguido, salió hecho una furia y cerró de un portazo.

Ya no sé qué hacer. Debería dejar a Adam. Estoy convencida de ello. Pero no es tan sencillo. No tengo adónde ir. No tengo dinero, salvo los cerca de cuarenta dólares que me quedan de la paga de esta semana. Fuera hay tanta nieve que mi coche no llegaría ni a la verja.

Estoy atrapada.

45

Hay muchas cosas que me gustaría preguntarle a Victoria, pero sé que no podría responder a ninguna.

Después de leer lo que escribió sobre la última novela de Adam, *La devorahombres*, aparqué el diario para ponerme con el libro. Leo un poco cada día cuando dispongo de una o dos horas para mí. Como no hay ejemplares en la casa, lo estoy leyendo en mi teléfono, por lo que me duelen las sienes de tanto forzar la vista.

A pesar de eso, estoy devorando la novela. Según Adam, tuvo la «suerte» de convertirse en autor superventas, pero no es verdad. Tiene talento. Le sale el talento por las orejas. Nunca había leído nada igual.

Entiendo que a Victoria le preocupara que la historia estuviera basada en ella. Nicole, la villana, es la esposa del protagonista y una absoluta psicópata. Tortura al protagonista dilapidando su dinero y coqueteando descaradamente con otros hombres, mientras que basta con que él mire a otra mujer para que la invadan unos celos brutales. Cuando ella comienza a ponerle los cuernos sin disimulo, él se harta y urde su venganza.

No sé si la personalidad de Victoria antes del accidente se asemejaba en algo a la de Nicole, pero me da la impresión de que, en la mente de Adam, sí que había ciertas similitudes. Como mínimo, creía que ella lo engañaba. Y físicamente no cabe duda de que son parecidas.

Hasta sus nombres abreviados se parecen. Vicky. Nicki.

Y los nombres del otro hombre. Mack. Jack.

En el libro, Nicole corre una suerte espantosa. Aunque lo estoy leyendo en mi diminuto móvil, no puedo despegar los ojos de la pantalla. En cualquier caso, no cabe duda de que el protagonista culmina su venganza. Al final de la novela, Nicole acaba partida en dos. Literalmente.

Mientras le llevo cucharadas de puré de patatas a la boca, intento imaginar lo que Victoria debió de sentir al leer eso. También me pregunto cuánto de real hay en ello. Es decir, Victoria sufrió un accidente terrible, pero nada comparable a lo que le pasa a Nicole.

Un pegote de puré se le escapa por la comisura derecha de la boca. Se lo limpio con una servilleta. Bajo la vista hacia el plato, en el que aún queda una cuarta parte de la comida.

—¿Empiezas a estar llena? —pregunto.

Victoria asiente.

—Un bocado más, y nos ahorraremos la alimentación por sonda —le digo. Sé que es un factor muy motivador para ella. Detesta que la alimenten por sonda.

—Sylvie —dice.

Le sonrío.

—Solo un bocado más.

—Irina —añade.

La mano se me queda paralizada en el aire. Es la primera vez que pronuncia ese nombre, aunque escribió largo y tendido sobre ella en su diario. Además, Maggie me contó que Victoria estaba celosa de la relación de Adam con Irina. Recuerdo que, cuando intenté preguntarle adónde se había marchado Irina, Maggie se mostró muy evasiva.

—Irina —insiste Victoria—. Irina… Glen… Jaddd…

No sé qué intenta decirme. Tratar de mantener una conversación con alguien que solo es capaz de articular frases de una o dos palabras te hace apreciar más el idioma. Según Maggie, Irina era de Glen Head. ¿Me está pidiendo Victoria que la localice?

—¿Quieres que busque a Irina? —pregunto—. ¿Está en Glen Head ahora?

—Sí. —Mueve la cabeza afirmativamente, pero con expresión dudosa. No va a tomar una sola cucharada más de puré de patatas, pero no pasa nada. Se lo ha comido casi todo—. Pero... no. Ella...

Me inclino hacia delante, esperando ansiosa a que suelte el resto de la frase. Sin embargo, antes de que pueda decir una palabra más, se oyen unos golpecitos en la puerta. Al erguir la cabeza, veo a Adam de pie en el vano, con la temida jeringa en la mano.

—¿Es buen momento para ponerle la medicación? —pregunta.

Victoria me lanza una mirada lastimera. Odia que le administren esos fármacos más que cualquier otra cosa. Al principio creí que era porque le dolían al entrar, pero ahora sospecho que es por cómo la hacen sentir después. La dejan fuera de combate. Se pasa la mitad del día durmiendo por culpa de esos medicamentos.

—Pues... supongo. —Me levanto para hacerle sitio a Adam frente a ella—. Hemos terminado de comer.

—Genial. —Me guiña un ojo mientras se acerca a Victoria—. Muy bien, Vicky. Será cosa de un momento.

Tal vez debería mencionar que hace más de una semana que no le corto las uñas a Victoria. Podría advertírselo.

Pero me quedo callada.

Alarga la mano para levantarle la camiseta y dejar al descubierto la sonda de gastrostomía. Veo una mirada extraña en el ojo sano de Victoria, y doy un paso hacia atrás de forma instintiva. Adam está tan concentrado en la sonda que no se entera.

Y, entonces, ella lo ataca.

46

Adam pega un alarido.

Está sangrando, sangrando de verdad, allí donde las uñas de Victoria le han rasgado la piel de la cara. Él la insulta con una palabrota, tira la jeringa sobre la cama y sale de la habitación, apretándose un lado del rostro. Victoria lo observa alejarse con una expresión de satisfacción.

—Será mejor que vaya a ver cómo está —murmuro.

No le ha alcanzado el ojo, así que puede considerarse afortunado. Cuando entro en el baño, él se sujeta un paño húmedo contra un costado de la cara. La sangre ha calado la tela.

—¿Qué coño ha pasado? —brama Adam—. Creía que le cortabas las uñas.

—Y se las he cortado —miento.

—Pues no lo suficiente. —Cuando se aparta el paño mojado de la cara, veo en su mejilla tres arañazos de un rojo intenso que siguen sangrando—. Dios. Parece como si me hubiera atacado un tigre.

—Oye —digo—, ¿por qué no dejas que la medique yo a partir de ahora? Conmigo no se resistirá tanto como contigo.

Aunque sus heridas parecen dolorosas, mi propuesta no parece convencerle demasiado.

—Tú puedes machacar las medicinas e introducirlas en la jeringa —insisto—. Yo solo se las inyectaré. Creo que ella lo preferiría así.

Hace un gesto de dolor al aplicarse un trozo de papel higiénico a los rasguños.

—Está bien, pero... ten cuidado. No quiero que te pase lo mismo a ti.

No me pasará lo mismo. De eso estoy segura.

Cuando regreso a la habitación de Victoria, me la encuentro sentada tan tranquila en su silla de ruedas, mirándome. Me acerco a la cama para coger la jeringa. La agito y veo unas partículas blancas que se arremolinan en el líquido. Es su medicación triturada.

—No quieres que te ponga esto, ¿verdad? —digo.

Victoria mueve la cabeza de un lado a otro sin apartar los ojos de mí.

Abro la ventana que está junto a su silla. Una brisa gélida irrumpe en el cuarto. Saco la jeringa por la ventana y empujo el émbolo hasta que el contenido se vierte en el suelo, varios metros más abajo. Luego vuelvo a cerrar la ventana.

—¿Te parece bien? —pregunto.

Por primera vez desde que entré a trabajar aquí, ella sonríe.

47

Diario de Victoria

13 de enero de 2018

Esta mañana, mientras Adam estaba arriba, trabajando, recibí un mensaje de texto de Mack:

> Oye, voy a ir a Long Island a visitar a unos amigos. ¿Podría pasar a verte?

Tuve que tirar de todo mi autocontrol para no gritar: «¡Sí! ¡Te echo mucho de menos! ¡Corre, ven! ¡Sálvame!».

Hacía casi seis meses que no veía a Mack. No puedo creer que siga pensando en mí, y menos aún que esté dispuesto a convertirse en mi salvador. En realidad, ni siquiera viene a verme a mí, solo le queda de paso para ir a casa de unos amigos. Al final, escribí:

> Estaría bien. ¿Qué día?

Respondió al instante:

> ¿Qué día te viene bien a ti? Yo me adapto.

Adam tiene una reunión en Manhattan el jueves. Estará fuera todo el día. Además, Irina libra los jueves. Aunque no va a pasar nada sospechoso, Adam seguramente no lo vería así.

¿El jueves por la tarde?

El jueves me viene genial. Mándame tu dirección y me pasaré por ahí hacia las tres.

Le envié los datos y, acto seguido, borré todos los mensajes. Ya ni siquiera tengo guardado el número de Mack en el móvil. Adam se negaba a seguir pagándome la factura del teléfono a menos que le diera la contraseña, y me lo controla con regularidad. No quiero correr riesgos.

Mi único temor es que encuentre este diario. Si lo descubriera... Uf, no quiero ni pensarlo. Lo escondo muy bien. No lo descubrirá.

Por primera vez desde hace meses, noto un hormigueo de felicidad en el pecho. ¡Voy a ver a Mack! ¡Qué ilusión!

17 de enero de 2018

Respiré aliviada esta mañana cuando Adam salió para acudir a su reunión en la ciudad. Estaba convencida de que surgiría un imprevisto en el último momento que lo llevaría a cancelar el compromiso, y entonces yo tendría que decidir qué hacer cuando llegara Mack. Si se presentaba estando Adam en casa, mi marido se pondría como loco. Tendría que avisar a Mack de que no viniera.

Sin embargo, por fortuna, todo fue según lo planeado. En cuanto Adam se marchó, subí corriendo a cambiarme. Había comprado varios conjuntos que me quedaban bastante bien de talla, pero, cuando me miré en el espejo de cuerpo entero del dormitorio, me entraron náuseas. Estaba horrible; hinchada, con el cabello rubio apagado y sin vida, unas bolsas violáceas bajo los ojos y manchas por toda la piel. Como lo del pelo no tenía mucho remedio, me lo recogí hacia atrás en un moño como cuando trabajaba en urgencias. Me pasé media hora maquillándome para disimular las ojeras y las manchas, con resultados desiguales.

Tendría que conformarme con eso.

Pasados unos minutos de las tres, sonó el timbre. Corrí hacia la puerta, la abrí de un tirón, y ahí estaba él. Mack. Seguía igual que en nuestro último encuentro, con su cabello negro enmarañado y su sonrisa ligeramente torcida. En cuanto lo vi, dejé de preocuparme por mi aspecto y le eché los brazos al cuello.

Riéndose, se tambaleó hasta recuperar el equilibrio, como si hubiera alguna posibilidad de que yo derribara a un grandullón como Mack. Me devolvió el abrazo. Me envolvió una agradable y cálida sensación de seguridad entre sus brazos. Quería que me levantara en vilo y me llevara lejos de aquí. Se me formó un nudo en la garganta.

—Cuánto me alegro de verte —conseguí balbucir. Me desasí del abrazo, aunque de mala gana, porque no quería que lo malinterpretara. Sin duda ya tenía novia, y solo se había pasado a verme de camino a casa de un amigo.

—Lo mismo digo. —Se le arrugaron los ojos cuando desplegó una sonrisa—. Trabajar en urgencias no es lo mismo sin ti. Todos te echamos de menos.

Asentí, sin atreverme a hablar.

—Estás estupenda —dijo. Una mentira evidente.

—Gracias —murmuré. Carraspeé antes de añadir—: Pero pasa, por favor. Te mostraré la casa.

Llevé a Mack en una visita guiada por nuestro gigantesco hogar. Aunque mostraba admiración por cortesía, noté que en el fondo no estaba tan impresionado. No paraba de hacerme preguntas sobre cómo me encontraba, pero yo hacía lo posible por eludirlas. ¿Qué se suponía que debía decirle? ¿Que me pasaba el día viendo la tele? ¿Que mi marido me engañaba con la cocinera?

—¿Y tú qué te cuentas? —inquirí cuando finalizamos el recorrido en el salón. Me senté en el sofá y él se acomodó a mi lado.

—Pues… —Nada más ver la sonrisa que se le dibujó en el rostro supe exactamente lo que iba a decir. Había conocido a una chica maravillosa e iba a casarse con ella. Solo de pensarlo me venían ganas de vomitar, aunque me habría alegrado por él, claro—. ¡Me han aceptado en la facultad de medicina! Empiezo en otoño.

—¡Mack! —Había hablado mucho de seguir estudiando, pero le preocupaba ser demasiado mayor. Aun así, yo sabía que en el fondo anhelaba hacerlo. Era su sueño. Me llenó de ilusión que por fin se hubiera lanzado—. ¡Eso es fantástico!

—Sí, lo es. —Su sonrisa se ensanchó—. Aunque no tengo idea de cómo voy a costearlo. Tendré que seguir trabajando en el turno de ambulancia mientras estudio. Y tendré casi treinta y cinco años cuando acabe la carrera. Pero…

Por segunda vez desde que llegó, le eché los brazos al cuello. Él me abrazó a su vez, pero en esta ocasión, cuando me separé de él, me percaté de que nuestros rostros estaban a solo unos centímetros. Antes de que pudiera contenerme, me acerqué a él para besarlo.

Un breve destello de sorpresa asomó a los ojos de Mack, pero no me rechazó, sino todo lo contrario. Correspondió a mi beso. Y besarle fue…, bueno, increíble. Fue un beso ávido, pero delicado. Me hizo pensar en lo poco que me gustaba besar a mi marido últimamente. Una parte de mí aún amaba a Adam, pero una parte más grande lo despreciaba.

Mack fue el primero en apartarse, con los ojos castaños parpadeando rápidamente.

—Vicky —dijo con suavidad—, no me esperaba…

Me ardían las mejillas. ¿Qué mosca me había picado? ¿Por qué lo había besado así? Si había sentido algo por mí, sin duda esos sentimientos se habían desvanecido hacía tiempo. Y desde luego mi aspecto actual no iba a reavivarlos.

—Lo siento —murmuré—. Sé que doy asco.

Se quedó boquiabierto.

—Pero ¿qué dices? Vicky, eres preciosa. ¿Cómo se te ocurre...? —Meneó la cabeza—. Pero estás casada. Y yo...

Fue entonces cuando prorrumpí en llanto.

Se lo conté todo. Absolutamente todo. Me rodeó con el brazo y me escuchó hasta el final con una arruga entre las cejas. Le dije cuánto detestaba vivir ahí aislada, en el fin del mundo. Que no encontraba trabajo. Que Adam ni siquiera me dejaba tener una tarjeta de crédito. Que con toda probabilidad me engañaba con Irina. Que a veces no me sentía capaz de aguantar ni un minuto más. Hablé y hablé hasta que me quedé ronca y al fin se me secaron las lágrimas.

—Madre mía. —Mack se pasó la mano por el pelo—. Vicky, me dejas helado. Tienes que marcharte. De inmediato.

Oculté la cara entre las manos.

—No tengo adónde ir.

—Y una mierda. —Mack me dio un apretón en los hombros—. Carol te alojará en su casa. Y..., bueno, si quieres, puedes quedarte en la mía. A lo que voy es que sí tienes adónde a ir.

—No tengo dinero.

—¿Y qué? Vicky, te ayudaremos. Yo te ayudaré.

Quería ayudarme. Aunque no podía ni pagarse los estudios, estaba dispuesto a compartir el poco dinero que tenía.

Me enjugué los ojos con el dorso de la mano. No quería ni imaginar la pinta tan desastrosa que debía de tener mi rostro en ese momento. Seguro que se me había corrido todo el maquillaje.

—No era mi intención agobiarte con mis problemas. No quiero que llegues tarde a la cita con tu amigo.

Mack se quedó callado un momento, jugueteando con un hilo suelto de sus vaqueros.

—Lo del amigo era una excusa. He venido a verte a ti. Carol me contó lo sucedido en aquella cena, y estaba preocupado por ti.

Como no podía ser de otra manera, esto me provocó otra llantina.

—Oye —dijo, achuchándome los hombros de nuevo—, ve a hacer las maletas. Nos vamos ahora mismo.

—¿Has venido en coche?

Negó con un gesto.

—He cogido el tren de Long Island y luego un Uber desde la estación.

Miré hacia la ventana. El sol había descendido en el cielo y había empezado a nevar. Adam no tardaría en volver. Imaginé cómo reaccionaría si al llegar no me encontraba en casa. O, peor aún, si me sorprendía preparándome para marcharme mientras un hombre me esperaba en el salón. Decir que le sentaría mal sería quedarse corto.

—No puedo irme así, sin más. —Agaché la mirada—. En cuanto salga por esa puerta, ya nunca podré volver. Necesito tiempo para recoger mis cosas y decirle a Adam que me voy.

Arrugó el entrecejo.

—Pues díselo cuando llegue. Esperaré.

—No puedo. —Me estaba costando expresar mis razones, pero era importante que él las entendiera—. Mack, es mi esposo. Como mínimo le debo una explicación.

Se mordisqueó el labio inferior.

—¿Y si te hace daño?

—Nunca me ha puesto un dedo encima. No es de esos.

—No me fío de él, Vicky.

—Por favor. —Posé la mano sobre la suya—. Tengo que hacer esto a mi manera. Confía en mí.

Se quedó mirándome largo rato. Saltaba a la vista que no le parecía en absoluto una buena idea, pero no conoce a Adam como yo. Mi marido nunca me ha amenazado con la violencia, ni siquiera en sus peores momentos. Me pega cuatro gritos, y ahí acaba todo.

—Avísame cuando vayas a mantener esa conversación con él. Alquilaré un coche y te esperaré fuera. ¿De acuerdo?

Cuando me disponía a responder, oí que una llave giraba en la cerradura de la puerta principal. Solté de golpe la mano de Mack. Maldición, Adam había vuelto antes de lo previsto. En teoría aún faltaban una o dos horas para que llegara, pero creo que a veces me informa mal para ponerme a prueba. Y esta vez me había pillado.

Me levanté como un resorte y me sacudí el polvo invisible de la falda. Mack no se movió del sofá. Tenía una expresión sombría, y me preocupaba un poco que, en cuanto Adam entrara por la puerta, Mack lo recibiera con un puñetazo en la nariz. Y he de reconocer que una pequeña parte de mí habría disfrutado con ello.

A Adam se le desorbitaron los ojos al ver a Mack sentado en nuestro salón. Cerró el puño derecho y tensó un músculo de la mandíbula.

—Victoria —dijo—, no me habías comentado que tendríamos visita.

Mack por fin se puso de pie y se volvió hacia mi esposo.

—No ha sido algo planeado. Simplemente pasaba por aquí.

—Simplemente pasabas por Montauk. Qué curioso...

Mack se encogió de hombros. Yo esperaba que se limitara a seguirle el juego para facilitarme las cosas cuando se marchara.

—Bueno, ¿ya te ha enseñado la casa? —preguntó Adam. Había relajado la mano derecha y estaba aflojándose el nudo de la corbata.

—Sí, Vicky me ha dado una vuelta.

—Genial. —Adam sonrió. No entiendo cómo se las arregló para mostrarse tan encantador cuando en el fondo debía de estar hecho una furia—. ¿Te apetece una copa?

—No. —Mack me dirigió una mirada—. Supongo que debería... Creo que me voy a ir.

«Por favor, llévame contigo». Noté en el estómago la angustiosa sensación de que había tomado la decisión equivocada. A lo mejor no era demasiado tarde para irme con Mack. Sin embargo, si me marchaba en ese momento, tendría que dejarlo todo atrás. Y no podía abordar el tema con Adam en presencia de otro hombre.

—Espero que tu coche tenga tracción a las cuatro ruedas —comentó Adam—. El tiempo se está poniendo bastante feo ahí fuera.

Eché otro vistazo por la ventana. No exageraba: empezaba a nevar con fuerza. Grandes copos caían a raudales tras el cristal. El jardín ya estaba cubierto de un manto blanco. Mañana me quedaría encerrada aquí. Otra vez.

—Voy a llamar un Uber —dijo Mack—. Es solo para que me lleve a la estación.

—¿Desde aquí? ¿En medio de esta nevada? Olvídate. —Se dirigió a la cocina con toda tranquilidad y se sirvió una copa de vino—. Tendrías que esperar una hora…, con mucha suerte. Y para entonces esto se habrá convertido en una ventisca.

Mack se rascó la nuca.

—Pues no me queda mucha alternativa, ¿no?

Adam tomó un largo sorbo del vino tinto y lo hizo girar en la copa.

—Deja que me acabe esto y te llevaré a la estación.

—No te molestes.

—No es molestia. Mi coche se comporta muy bien en la nieve.

Aunque la mirada de Mack reflejaba recelo, a Adam no le faltaba razón. La nevada arreciaba, y, si había alguna posibilidad de que él regresara a la ciudad esa noche, tenía que partir cuanto antes. De lo contrario, tal vez se quedaría atrapado aquí durante días.

—Está bien. —Mack asintió—. Vamos.

Tuve un muy mal presentimiento. No me gustaba la idea de que Mack y Adam se quedaran solos en el coche. Aunque, en realidad, no sabía por cuál de los dos estaba más preocupada. Mack le sacaba por lo menos diez o doce centímetros a Adam, y unos buenos veinte kilos. Yo sabía lo fuerte que era, y no me cabía duda de que podría defenderse con facilidad de un arranque de rabia de mi marido.

Así que tal vez era por Adam por quien debía preocuparme. Si surgía el tema de mi bienestar, temía que Mack le pusiera un ojo morado a Adam. ¿Le dejarían entrar en la carrera de medicina con un cargo de agresión contra él? Eso podría arruinarle la vida. Mack nunca me había parecido un tipo especialmente impulsivo, pero advertí la rabia que se acumulaba en su interior cuando le conté cómo me trataba Adam. Veía la forma en que miraba a mi esposo.

Mientras este subía para ir al baño, Mack se puso su grueso abrigo, sin dejar de lanzarme miradas inquietas.

—Si quieres, me quedo —dijo por lo bajo.

—¿Aquí?

—No sé. —Volvió otra vez los ojos hacia la ventana, tras la que nevaba copiosamente—. Podríamos buscar un hotel o algo así. O yo podría pasar la noche aquí. Pero… no creo que sea buena idea que me vaya, Vicky. Estoy muy preocupado por ti.

—Estaré bien. —Alargué el brazo para tomarlo de la mano un momento antes de que Adam bajara de nuevo—. Te lo prometo. No hagas ninguna tontería.

Abrió la boca para replicar, pero era demasiado tarde. Adam ya estaba descendiendo los escalones. Antes de que me diera cuenta, los dos habían salido por la puerta.

18 de enero de 2018

Qué raro… Esperaba una bronca tremenda cuando Adam regresara de llevar a Mack a la estación, pero ocurrió todo lo contrario. Ni siquiera mencionó que al llegar a casa se había encontrado a otro hombre sentado en nuestro sofá. Y se portó conmigo amablemente. Me dijo que, como no estaba Irina, él me prepararía la cena. Luego me la sirvió a la luz de las velas.

Todas sus atenciones de esa noche me llevaron a preguntarme si dejarlo sería un error.

Quería discutirlo a fondo con Mack, pero, desafortunadamente, estábamos teniendo dificultades para comunicarnos. Me mandó un mensaje de texto para avisarme de que iba en el tren de regreso a la ciudad, pero después de eso no había recibido nada más. Miraba mi teléfono una y otra vez, inquieta, esperando noticias suyas. Por supuesto, en cuanto me llegue un mensaje suyo, tendré que borrarlo de inmediato. No puedo arriesgarme a que Adam lo vea.

Por otro lado, que Adam haya sido tan atento últimamente no cambia nada. Su fachada de buena persona es temporal. A lo mejor le preocupaba que fuera a engañarlo y ahora siente que tiene que congraciarse conmigo. Pero, en cuanto recupere la confianza, volverá a ser el de antes: un malnacido infiel con un genio de mil demonios.

Así que este mañana le he escrito un mensaje a Mack:

Alquila un coche para el próximo viernes.

Tengo menos de una semana para comunicarle a Adam que lo dejo.

48

Se avecina una gran tormenta. La primera del año.

Esta mañana he ido al supermercado, y parecía que el apocalipsis era inminente. Cuando intenté coger el último paquete de pan, una mujer por poco me pega con el codo en toda la cara. Dejé que se lo quedara. No vale la pena llevarse un codazo en la cara por un paquete de pan.

Cuando regreso a casa, me encuentro a Maggie limpiando la cocina al doble de su parsimonioso ritmo habitual.

—Quiero irme antes de que empiece a nevar —dice.

—¿De verdad va a ser algo tan gordo?

—Bueno, según el pronóstico caerán sesenta centímetros de nieve —dice mientras limpia la encimera con un paño—. Así que sí, parece que va a ser gordo. Os vais a quedar sin electricidad, fijo.

Y esta vez no me voy a acurrucar con Adam. Ni por asomo.

—¿Cuándo va a empezar? —pregunto.

Maggie consulta su reloj.

—Según la previsión, comenzará a nevar más o menos al mediodía. Hacia las tres o las cuatro, seguramente ya no podrás salir de aquí, al menos con tu cochecito. Tal vez el BMW de Adam tenga más posibilidades, pero al anochecer las carreteras estarán hechas un desastre.

Esto me llena de inquietud. Durante la última tormenta, al menos sabía que en cuanto dejara de llover las carreteras volverían a estar transitables. La perspectiva de quedarme atrapada en esta casa durante días me pone muy nerviosa, sobre todo después de todo lo que he leído sobre Adam.

—Deberías venirte conmigo y con Steve —dice Maggie, como si me hubiera leído el pensamiento.

—¿Qué?

Me da un golpecito con el brazo.

—Anda, anímate. El camino a nuestra casa se despeja rápido, y no sufrimos tantos apagones. Tenemos un sofá de lo más cómodo. Podemos hacernos una maratón de Netflix. ¿Te gusta *BoJack Horseman*? Nosotros estamos enganchadísimos.

—No quisiera molestar…

—¡Qué vas a molestar! En serio, será divertido.

Mentiría si dijera que no me tienta su propuesta. Me seduce mucho más la idea de quedarme en el pisito acogedor de Maggie que en esta mansión gigantesca. Me siento muy aislada aquí.

Pero no puedo irme, porque eso implicaría dejar a Victoria sola con Adam. No puedo hacerle eso.

—Lo siento —digo—. Te agradezco la oferta, pero creo que me quedaré a echar una mano con Victoria.

Se encoge de hombros.

—Vale, pero aún estaré aquí un par de horas más, por si cambias de parecer.

Mientras guardo la compra, dirijo la vista por la ventana al jardín que rodea la casa. Pronto quedará sepultado bajo un grueso manto de nieve. Pienso en aquella noche en que Mack vino a ver a Victoria. También nevaba entonces. Él le prometió que regresaría a buscarla, pero resulta evidente que no lo hizo.

¿Por qué no cumplió su palabra? ¿O tal vez sí que volvió, pero se encontró con que ella había decidido no marcharse?

O quizá sucedió otra cosa antes de que Victoria pudiera irse.

Mientras miro por la ventana, veo caer un copo de nieve solitario. Ha empezado.

49

A la hora de la cena, nieva con ganas. Cuando vuelvo los ojos hacia la ventana, no veo más que una blancura ininterrumpida. Da miedo. Ya hace mucho que se ha ido Maggie. Si quisiera marcharme, no podría. Estamos atrapados.

Adam baja a la cocina mientras le preparo la cena a Victoria. Lleva una pila de mantas que deposita sobre la encimera.

—Te he traído esto —dice—. Ya sabes, por si falla la calefacción.

¿A quién pretende engañar? La calefacción va a fallar sí o sí.

—Gracias —digo.

Adam se toca la mejilla derecha con cautela. Se le ha formado costra en los arañazos que le infligió Victoria con las uñas.

—Avísame cuando Victoria esté lista para irse a la cama. He dejado la jeringa con su medicina sobre la cómoda de su cuarto.

— Vale, yo te aviso.

Tamborilea con los dedos en la encimera.

—Gracias por ocuparte de la medicación. Es muy importante que la reciba.

—Sí, lo sé.

—Si no, podría sufrir convulsiones.

—Tranquilo. Yo me encargo.

Apago el procesador de alimentos y vacío el contenido en el

plato. Adam me observa un momento antes de alejarse. Por lo menos parece que se fía de mí.

A pesar de que hace una semana que no le pongo la medicación a Victoria.

Subo la escalera con el plato. Cuando llego a su habitación, Victoria está viendo la tele, con el ojo derecho pegado a la pantalla, mientras que el izquierdo mira en una dirección distinta. Aun así, parece mucho más alerta que hace una semana. Ya no se pasa toda la mañana durmiendo. Se ha comido todo el desayuno tres días seguidos. Es tiempo suficiente para que empiece a sentirme culpable por seguir dándole papillas.

—Buenas noches —digo al entrar en el cuarto.

Al instante, Victoria posa la vista en mí. Ese es otro cambio que he notado. Antes, cuando hablaba con ella, tardaba bastante en mirarme. Ahora parece superconsciente de todo lo que ocurre a su alrededor.

—Sylvie —dice.

Esa es otra. Ahora es más locuaz, aunque no es que hable por los codos ni mucho menos. Sigue expresándose con frases de una o dos palabras, y le supone un gran esfuerzo. Pero antes se pasaba días enteros sin abrir la boca y, cuando la abría, la mitad de lo que salía de ella no tenía sentido. Ahora siempre tiene algo que decir.

Cuesta mucho no llegar a la conclusión de que Adam ha estado drogándola. Mi única duda es por qué.

—¡Es la hora de la cena! —anuncio con voz cantarina.

Al fijarse en el plato, Victoria arruga la nariz. No me extraña. Le he puesto tantos guisantes al puré que recuerda bastante al vómito. Pero no está malo. Lo he probado.

—Sabe mejor de lo que parece —le aseguro.

Desvía la mirada de mí hacia la ventana.

—Sol —dice.

—¿Ves el sol? —Le sonrío—. Porque yo no, desde luego.

Crispa el rostro.

—No. Es…

—Nieve.

Asiente aliviada.

—Sí. Nieve.

Contemplo los enormes copos que se precipitan al otro lado del cristal. Es un espectáculo tan hermoso como atemorizador.

—Desde luego, está cayendo una buena.

Asiente de nuevo.

—No puede… atrapados.

Me río.

—Sí, me parece que estamos atrapadas aquí, la una con la otra.

Se pasa la lengua por los labios lentamente antes de alzar la vista hacia mí.

—Tienes que coger la pistola, Sylvie —me suelta.

Me quedo mirándola. Es la frase más larga que le he oído pronunciar jamás.

—Victoria…

—Armario —dice—. Cógela. Tráela… aquí.

—Victoria, no puedo…

Sus ojos azules se inundan de lágrimas.

—Cógela, o él…

No sé de qué me habla. Ni siquiera en las páginas de su diario consta que Adam haya sido violento con ella alguna vez. Nunca la amenazó con una pistola. O, por lo menos, eso le dijo ella a Mack. No hay motivo para pensar que corremos peligro. A menos que Adam me pille husmeando en su dormitorio.

—¿Qué te parece si mejor cenamos un poco? —digo.

Advierto la frustración en su semblante. Si pudiera, ella misma iría a por esa pistola. Eso me queda claro. Pero no pienso permitir que le ocurra nada.

Dentro de pocos días, la tormenta habrá pasado.

50

Diario de Victoria

22 de enero de 2018

No puedo parar de temblar.

Hacia las diez de la mañana, estaba sentada en el sofá viendo la televisión cuando alguien llamó a la puerta con unos golpes tan fuertes que me sobresalté. No me sentí más tranquila cuando abrí y vi a un agente de policía de pie en el umbral.

—¿Es la residencia de los Barnett? —preguntó. Era un cuarentón de rasgos marcados. Tenía muchas entradas, pero le favorecían.

Se me había secado tanto la boca que, cuando la abrí, no conseguí articular sonido alguno. Me aclaré la garganta.

—Sí...

—Soy el inspector Patterson —dijo el hombre, sin tenderme la mano—. Quisiera hacerle un par de preguntas, si tiene un momento.

—Pues... —Se me aceleró tanto el corazón que me mareé. ¿Por qué había un agente de la ley en mi puerta? Debía de tratarse de algún error. No había cometido ningún delito. ¿O sí? —. Por supuesto. Por favor, pase.

El inspector Patterson entró detrás de mí justo en el momento en que Adam descendía las escaleras. Aunque yo estaba a punto de sufrir un infarto, él ni se inmutó al ver a un policía en nuestra casa. Le dedicó una de esas sonrisas que despliega cuando intenta encandilar a alguien. Ya las conozco bien a estas alturas.

—¡Agente! —exclamó—. ¿Podemos ayudarle en algo?

El inspector Patterson asintió.

—Estamos intentando localizar el paradero de un amigo suyo, señora Barnett.

Noté que se me erizaba la nuca mientras el inspector desgranaba los detalles. Buscaban a Mack. Había faltado al trabajo dos días seguidos. Mack es un tipo formal, y ese comportamiento parecía muy impropio de él, así que un compañero fue a su piso a ver si se encontraba bien, pero no estaba allí. Nadie ha tenido noticias suyas en los últimos cinco días.

Desde la noche que vino a Long Island.

—Una tal Carol Webber dice que se pasó a visitarla, señora Barnett —dijo el inspector—. ¿Lo vio usted esa noche?

Miré de reojo a Adam, que seguía con esa sonrisa insulsa estampada en la cara. No fui capaz de interpretar su expresión. Pero eso no tenía nada de raro.

—Sí —respondí—. Estuvo aquí.

El inspector Patterson hizo un gesto afirmativo.

—¿Cuál fue el motivo de su visita?

—Mack y mi esposa eran compañeros de trabajo y amigos —respondió Adam por mí—. No fue más que una visita social.

—¿Y a qué hora se marchó?

—Eran cerca de las seis —digo, aturdida—. Adam lo llevó en coche a la estación de ferrocarril. Por la nieve.

El policía se dirigió a Adam.

—¿Lo vio usted subir al tren?

Adam negó con la cabeza.

—Fue a comprarse el billete, pero todavía faltaba un rato para que llegara el tren. Me dijo que no lo esperara, así que conduje de vuelta a casa. Estaba nevando con fuerza y no quería quedarme atrapado.

Me aventuré a alzar la vista hacia el inspector. Su expresión no era en absoluto suspicaz.

—Al parecer, Mack compró en efecto un billete de tren con su tarjeta de crédito —dijo—, pero no tengo la certeza de que subiera al tren. Estoy intentando contactar al revisor que estaba de servicio esa noche.

Me acordé de algo.

—Me mandó un mensaje desde el tren. Así que supongo que sí que subió.

—¿Conserva el mensaje en su teléfono? —me preguntó el inspector.

—Pues... —Miré a Adam, mordisqueándome el labio—. Lo borré.

No tenía la menor intención de decirle al inspector que eliminaba todos los mensajes de Mack en cuanto los recibía. Por primera vez, percibí un asomo de interés en su rostro.

Me retorcí las manos.

—¿Cree que se encuentra bien?

Patterson vaciló unos instantes.

—Espero que sí. A lo mejor, simplemente decidió irse de viaje sin avisar a nadie. Esas cosas pasan. Pero me preocupa que alguien lo agrediera en el tren o tal vez incluso en la estación.

—¿Usted cree? —Adam arqueó las cejas—. Mack es un tipo bastante robusto.

—Será robusto, pero no es a prueba de balas.

«A prueba de balas». Al oír esas palabras de Patterson, me vino a la mente el revólver oculto en el estante superior del armario. Antes de acercar a Mack a la estación, Adam desapareció un rato. ¿Era posible que hubiera...?

—Bueno. —El inspector exhaló un suspiro—. Si reciben noticias de Mack, por favor notifíquenoslo enseguida. Su familia está muy preocupada.

Seguí con la mirada al policía hasta que salió por la puerta principal. Tenía ganas de vomitar. Adam llevó a Mack a la estación y ya nadie volvió a saber de él. Sí, me envió ese mensaje desde el tren. Pero ¿cómo puedo estar segura de que fue él?

Una vez que el inspector se marchó, Adam cerró la puerta. Se me encogió el estómago cuando echó la llave y luego el pestillo.

—Vaya —dijo—. Por lo visto, tu colega ha desaparecido.

—¿Qué le hiciste? —dije con un hilillo de voz.

—Mack y yo mantuvimos una conversación de lo más interesante en el coche —prosiguió Adam como si no me hubiera oído—. Al parecer, tenía la impresión de que yo no te trato como es debido. No sé qué lo había llevado a concebir semejante idea. Intenté sacarlo de su error, pero no parecía muy interesado en escucharme, hasta que ya fue demasiado tarde.

Cerré los ojos. «No. Por favor, no. Mack no...».

—Ese policía tiene razón —dijo Adam—. No era a prueba de balas.

Me tapé la boca con las manos.

—No lo habrás...

Adam me dedicó una sonrisa. Fue lo más espantoso que había visto jamás. No puedo creer que este hombre haya podido parecerme atractivo alguna vez.

—¡Eres un monstruo! —siseé—. ¿Cómo pudiste...?

—Oh, fue muy sencillo. —Dio un paso hacia mí—. ¿Y sabes qué es lo mejor? Que tus huellas están por toda el arma. Tu arma, de hecho. Está registrada a tu nombre.

Me vino a la memoria el día que me hizo salir al jardín para enseñarme a disparar. Él llevaba guantes de piel, mientras que yo tenía las manos desnudas. Así que es verdad: esa pistola está cubierta de huellas mías.

—No te preocupes —dijo Adam—. Aún tardarán un tiempo en encontrarlo. A menos que vuelvas a portarte mal.

Seguía con aquella sonrisa en los labios. Me entraron ganas de arrancarle los ojos. Sin embargo, mientras lo miraba con fijeza, comprendí que estaba totalmente atrapada. Ni siquiera puedo dejarlo. Si lo intento, él le dirá a la policía que soy una asesina.

Me hundí en el sofá con las manos temblorosas. No me atrevía a alzar la vista hacia él.

—¿Me has entendido, Victoria? —preguntó.

Me quedé callada.

—Que si me has entendido —repitió con un deje amenazador—. Contéstame, Victoria.

—Que te jodan —susurré.

Me quedé la mar de a gusto después de decirle al fin esas palabras.

Veloz como el rayo, Adam extendió el brazo y me asió de la muñeca. Aunque le había dicho a Mack que Adam nunca me había puesto la mano encima, hoy eso cambió. Noté que se me formaban hematomas en el antebrazo.

—Ni se te ocurra volver a dejarme en evidencia de ese modo, Victoria —siseó—, o te juro que te arrepentirás.

Cuando me soltó, advertí que sus dedos me habían dejado marcas de un rojo encendido en la muñeca. Salió en tromba y poco después oí un portazo. Con el rostro oculto entre las manos, sollocé como si el mundo estuviera llegando a su fin.

Adam ha matado a Mack. Ha asesinado al único hombre que me ha querido de verdad, solo por intentar ayudarme. Y, como no lo obedezca a pies juntillas, yo seré la siguiente.

Lo peor es que ya ni siquiera sé si me importa.

15 de febrero de 2018

He pasado las últimas semanas en trance. No he salido de casa en todo ese tiempo, aunque lo cierto es que ha nevado tanto que creo que no habría podido aunque me hubiera apetecido. Mi Honda Civic no llegaría muy lejos en la nieve.

Vivo en piloto automático. No me levanto de la cama casi hasta el mediodía. Cuando por fin consigo salir arrastrándome de entre las sábanas, me voy directa al sofá y enciendo el televisor. No sé ni qué programas veo. Tanto da. Cojo en la cocina una bolsa de patatas, galletas o lo que sea y las voy engullendo, una tras otra, sin siquiera saborearlas.

Ya nada importa. Me estoy dejando pudrir en el sofá. A lo mejor, si consigo tener una pinta lo bastante repulsiva, Adam me dejará en paz.

Esta mañana, ha venido al salón a gritarme. Se plantó frente a mí, con los brazos en jarras.

—Pero ¿tú te has visto? —dijo—. Levántate del sofá. Date una ducha, por Dios santo.

No moví un músculo.

—Victoria. —Ni siquiera alcé la mirada mientras me hablaba—. Levántate del puto sofá ahora mismo. ¿Me has oído? Deja de ver la televisión. Quiero que te duches y te pongas ropa decente. Da vergüenza verte así.

No dije una palabra.

—¡Victoria! —empezó a gritar—. ¡Contéstame, coño!

Como yo seguía sin responder, agarró el pesado cenicero de metal que había sobre la mesa de centro. Por un momento, no me cupo la menor duda de que iba a tirármelo a la cabeza. Me imaginé la abolladura que me causaría en el cráneo. Me imaginé que de pronto lo vería todo negro.

Habría estado bien.

Sin embargo, en vez de eso, arrojó el cenicero contra el televisor. La pantalla se hizo pedazos y quedó oscura. Si esperaba que yo reaccionara a eso, debió de llevarse una decepción. Simplemente me quedé mirando la pantalla negra. Tras observarme un rato, Adam se dio por vencido y se alejó con paso furioso.

22 de febrero de 2018

Me he pasado dos horas haciendo las maletas.

Después de lo que Adam le hizo a Mack, sentía que mi vida ya no tenía sentido. No era capaz de pensar con claridad. Pero, en las últimas horas, por fin se ha despejado la bruma que me nublaba la mente. Nunca había tenido las cosas tan claras como en este momento.

Esta mañana me he hecho un test de embarazo. Ha salido positivo.

No sé de cuánto tiempo estoy. Con todo lo que ha pasado, había dejado de realizarme la prueba. Ni siquiera recuerdo cuándo me acosté por última vez con Adam. Si tuviera que hacer un cálculo aproximado, diría que estoy de tres meses. Dentro de seis, voy a tener un bebé.

Me da igual lo que me pase a mí, pero no puedo permitir que ese monstruo le ponga las manos encima a mi hijo. No puedo permitir que le destroce la vida como a mí. Si voy a ser madre, tengo que proteger a ese niño, y eso implica alejarme de Adam Barnett. Para siempre.

No sé adónde iré. No tengo dinero. Había guardado mi anillo de compromiso en el joyero con la esperanza de empeñarlo, pero ya no está. Seguramente lo ha cogido Adam. Como se entere de que estoy embarazada, dudo que me deje marcharme, así que tengo que hacerlo ya, antes de que se me note.

A lo mejor me acoge Carol. Si no, podría buscar algún albergue para víctimas de violencia de género. Mi jefe en el hospital me dijo que podía volver cuando quisiera así que, cuando haya recuperado mi trabajo, por lo menos dispondré de ingresos. Eso me permitirá alquilar un piso y, con un poco de suerte, pagar a alguien que cuide del bebé una vez que haya nacido.

Qué ironía. Empecé a escribir este diario para contar a mis hijos la historia de cómo conocí a su padre, y ahora estoy contando la de cómo lo abandoné por el bien de mi futuro hijo.

Haré lo que haga falta para proteger a este bebé. Por eso tengo que salir de esta casa, cueste lo que cueste. Necesito huir de Adam. La nieve se ha derretido lo suficiente para que pueda largarme en mi pequeño Civic.

Mensaje para mi futuro hijo: si estás leyendo esto, lo hice todo por ti.

Voy a dejar a tu padre esta noche.

51

No puedo parar de temblar.

Nos hemos quedado sin corriente hace una hora y he estado leyendo el final del diario de Victoria a la luz de una linterna. Lo he terminado. En su última entrada anunciaba que iba a decirle a Adam que lo dejaba. En algún momento, después de escribirla, se cayó por las escaleras y estuvo a punto de morir.

La calefacción se ha apagado también. Aunque estoy cubierta con tres mantas, no dejo de tiritar. Cuando miro por la ventana, lo veo todo blanco.

Nos quedaremos días aquí aislados.

Estoy atrapada en esta casa, y para colmo con Adam, que es un psicópata que tiene una pistola. Debería haberle hecho caso a Victoria y haberme apoderado del arma cuando tenía la oportunidad.

No me extraña que aquella mujer del hospital Mercy no supiera quién era Mack. Desapareció hace casi un año.

¿Y si Adam descubre que no le he estado dando a Victoria la medicación? No quiero ni imaginar lo que me hará, sobre todo considerando que estamos solos aquí, sin testigos.

De pronto, me siento sofocada bajo las mantas de mi cama. Y tengo muchas ganas de orinar. Tras meditar unos segundos, me destapo y salgo con sigilo de la habitación, linterna en mano.

Bajo el brillo de su haz, el pasillo parece interminable. Las tablas del suelo crujen con cada paso. Abrazándome el torso para entrar en calor, avanzo por el corredor. Madre mía, me estoy congelando. Es como si el viento soplara a través de esta casa. Conteniendo la respiración, paso por delante de la habitación de Adam y...

La puerta está abierta. Y el dormitorio está totalmente a oscuras.

Alumbro el interior con la linterna. No hay nadie en la cama. Al oír un chirrido por encima de mi cabeza, deduzco que Adam está en el desván, escribiendo en el despacho que tiene ahí montado.

Lo que significa que puedo registrar su armario.

Pero no debería. Adam siempre ha sido muy amable conmigo desde que entré a trabajar aquí. Si me pilla hurgando en sus cosas, sabe Dios lo que me hará. Más vale que me limite a cruzar los dedos y esperar que la tormenta pase sin incidentes.

«Tienes que coger la pistola, Sylvie».

Advertí un tono de urgencia en la voz de Victoria. ¿Acaso sabe algo que yo ignoro? Quizá él vea el temporal como una oportunidad. Tal vez ha estado esperando el momento de quedarse a solas con ella. Aunque no están totalmente a solas, claro. Yo también estoy aquí.

No tengo ni idea de qué planea hacer. Solo sé que ya ha matado a una persona.

Respiro hondo y entro en su habitación. Su armario es el de la izquierda, mucho más pequeño que el de Victoria. Supongo que no tardaré demasiado en encontrar lo que busco. Tras echar un último vistazo al pasillo para asegurarme de que está todo despejado, giro la manija de la puerta del armario.

Es un ropero normal y corriente, pero cualquier ropero adquiere un aspecto siniestro a la luz de una linterna. Dentro cuelgan varios trajes y algunas camisas de vestir. En la parte inferior hay unos cuantos pares de zapatos dispuestos en una fila ordenada. No veo nada ahí abajo que se asemeje ni remotamente a una pistola, aunque he barrido todo el suelo del armario con el rayo de luz.

Pero lo más lógico sería que no la guardara ahí, sino en el estante superior, ¿no? Así no habría ninguna posibilidad de que alguien en silla de ruedas la alcanzara.

Apunto con la linterna a lo alto del armario. Vislumbro una caja de zapatos.

La cojo y, sujetando la linterna bajo el brazo, la destapo de golpe. Y ahí está, descansando sobre un lecho de papel blanco: un revólver.

Por poco se me cae la caja cuando oigo un crujido fuerte procedente de arriba. Unos segundos después, suenan unas pisadas. Cada vez más cerca.

Madre de Dios. Está bajando las escaleras.

No sé cómo reaccionará si me ve con la caja de zapatos. Sí, yo soy la que tiene el arma, pero no sé disparar con ella. Al igual que Victoria, nunca he empuñado una pistola. Él podría arrebatármela y pegarme un tiro antes de que yo lograra abrir la boca.

Los pasos se detienen un momento. Está al pie de la escalera. En este piso.

Saco rápidamente el revólver de la caja y me lo guardo en la cintura del pantalón. Por obra de algún milagro, no se me dispara en el pie. Las manos me tiemblan una barbaridad cuando le pongo la tapa a la caja y la vuelvo a meter en el armario. Tapo la pistola con el faldón de la camiseta justo en el momento en que se abre del todo la puerta de la habitación.

Adam lleva también una linterna, y me protejo los ojos de su resplandor mientras se adentra en el dormitorio. Cuando se me acostumbra la vista, me percato de que él está resguardándose a su vez de mi linterna.

—¿Sylvia? —dice, desconcertado—. ¿Qué haces aquí?

—Estaba... —Robándote la pistola—. Estaba buscando otra manta. Hace un frío helador en mi cuarto.

Guau. Buena respuesta, para ser improvisada.

—Sí, yo también estoy helado. —Se estremece—. Lo siento.

Iré a buscarte otra manta. En realidad, están en el armario del pasillo.

Ah, ¿sí? No fastidies.

Adam saca otra manta para mí y me da las buenas noches. Regreso a mi habitación, pero no consigo pegar ojo. Para empezar, llevo una pistola prendida en la cintura del pantalón y no tengo ni idea de dónde ponerla. Mi puerta no tiene cerrojo. Me asusta pensar qué sucedería si Adam echara en falta el arma y la encontrara en mi cuarto.

Tengo que preguntarle a Victoria qué debo hacer.

Espero un rato hasta que supongo que Adam se ha acostado ya. Entonces salgo de puntillas de mi cuarto y me dirijo al de ella, que está al lado. Hace unas semanas, Victoria habría estado como un tronco a estas horas. Sin embargo, desde que dejé de darle esos medicamentos, está mucho más despierta por las noches. Cuando entro en su alcoba, la encuentro en la cama pero con los ojos bien abiertos. Cierro la puerta detrás de mí para que nadie nos oiga.

—La tengo —le digo. En ese momento me percato de que me tiembla la voz—. He cogido la pistola de su armario.

Me levanto el bajo de la camiseta e ilumino la cinturilla del pantalón con la linterna para que la vea. Vuelvo a vislumbrar ese atisbo de sonrisa en sus labios.

—Pero ahora no sé qué hacer con ella —añado.

—Mi... —Miro en la dirección hacia la que ella apunta con la trémula mano izquierda—. Ba... baúl.

Enfoco con la linterna el interior del armario. En efecto, hay un baúl en el suelo. Aunque tiene una cerradura de combinación, está abierto.

Al levantar la tapa, veo que contiene ropa. Envuelvo el arma en una camisa y la guardo de nuevo en el baúl. Me dispongo a cerrarlo, pero me asalta la duda.

—¿Te sabes la combinación?

—Nueve..., cinco..., seis.

Me vuelvo y le escruto el rostro. Esta mujer sufrió una lesión grave en la cabeza. ¿De verdad puedo confiar en que recuerde una clave de tres dígitos?

—¿Estás segura?

—Sí.

Bueno, ¿qué es lo peor que puede pasar? Si esos números son erróneos, nadie tendrá acceso a la pistola. A menos que...

—¿Sabe Adam la combinación?

Victoria suelta un bufido.

—No.

Me enderezo y echo un último vistazo al baúl que está en el suelo. Espero haber hecho lo correcto. Ojalá Adam no descubra que la pistola ha desaparecido y pierda la cabeza.

Miro de nuevo a Victoria, que sigue sonriendo. Supongo que se siente aliviada. No me extraña, después de todo lo que ha tenido que soportar.

—Buenas noches, Victoria —digo.

—Buenas noches, Sylvie.

52

Cuando salgo de la habitación de Victoria, me voy directa al baño y abro el armario. Encuentro la bolsa de plástico negra con los medicamentos y rebusco en ella hasta que doy con el Valium. Desenrosco el tapón del frasco y me tomo dos pastillas a palo seco. Nunca he tomado este fármaco, así que supongo que dos bastarán para dejarme fuera de combate.

De pronto advierto que me está sonando el teléfono en el bolsillo. Llevaba horas sin cobertura, pero ha vuelto, al menos por el momento. Saco el móvil y miro el número. No lo reconozco.

Debe de ser Freddy.

Por lo general, dejo que su llamada se desvíe al buzón de voz, pero algo me impulsa a aceptarla esta vez.

—¡Sylvie! —Parece tan contento como sorprendido de que haya contestado—. ¿Estás bien? ¿Cómo te va con la tormenta?

No sabría ni por dónde empezar a describir lo que está ocurriendo aquí. Ni siquiera pienso intentarlo.

—Todo bien.

—Te noto rara.

Camino por el pasillo hasta mi cuarto y cierro la puerta después de entrar.

—No estoy rara.

—Sí que lo estás. ¿Seguro que va todo bien? ¿Quieres que vaya a verte?

¡Sí! En este momento caigo en la cuenta de que deseo con todas mis fuerzas que venga. La única persona con quien he tenido un vínculo estrecho en los últimos siete años es este hombre. ¿Por qué lo ahuyenté de mi lado? ¿Por qué he estado tan enfadada con él, cuando su único pecado ha sido hacer lo que le pedí? Todo ha sido culpa mía, no suya. Necesito a Freddy.

Pero no puedo decírselo ahora. Y desde luego no quiero que conduzca hasta aquí en medio de una ventisca.

—No hace falta.

—¿Seguro? Creo que debería acercarme.

Me tumbo en la cama y cierro los ojos, esperando a que el Valium surta efecto.

—Estoy bien. No necesito que vengas.

—Eso mismo dijiste la última vez.

Nunca se lo perdonará. Le dije que podía enfrentarme sola a mi padre, y él dejó que lo hiciera. Y eso cambió nuestra vida para siempre.

—Pero esta vez hablo en serio.

Se queda callado un buen rato. Recuerdo que, cuando íbamos al instituto, él me llamaba por la noche y a veces nos quedábamos charlando por teléfono hasta que el sueño nos vencía a los dos.

—Si necesitas que vaya —insiste—, solo tienes que llamarme. Me plantaré ahí en una hora.

—Eso es físicamente imposible.

—Encontraré la manera.

Empiezo a sentirme adormilada. Es una sensación agradable, un poco como flotar.

—Freddy...

—¿Sí? —Su voz suena lejana.

—Si tuviéramos un hijo ahora, ¿cómo crees que sería?

Cualquier otro habría pensado que he perdido el juicio, pero Freddy no. Apuesto a que él se preguntaba lo mismo.

—Bueno —dice, reflexivo—, sería una chica, como tú. Y ten-

dría los ojos azules, como tú, pero el cabello moreno, como yo.
—Me tapo con las mantas cuando me recorre un escalofrío—. Su comida favorita sería la pizza, y su animal favorito el unicornio.

—Los unicornios no son animales de verdad.

—Claro que lo son. Al menos, eso diría ella.

Freddy sigue hablando, contándome cosas sobre la hija que habríamos tenido si hubiera dejado que permaneciera a mi lado esa noche. Al final, se me cierran los ojos y me quedo dormida escuchando su voz.

53

Por la mañana continúa nevando. No sé cómo es posible. Parece mentira que siga habiendo agua en el cielo. Es como si todas las precipitaciones del universo se hubieran concentrado sobre nuestro jardín. La capa de nieve es tan profunda que dudo que podamos abrir la puerta principal.

Seguimos sin electricidad, y también sin calefacción. He estado caminando de un lado a otro por la casa para intentar recuperar la señal del móvil. Por el momento no ha habido suerte.

Antes de bajar a la cocina para prepararle el desayuno a Victoria, me abrigo con mi ropa más cálida y un par de botas, por si acaso. Sigo tiritando de frío. Cuando aparece Adam, enfundado también en prendas de abrigo, me baja un escalofrío por la espalda, pero no es por la baja temperatura.

—He levantado a Victoria de la cama —me informa—. La he arropado lo mejor que he podido y le he tapado las piernas con mantas. —Se frota los brazos—. Siento que haga este puñetero frío aquí dentro.

—Tranquilo, no es culpa tuya. —Vacío un potito en un plato porque no puedo calentar la avena. Pienso que, quizá ahora que Victoria está más espabilada, podría comer algo más sólido. Por supuesto, no puedo preguntárselo a Adam—. Su desayuno está casi listo.

—Gracias, Sylvie. —Me sonríe—. Te agradezco tu ayuda. No sé qué haríamos sin ti.

Pero percibo algo extraño en su sonrisa. ¿Cabe la posibilidad de que sepa que me he llevado la pistola de su habitación? Sea como sea, no tiene manera de recuperarla.

A menos que conozca la combinación del baúl.

Trago saliva.

—Para eso estoy aquí. —Echo un vistazo a la ventana—. ¿Tienes idea de cuándo parará de nevar?

Se encoge de hombros.

—Se supone que hoy estará así todo el día. Seguramente nos quedaremos atrapados aquí por lo menos cuarenta y ocho horas más. ¿Por qué? ¿Tenías que ir a algún sitio?

Aunque lo dice en un tono socarrón, vuelve a invadirme la inquietud. No me gusta la perspectiva de estar encerrada con él dos días más. Y, si necesitara avisar a la policía, no podría hacer nada. Estamos sin línea telefónica.

Sin responder a su pregunta, paso por su lado y subo las escaleras hacia la habitación de Victoria. A través de la puerta abierta, la veo sentada en su silla de ruedas, arrebujada en un grueso jersey y tres mantas.

—Hace fresco, ¿eh? —comento.

Ella alza la vista hacia mí de inmediato.

—¿Calefacción… no va?

Niego con un gesto.

—No. Pero no te preocupes, te mantendremos bien abrigada.

Mis ojos se posan en el armario donde guardé el revólver anoche. ¿De verdad hurté un arma de la habitación de Adam? No parece algo propio de mí.

—¿Crees que sabe que la cogimos nosotras? —digo, incapaz de contenerme.

Victoria me mira, parpadeando.

—La cogiste tú.

—Ya, pero… —Bajo de nuevo la vista hacia el baúl del armario. Tal vez no debería haberla metido ahí. Quizá debería haberla guardado en mi cuarto—. En fin, ¿te apetece desayunar?

Contempla el plato de comida que sostengo entre las manos.

—¿Qué?

—Puré de manzana. Y pastel de melocotón.

Victoria hace una mueca de desagrado, y la verdad es que no la culpo. El puré de manzana no tiene una pinta especialmente apetitosa, y lo único del supuesto pastel de melocotón que recuerda un poco a un auténtico pastel de melocotón es el color. Lo probé una vez y estaba bastante asqueroso.

—Lo siento —me veo obligada a decir.

—No... es... —Victoria frunce el ceño, buscando la palabra.

—¿Culpa mía?

Se apresura a asentir.

—Eso. Culpa.

A pesar del repugnante aspecto del desayuno, accede a comérselo. Sin embargo, por primera vez, consigue dar cuenta de él casi sin ayuda. Por lo general, la mano izquierda le tiembla demasiado y ella pierde interés en la comida enseguida, pero en esta ocasión se lleva las cucharadas de puré de manzana a la boca con rapidez y se lo acaba en menos de cinco minutos.

Se la ve mejor. Debería alegrarme por ella, pero todo en esta casa me produce una sensación pavorosa, como si tuviera que poner tierra de por medio y no volver jamás.

Por desgracia, no es posible. Estoy varada aquí, al menos hasta que toda esta puñetera nieve se derrita.

54

No hay gran cosa que hacer en esta casa.

No hay internet ni televisión, así que elijo un libro de una de las numerosas estanterías que hay en la planta baja y me paso buena parte de la mañana leyéndole en voz alta a Victoria. Continuamos con lo mismo después del almuerzo, pero a media tarde empieza a cabecear hacia un lado y parece que se está durmiendo. A mí también me ha entrado sueño. Entre el frío y la falta de estímulos, me siento agotada.

Dejando a Victoria en su silla, me encamino de vuelta a mi habitación. Justo cuando estoy llegando, empieza a sonarme el móvil en el bolsillo y casi suelto un chillido de sorpresa. He estado todo el día sin cobertura. Me hace ilusión que haya vuelto. Cuando lo extraigo del bolsillo, veo el nombre de Maggie en la pantalla. Debe de estar llamando para preguntar cómo estoy.

—¡Sylvie! —exclama—. ¡Volvéis a tener cobertura!

—Solo por el momento. Seguramente no durará.

—Solo quería saber cómo vais. ¿Todo bien por ahí?

No sabría ni cómo expresarle lo aterrada que he estado.

—Sí, todo bien.

—Tengo que confesarte una cosa, Sylvie. —Maggie baja ligeramente la voz—. Hace mucho tiempo pasé allí una noche que había tormenta y fue... O sea, cuando por fin pude marcharme, tenía ganas de echar a correr gritando. Las peleas entre esos dos... eran muy fuertes. Ya no se pelean, obviamente, pero cuesta olvidar cómo era el ambiente en esa casa.

Alzo la mirada para asegurarme de que la puerta de mi cuarto está cerrada.

—Tengo entendido que Adam tiraba cosas.

—¿Adam? —Suelta una carcajada—. Qué va, lo has entendido mal: Adam era el que esquivaba las cosas que tiraba Victoria. Se comportaba como una auténtica posesa.

Arrugo el entrecejo.

—¿De qué hablas?

—Sylvia —dice Maggie por lo bajo—, ¿no sabes que Victoria estaba...?

Mis dedos se tensan sobre el teléfono.

—¿Estaba qué?

Vacila un momento antes de responder.

—Está loca.

¿Qué?

—No solo está loca. —Maggie respira hondo—. Es peligrosa.

55

Qué? Pero ¿de qué está hablando Maggie? Victoria no está loca. El loco es Adam. Victoria ha sido la víctima en todo esto. Es Maggie quien no ha entendido nada.

—¿A qué te refieres? —pregunto con tiento.

—Ay, madre —gime Maggie—. No debería contarte esto, pero... Bueno, ¿por dónde empiezo? Ella siempre le echaba unas broncas espantosas. Le gritaba a pleno pulmón. Una vez la vi lanzarle una tostadora a la cabeza que dejó un desconchón en la pared de la cocina. ¿Te lo puedes creer?

Me viene a la mente la mella que he visto abajo, en el enlucido de la cocina. Pero no, el responsable fue Adam, que arrojó un plato contra la pared.

—¿En... en serio?

—¡Sí! —Casi puedo ver los ojos desorbitados de Maggie—. Tenía unos celos terribles de Irina Brunner, la cocinera. Casi la mitad de sus peleas eran por ella. Victoria la llamaba zorra y acusaba a Adam de acostarse con ella. Yo no sé si se acostaban o no. Creo que no, pero ella se ponía celosa cada vez que él le dirigía la palabra a otra mujer. Yo intentaba vestirme de la forma más recatada posible y no cruzarme en su camino, porque no quería despertar sus celos.

—Pero... —Repaso en la mente otros detalles del diario—.

Tan loca no debía de estar. Quiero decir, era enfermera titulada en un servicio de urgencias muy concurrido.

—Sí, hasta que la despidieron.

—¿La... despidieron?

—Era algo sobre lo que discutían bastante. Ella lo culpaba por haber perdido su trabajo, pero parece bastante claro que la echaron porque estaba como una cabra. Luego no consiguió que la contrataran en ningún otro sitio por lo que había sucedido allí. Por lo visto, era muy poco profesional y cogía rabietas en las que le daba por lanzar cosas.

Cielo santo, ¿será verdad? No. Maggie tiene que estar equivocada...

—Y lo peor es que... —Oigo que le tiembla la voz—. Un día, ella llegó a casa con una pistola. Lo que oyes: una pistola de verdad. Con balas y todo. A Adam por poco le dio un ataque. Le suplicó que se deshiciera de ella, pero Victoria insistía en que la necesitaban para protegerse. —Tras una pausa, añade—: Espero que, después del accidente, él guardara esa pistola fuera de su alcance.

Lo hizo. Y yo acabo de devolvérsela.

—Y luego, una noche, se enzarzaron en una discusión especialmente brutal —prosigue—. Al día siguiente, Irina no fue a trabajar, aunque en teoría le tocaba. Unos días después, la policía se presentó preguntando por ella. Yo estaba muerta de miedo.

—¿Qué...? —Me falla la voz. Tengo que tragar saliva antes de continuar—. ¿Qué estás insinuando?

—Te juro por Dios, Sylvia —dice Maggie en un susurro—, que creo que tal vez Victoria mató a Irina.

No. No, no, no...

—Yo había decidido ir a la policía para contarles lo que sabía —dice en voz baja—, pero entonces Victoria sufrió ese accidente y..., bueno, ya no tenía mucho sentido. Supuse que nunca sabríamos la verdad sobre lo que le ocurrió a Irina.

La cabeza me da vueltas. Con la respiración agitada, me abrazo las rodillas contra el pecho.

—Maggie, tengo que colgar.

—¿Te encuentras bien, Sylvia? Te noto rara.

—Tengo que dejarte. Adiós.

Sin esperar respuesta, finalizo la llamada. Noto un hormigueo en los dedos y me siento al borde de un ataque de pánico. Con las manos trémulas, escribo en el motor de búsqueda de mi teléfono: «Irina Brunner. Long Island. Desaparición».

De inmediato me aparecen un montón de resultados. Es verdad. Todo es verdad. En febrero, Irina Brunner, de veintidós años, se esfumó sin dejar rastro.

No fue Mack quien desapareció, sino Irina. A saber si Mack existía siquiera. Seguramente no. Debía de ser un producto de la desbocada imaginación de Victoria.

Y yo acabo de devolverle el arma con la que mató a Irina. Y he dejado de administrarle los antipsicóticos que formaban parte de su medicación diaria.

Tengo que recuperar esa pistola antes de que suceda algo terrible.

56

Victoria está dormida. Yo misma la he visto quedarse roque. Ahora solo tengo que colarme en su habitación, abrir el baúl y recuperar el revólver. Muy fácil.

Tras quitarme las botas, me encamino hacia el cuarto de Victoria con sigilo, en calcetines. Cuando echo una ojeada por la puerta que he dejado abierta antes, veo que sigue sumida en el sueño. El baúl está a menos de un metro de ella. ¿Seré capaz de acercarme, abrirlo y sacar el arma sin que ella me descubra?

Por otro lado, si se despertara, ¿tan grave sería? Tiene medio cuerpo paralizado. No puede hacer nada para impedírmelo.

Me dirijo de puntillas al baúl y me arrodillo frente a él. Giro las ruedas para introducir la combinación que me indicó Victoria: nueve, cinco, seis.

La tapa no se abre.

—¿Sylvie?

Levanto la cabeza de golpe al oír la voz de Victoria. Me mira con fijeza mientras forcejeo con la cerradura. Me yergo, forzando una sonrisa.

—Solo quería... —Me aclaro la garganta—. He pensado que tal vez mi cuarto sería un escondite más seguro para la pistola.

Niega con la cabeza.

—El baúl. Ahí... seguro.

—Ya. —Me rasco la cabeza—. Por cierto, me dijiste que la combinación era nueve, cinco, seis, ¿verdad? Pues parece que no funciona.

Entrecierra su ojo bueno sin despegarlo de mí. No se lo traga. Pese a su lesión cerebral, Victoria no es tonta. Sabe perfectamente qué pretendo hacer.

—Lo siento —se limita a decir.

—¿Crees que será más seguro guardar el baúl en mi habitación?

Su expresión se torna glacial.

—No.

De pronto tomo conciencia de quién es la persona que tengo delante. Tengo delante a una asesina. A una mujer que mató a otra porque creía que estaba liada con su marido. A una mujer que plasmaba en su diario el mundo tal como lo percibía, aunque en realidad todo era una sarta de mentiras. Y me hizo creer esas mentiras para conseguir su propósito. Tengo delante a una mujer con un historial de conductas paranoicas y que, gracias a mí, ha dejado de recibir su tratamiento.

Además, sabe que me he acostado con su esposo.

Miro por la ventana. El sol ya ha descendido en el cielo, pero la nieve sigue cayendo. Jamás podré irme de aquí.

Sin embargo, Victoria ya no representa un peligro en su estado actual. La pistola le confiere un poco más de poder, pero dudo que sea capaz de sacarla de ese baúl con lo que le tiembla la mano izquierda. Aunque se ha manejado mucho mejor con el desayuno esta mañana...

—En fin —digo en tono animado—, bajo a prepararte la cena.

Se queda mirándome unos instantes.

—Potitos no.

No sé qué podría darle aparte de potitos considerando que estamos sin corriente. Pero da igual; no voy a bajar a prepararle la cena.

Voy a buscar a Adam. Tengo que confesarle lo que he hecho.

57

Encontrar a Adam me cuesta menos de lo que había imaginado. Está en su dormitorio. Tiene la linterna encendida y está poniendo su cuarto patas arriba. Cuando me ve en la puerta, casi se lleva un susto de muerte.

—¡Sylvia! —exclama—. Ven un momento.

Entro en la habitación y, antes de que pueda decir nada, él cierra la puerta a mi espalda. Incluso a la tenue luz de la linterna, advierto lo espantado que está. Creo que intuyo el porqué.

—Sylvia —dice en voz baja—, ¿no... no tendrás alguna idea de...? —Se pasa la mano por el pelo—. Oye, tengo que contarte algo.

Lo que menos necesito ahora mismo es otra revelación.

—Vale...

—Verás... —Sus ojos recorren velozmente la habitación—. Tenía un arma en el armario. Siento no habértelo dicho antes. Era de Victoria y yo nunca la he usado. Bueno, solo una vez, cuando ella insistió en que saliéramos a practicar tiro. Pero era suya. Después de su accidente, la guardé en el armario. —Inspira trémulamente—. Pero ya no está.

Es un buen momento para contárselo todo, pero las palabras se me atragantan.

—Ah...

—Sé que esto te parecerá de locos —masculla—. La mitad de las cosas que me han pasado desde que me casé con Victoria me parecen de locos a mí. Creí que estaría mejor aquí, en Long Island, pero no ha hecho más que empeorar…

—¿Qué es lo que ha empeorado?

—La paranoia. —Se deja caer en la cama—. Se volvió celosa hasta un extremo enfermizo. Cuando le hablé de ello al médico durante el proceso de rehabilitación, dijo que tal vez sufría una esquizofrenia paranoide no diagnosticada.

Madre mía.

—¿En serio?

—Bueno, visto en retrospectiva, encajaba. —Suspira—. Me recetó un antipsicótico para ella, y he estado administrándoselo desde que salió del hospital, pero no resulta fácil determinar si funciona, considerando…, en fin, el estado en el que se encuentra. Además, ya es demasiado tarde, en cierto sentido.

Por otro lado, ya no está recibiendo el tratamiento. Pero no hay por qué mencionar ese detalle.

—La noche del accidente… —Menea la cabeza—. Cuando se quedó embarazada, creí que todo cambiaría. Tal vez confiaría más en mí. Pero todo siguió igual… o incluso peor: se puso más paranoica que nunca.

No sé si quiero oír el resto de la historia.

Adam aprieta los puños.

—Y entonces, una noche, al final de su primer trimestre de embarazo, enloqueció del todo. Empezó a amenazarme con la pistola y a decirme que me mataría por serle infiel. No me cabía la menor duda de que iba a apretar el gatillo, así que, en cuanto vi una oportunidad… —Alza sus ojos verdes, que parecen negros en la penumbra de la habitación—. Estábamos en lo alto de las escaleras. Así que… la empujé.

Oculta el rostro entre las manos. No quiero ni imaginar lo terrible que debe de ser su sentimiento de culpa. Mató a su hijo nonato y por poco mató a su mujer.

—Por favor, créeme —dice—. No lo habría hecho si hubiera

tenido alternativa. Pensé en dejarme matar. Después de todo lo que me había hecho sufrir, casi me parecía una salida aceptable…

Me siento a su lado en la cama.

—No fue culpa tuya.

—Claro que fue culpa mía —insiste—. Tendría que haberme esforzado más en conseguirle ayuda después de que la despidieran del hospital. Debería haber insistido. Podría haber…

El corazón me martillea en el pecho.

—Adam, he sido yo quien ha cogido la pistola.

No se muestra enfadado, sino aliviado.

—¿Tú? ¿Por qué?

—Es una larga historia, pero… Puedes recuperarla. Creo que estará más segura en tus manos.

Hay cientos de preguntas en su mirada, pero se limita a asentir.

—Vale. ¿Dónde está?

—En un baúl, en el cuarto de Victoria.

—¡¿Qué?! —Se levanta de golpe—. ¿Está en el cuarto de Victoria? ¿Y qué demonios hace ahí?

—Tranquilízate. —Me levanto e intento tomarlo del brazo, pero él se suelta con un movimiento del hombro—. Ahí está a buen recaudo. Victoria no puede acceder a ella. Tiene medio cuerpo paralizado.

Se vuelve y fija la vista en mí.

—No conoces a Victoria como yo. No tienes idea de lo que es capaz.

Atraviesa la habitación y abre de un tirón la puerta de su dormitorio. En vez de alejarse a toda prisa por el pasillo, se queda paralizado. Me dispongo a preguntarle qué ocurre cuando lo veo por mí misma.

Victoria está sentada en su silla de ruedas, justo frente a la puerta de Adam.

Y está empuñando la pistola.

58

No sé cómo lo ha conseguido. Hace un par de semanas, apenas era capaz de mantener los ojos abiertos durante más de veinte minutos. Y, aun así, después de que me marchara de su habitación ha sacado el arma de ese baúl y se ha desplazado por el pasillo. No puede mover la mano derecha, que descansa inerte sobre el reposabrazos, por lo que, al parecer, ha impulsado la silla con la mano y el pie izquierdos.

La linterna que sostiene sobre las piernas le proyecta unas sombras en el rostro que le confieren un aspecto casi macabro. Su ojo sano está clavado en Adam. Aunque el izquierdo mira en otra dirección, el derecho tiene una expresión gélida. Espero que nadie me mire nunca como ella lo está mirando a él.

Adam da un paso atrás, alzando los brazos.

—Victoria…

—Quieto —dice ella, blandiendo el revólver con la mano izquierda. Tiene el pulso sorprendentemente firme, considerando lo mucho que le suele temblar. Está claro que el hecho de no estar medicada supone una gran diferencia—. Tú…, tú… —Le cuesta encontrar las palabras adecuadas. Pero lo consigue—. Voy a matarte.

Adam retrocede otro paso, tambaleándose.

—Por favor, Victoria —suplica con la voz ahogada—. No lo hagas.

Ella suelta un resoplido.

—Te quiero. —Adam baja las manos y las junta, implorante—. Victoria, cariño. Sabes lo que siento por ti. Por favor, no lo hagas...

La pistola permanece fija en su mano.

—Irina...

—Entre Irina y yo no sucedió nada. —La voz de Adam es pausada y prudente—. Te lo juro, Vicky. No pasó nada.

—¡Y una mierda! —Le cae un poco de saliva por el lado derecho de la boca—. Es... mentira. Ella y tú...

—No...

—¡Y... ella! —De pronto, me encañona a mí con el arma. Y eso que estaba intentando no llamar la atención. Para lo que me ha servido—. Lo sé.

Dios mío, Victoria me va a matar. Cuando se cargue a Adam, yo seré la siguiente. O a lo mejor empieza por mí. No sé qué orden elegirá, pero da igual. Sea como sea, estoy acabada.

Sé cómo terminará esto. Una loca me asesinará en su propio hogar.

Adam se vuelve hacia mí y agacha la cabeza.

—Victoria, cuánto lo siento. Te juro que te compensaré. Haré lo que me digas. Pídeme lo que quieras.

Por fortuna, ella deja de apuntarme... de momento, y lo mira a los ojos.

—Te... quiero. —A Adam se le ilumina el rostro solo por unos instantes, hasta que ella añade—: Muerto.

Va a matarlo. Ya no cabe la menor duda de que lo va a matar. Él lo sabe. Está muy pálido. Parece a punto de romper a llorar.

—Victoria, por favor..., no lo hagas.

Pero ella no va a cambiar de parecer. Se lo noto en la mirada.

Y entonces aprieta el gatillo.

El estampido resuena con una intensidad que no me esperaba. Me deja desorientada unos instantes, pero no tanto como a Victoria, cuya silla de ruedas da una sacudida hacia atrás. Miro a Adam, que sigue en pie. No está muerto. Ni siquiera estoy segura de que la bala lo haya alcanzado. Dirige la vista hacia atrás, y ambos vemos la marca en el papel pintado del pasillo.

La linterna se ha caído del regazo de Victoria en el momento de disparar. Ella está pugnando por enderezarse. Es mi única oportunidad. Si no hago algo ahora, eliminará a Adam con el siguiente tiro. Y después a mí.

Así que me abalanzo hacia ella.

Está tan oscuro que no me había percatado de ello, pero se encuentra a solo unos palmos de la escalera. Así que, cuando me arrojo sobre ella, su silla se desliza hacia atrás y las ruedas traseras resbalan sobre los escalones. Se da cuenta de lo que está pasando un segundo antes que yo y profiere un alarido de angustia.

Y, juntas, nos vamos escaleras abajo.

59

Yazgo al pie de las escaleras.

Me duele la cabeza. Creo que me la he golpeado con algo durante la caída. Tal vez con uno o dos peldaños. También tengo el hombro dolorido. Aún no me he movido del suelo, y ya tengo dolor en dos sitios distintos. Me asusta pensar qué más me dolerá cuando me levante. Si es que lo consigo. Victoria rodó por estas mismas escaleras hace un año y ya nunca se levantó.

—¡Sylvia! —Es la voz de Adam—. Sylvia, ¿te encuentras bien?

Me lo pregunta a mí, y no a Victoria, pese a que ella ha sufrido la misma caída. Hago acopio de todas mis fuerzas y me incorporo. Por un momento, el mundo me da vueltas, pero al final se estabiliza. Siento la cabeza a punto de estallar.

—Sylvia. —Adam está de rodillas junto a mí, con sus ojos verdes muy abiertos—. ¿Estás bien? Di algo.

—Algo —digo.

Adam ladea la cabeza para mirar algo que está detrás de mí. De pronto, se lleva la mano a la boca, y su tez adquiere un tono verdoso.

—Dios santo.

Sigo la dirección de su mirada hacia Victoria, tumbada en el suelo, a poca distancia de su silla de ruedas. Nadie debería tener el cuello torcido en ese ángulo. Sus ojos entreabiertos permanecen fijos en el vacío.

—Me… me parece que está muerta —digo.

Eso es un eufemismo. Resulta obvio que está muerta. Es la persona más muerta que he visto en mi vida.

—Madre mía. —Adam oculta el rostro entre las manos—. Victoria…

—Adam. —Crispo el rostro al notar una fuerte punzada en la nuca. Creo recordar que, después de un accidente grave, se supone que uno no debe moverse, por la posibilidad de haber sufrido una lesión en el cuello. En fin, ya está hecho—. Iba a matarte.

Gatea hasta detenerse a su lado. Se inclina sobre ella, con los ojos arrasados en lágrimas.

—Lo siento mucho, Victoria —susurra.

Cuando abraza su cuerpo sin vida, a mí también se me humedecen los ojos. Es verdad que Victoria no era una buena persona. Los celos la enloquecían. Era violenta y, seguramente, una asesina. Pero él la quería de todos modos.

—Tenemos que llamar a la policía —digo con suavidad.

Adam se endereza con lentitud, sin soltar la mano exangüe de Victoria.

—No les cuentes lo que ha intentado hacer.

—Adam…

—No, Sylvia. No quiero que la gente la recuerde así.

Dirijo la vista hacia el revólver, que se le ha escurrido a Victoria de la mano durante la caída y descansa en el suelo, a pocos metros de nosotros. Ese revólver que ha estado tan cerca de arrebatarnos la vida a los dos.

—¿Y cómo explicaremos eso?

—Yo puedo esconderla en algún sitio. Nadie tiene por qué saberlo. —Acaricia la blanca mejilla de Victoria—. Por favor, Sylvia.

Aunque no me hace ninguna gracia mentirle a la policía, entiendo que me lo pida. De nada servirá que sepan que Victoria nos amenazó a ambos a punta de pistola. Y esto es muy importante para él.

—Está bien —digo—. No se lo diré a nadie.

60

La policía tarda horas en llegar a causa de la nieve. Por fortuna, al fin deja de nevar y una quitanieves consigue despejar el camino hasta la casa para que puedan pasar el vehículo policial y una ambulancia. Sin embargo, es demasiado tarde para Victoria. Los de la ambulancia poco podrán hacer para ayudarla.

He declarado a la policía que, como nos habíamos quedado sin corriente por la tormenta y estábamos a oscuras, Victoria y yo nos hemos caído sin querer por las escaleras cuando la llevaba al baño. Yo he sobrevivido a la caída, pero ella no. Adam y yo habíamos convenido en que nuestra historia debía ser lo más sencilla posible.

La policía se traga nuestra historia. Me aterraba que no nos creyeran, nos asediaran a preguntas e incluso que me citaran en comisaría para interrogarme más a fondo, pero no ha ocurrido. Tal vez ha sido en parte porque Victoria ya estaba muy mal antes. Quizá no le concedían mucho valor a su vida. Pero no estoy de acuerdo con esa apreciación.

Una vez concluida mi declaración a la policía, un técnico en emergencias llamado Drew me examina en el sofá. Me trata como si estuviera malherida aunque no lo estoy, a pesar de haber rodado por el tramo entero de escaleras. No deja de fastidiarme con que vaya con él al hospital.

—Como mínimo ha sufrido una conmoción —dice.

—De eso nada.

Me mira con severidad.

—Se ha caído por unas escaleras. Necesita hacerse un TAC de la cabeza.

Aún me duele la cabeza. Me está saliendo un chichón enorme en la frente, pero no quiero ir al hospital.

—Estoy bien.

—Por favor —dice Drew—. Ya es bastante duro ver lo que le ha pasado a Vicky. No quiero marcharme sin haberle hecho una evaluación completa.

Alzo la vista, sorprendida al oír la familiaridad con que ha usado el diminutivo de Victoria. Luego miro a Adam, que sigue hablando con la policía. Al parecer se están despidiendo ya, pues él los acompaña hasta la puerta principal.

—¿Conocía a Victoria? —le pregunto al técnico.

—Claro. —Menea la cabeza con aire triste—. La veía a menudo cuando yo trabajaba en la ciudad. A veces compartía turno con un tipo llamado Mack, que llevaba pacientes al hospital Mercy. Vicky era enfermera allí. Me gustaba chinchar a Mack porque estaba colado por ella y buscaba cualquier excusa para verla.

¿Qué?

—¿Mack? —Siento como si se me hubiera dormido la lengua—. ¿Trabajaba con un técnico sanitario que se llamaba Mack?

—Bueno, en cierto modo. —Drew juguetea con el estetoscopio que le cuelga del cuello—. En realidad se llamaba Glen MacNeil, pero todos le decíamos Mack. ¿Por qué? ¿Lo conocía usted?

Estoy mareada, no sé si por la conmoción o por lo que estoy oyendo. A lo mejor es verdad que debería ir al hospital.

—El tal MacNeil... ¿Sigue en contacto con él?

Drew arruga el entrecejo.

—Eso es lo raro. Poco después de que Vicky se marchara, Mack simplemente... desapareció. Nadie sabe qué fue de él. Y, justo después, Vicky sufrió el accidente. Muchas desgracias de golpe. —Tras una pausa, añade—. Oiga, ¿se encuentra bien, señorita Robinson? Parece como si tuviera ganas de vomitar.

—Sí —jadeo—. Estoy bien. No me pasa nada.

Me mira con los párpados entornados.

—De verdad creo que lo mejor sería que la llevara al hospital.

—No. Por favor. —Ahora mismo lo que menos me apetece es ir al hospital. No quiero pensar en nada de lo que acaba de pasar. No quiero que un montón de médicos y enfermeros me acribillen a preguntas. En mi estado actual, no lo soportaría.

Drew discute conmigo unos minutos más, pero entonces Adam entra de nuevo en la casa. Parece tan cansado como me siento yo. Se para en seco al vernos juntos.

—¿Qué pasa aquí?

—Se ha llevado un fuerte golpe en la cabeza. —Ahora Drew intenta apelar a la sensatez de Adam—. Debería ir al hospital, pero se niega.

Adam frunce el ceño.

—¿Te encuentras bien?

—Sí —insisto. Lo miro a los ojos—. Te lo juro. No quiero ir al hospital.

Adam me observa, pensativo.

—Creo que no se ha hecho nada grave. Estaré atento a cómo evoluciona esta noche.

Me pregunto si no estaré cometiendo un error. Tal vez esté desperdiciando mi única oportunidad de huir de este lugar. La verdad es que ya no sé qué creer.

Drew nos mira primero a uno y luego al otro antes de exhalar un suspiro.

—De acuerdo, pero si da muestras de letargo o algún otro síntoma preocupante, llame a urgencias.

Acompaño a Drew hasta la puerta, solo para asegurarme de que se va. Aunque la nevada casi ha cesado, fuera la visibilidad es pésima. Seguramente estaré más a salvo aquí que circulando por la carretera, aunque sea en una ambulancia. No son vehículos inmunes a los accidentes, precisamente.

—Madre mía, cuánta nieve —dice.

Tiene razón. Hasta donde alcanza la vista, no se divisa más que nieve, salvo por el camino solitario excavado para abrir paso a la ambulancia y el coche de policía. Ahora hay una vía para salir de este sitio, pero no puedo aprovecharla; el Honda que he estado usando está totalmente sepultado.

—Hasta el cobertizo del jardín está enterrado bajo la nieve —comenta.

—Sí —digo, fijándome en el montículo blanco que se alza donde antes estaba la caseta en la que se guarda el material de jardinería. Aún se alcanza a ver la puerta, pero poca cosa más.

Drew me dirige una última y prolongada mirada.

—¿Me jura que estará bien?

—Lo juro —miento.

Y entonces se marcha. Se sube a la ambulancia y lo observo alejarse.

Debería volver a entrar. Hace un frío terrorífico aquí fuera y no quiero que se me congele algún dedo, aunque la casa no es una opción mucho mejor. Solo tengo ganas de acostarme y dormir durante las siguientes veinticuatro horas. La cama me llama.

Pero las piernas no me responden. Algo en mi memoria me retiene. Algo que ha dicho Drew.

El cobertizo del jardín.

De pronto, el corazón se me acelera en el pecho. La voz de Victoria resuena en mi oído:

«Glen… Jaddd…».

Lo repetía una y otra vez, aunque arrastrando las palabras hasta acabar en un murmullo ininteligible. Fui yo quien supuso que se refería al pueblo de Oyster Bay, porque hacía poco que lo había visto en un mapa. Pero de pronto caigo en la cuenta de qué intentaba decir en realidad con su balbuceo entrecortado. Dos palabras:

«Glen. Jardín».

El verdadero nombre de Mack no era Mack, sino Glen Mac-Neil. Desapareció hace casi un año y nadie ha conseguido localizarlo. Y Victoria no paraba de decir «Glen. Jardín».

Tengo que salir a echar un vistazo a ese cobertizo. Necesito saber si me estoy volviendo loca o si todo lo que escribió Victoria es verdad.

Entro de nuevo en la casa. No veo a Adam…, debe de estar arriba. Menos mal, porque no sabría cómo explicarle que voy a salir en plena tormenta. Me pongo las botas, un gorro y el abrigo, aunque me temo que no bastará con eso. Pero ¿qué remedio me queda?

Debe de haber menos de seis grados bajo cero ahí fuera. El viento me azota el rostro. Aunque el cobertizo está a solo unos diez metros, es como si se encontrara a diez kilómetros. Con cada paso, mis pies se hunden cada vez a mayor profundidad en el polvo blanco. La nieve me llega a la parte alta del muslo. Me da la sensación de que tardaré una hora en recorrer esos diez metros, pero me fuerzo a seguir adelante.

«Vamos, Sylvia. Tú puedes. Solo un poco más».

Llego a la puerta del cobertizo casi sin aliento. Aunque la madera está recubierta de nieve, llego a vislumbrar la zona astillada donde la bala penetró en la pared. Gracias a Dios, parece ser que la puerta se abre hacia dentro. Intento girar la manija, pero no se mueve. Debe de estar congelada.

La agarro con ambas manos y tiro hacia abajo con todas mis fuerzas. Por fin cede, y consigo abrir la puerta de un empujón. Me tambaleo hacia el interior del cobertizo, y unos cuantos centímetros cúbicos de nieve se desprenden detrás de mí. Ahora resultará imposible volver a cerrar la puerta. No pienso ni intentarlo.

Nunca me había molestado en entrar aquí. Según Adam, la caseta se usaba como depósito para utensilios de jardinería y me dio a entender que no era un lugar seguro. Me podía caer algo encima. Como no tenía mayor interés en ver un par de azadas o rastrillos, me olvidé del cobertizo.

Su descripción, en líneas generales, era correcta. Parece contener únicamente herramientas para el cuidado del jardín: rastrillos, una bordeadora, algo que parece un cortacésped. Es un cobertizo de lo más inofensivo, sin nada que llame la atención. Y desde luego no hay cadáveres.

A lo mejor Victoria no se refería al cobertizo. O tal vez estaba loca y decía cosas sin pies ni cabeza. Es lo que preferiría creer a estas alturas, teniendo en cuenta que está muerta y todo eso. Porque, si lo que dice el diario fuera verdad, debería haber dejado que matara a Adam.

En ese momento descubro la trampilla en el suelo. ¿Qué sentido tiene que haya una trampilla en un cobertizo?

Está cerrada con candado. Emite un fuerte sonido metálico cuando le pego una patada. Me agacho para examinarlo mejor y ver si hay alguna manera de abrirlo y…

Dios santo.

El hedor que emana de debajo de la trampilla me deja atónita. No lo había percibido cuando estaba de pie, pero, ahora que tengo la nariz cerca del suelo, resulta inconfundible. Es un olor a descomposición. Y Adam debe de haberlo notado, puesto que ha estado dentro de la caseta. Al fin y al cabo, ha rastrillado las hojas.

Es verdad. Todo es verdad. Hay un cadáver en este cobertizo, y se está pudriendo en estos instantes.

—¿Qué crees que estás haciendo?

Me enderezo y vuelvo la cabeza hacia atrás, lo que me provoca una punzada de dolor en la sien. Madre mía, cómo me duele. Debería haber ido al hospital. Pero, en vez de eso, me he quedado aquí como una idiota porque quería averiguar la verdad.

De todos modos, no me hace falta mirar para saber quién está detrás de mí. Ahora mismo solo hay otro ser humano en este rincón apartado del mundo.

Es Adam.

61

Me ha seguido hasta aquí. Debe de haberme visto abandonar la casa y ha salido detrás de mí. A causa del viento y la oscuridad, ni siquiera me he enterado de que se encontraba a mi espalda. ¿Por qué no habré mirado atrás?

Retrocedo un paso. Él no sabe cuánto he averiguado. Cree que sigo de su lado. A lo mejor si me hago la tonta consigo salir de esta.

Pero entonces, a la tenue luz que se cuela por la única ventana del cobertizo, veo la expresión de sus ojos.

—Me has mentido —estallo—. Tú mataste a Mack. Dijiste que ni siquiera sabías quién era.

—Ya, bueno… —No despega los ojos de mí—. MacNeil merecía morir. Se estaba tirando a mi mujer.

—Eso no lo sabes seguro.

—No me digas lo que sé. —Algo brilla en su mano derecha. Santo cielo: es la pistola. Creía que se había desembarazado de ella. Otra más de sus mentiras—. Victoria era una zorra. Se follaba a todo el mundo. No te imaginas lo que era tener una esposa así.

Por toda respuesta, niego con un gesto.

—Y entonces me enteré de que estaba embarazada. —Menea la cabeza—. Encontré el test metido hasta el fondo en la papelera del baño. Ella no me lo dijo, y solo hay una razón posible: el crío no era mío.

—Eso no es verdad…

—¡No me digas lo que es verdad! —Aunque ahora Adam está gritando, el viento ahoga su voz—. Iba a dejarme para criar a ese hijo bastardo suyo. Me habría convertido en el hazmerreír de la gente si lo hubiera permitido. Tuve que quitarla de en medio, tal como había hecho con los capullos de mis padres.

Me quedo ahí, paralizada, sin atreverme a decir nada.

—Victoria recibió su merecido. —Una sonrisa asoma a sus labios—. Tengo que agradecerte que me ayudaras a rematar la faena. Estaba deseando hacerlo desde que regresó del hospital, pero habría levantado sospechas. Gracias por cargar con la culpa. Excelente actuación, por cierto.

Me viene algo a la cabeza.

—¿Y qué pasó con Irina? ¿También está…?

Apunto a la puerta de la trampilla.

—Ah, eso fue un rollo totalmente distinto. —Suelta un suspiro—. Irina descubrió lo que le había hecho a Victoria y me estaba chantajeando. Al principio, solo quería vivir en la casa y que le comprara un montón de ropa y zapatos caros. Pero luego empezó a exigirme más. Mucho más.

El enorme vestidor de Victoria… Me pregunto cuántas de esas prendas eran de Irina.

—¿Y entonces la mataste?

—No me quedó otro remedio, Sylvia.

Me quedo inmóvil, con los dedos entumecidos por el frío. Empiezo a intuir cómo va a acabar todo esto, y no se me ocurre ningún desenlace bueno para mí. Adam tiene una pistola. No hay manera de que logre huir corriendo en medio de toda esta nieve. Estoy atrapada aquí.

Dios mío, va a matarme y a esconderme en el sótano bajo el cobertizo. Y nadie se enterará jamás.

Levanto las manos.

—No se lo diré a nadie, te lo juro.

Se le escapa una risotada.

—No creerás que soy tan tonto como para tragarme eso, ¿verdad?

Había que intentarlo.

—Te he salvado —alego—. Victoria iba a matarte.

—Cierto. Y ahora voy a salvarme yo solo.

Alza el arma y me apunta directamente a la cara. Me la tapo con las manos, como si los dedos pudieran protegerme de una bala. Cuando Victoria disparó con esa misma pistola, erró el tiro. Pero a ella le temblaban las manos. El pulso de Adam se mantiene firme y tiene práctica como tirador. Él no fallará.

Recuerdo lo atronador que sonó el disparo cuando Victoria apretó el gatillo. Me preparo para otro estampido igual. Será lo último que oiga en esta vida.

¡Bang!

El fuerte ruido me sobresalta. Sin embargo, esta vez me ha parecido distinto. Ha sido menos intenso y ha sonado más como un golpe metálico que como un disparo.

Me aparto las manos del rostro. Adam ya no está de pie frente a mí. Yace en el suelo, inconsciente.

Y Freddy está en la puerta, con el cabello negro aplastado contra la cabeza por la nieve. Y sujeta una pala en la mano. Cuando alzo la vista hacia su rostro familiar, por poco me deshago en lágrimas.

—Parece que sí me necesitabas, después de todo —dice—. Y esta vez aquí estoy.

EPÍLOGO

Seis meses después

Empiezo a acostumbrarme otra vez a despertar al lado de Freddy Ruggiero.

Siempre duerme con el brazo por encima de la cabeza, como si estuviera en clase y levantara la mano porque se sabe una respuesta (cosa que rara vez ocurría cuando estudiábamos). Su otra mano siempre descansa sobre mí. Por lo general, nos dormimos acurrucados el uno contra el otro en alguna versión de la cucharita. Luego, aunque nos separemos durante la noche, siempre mantiene una mano en contacto conmigo, como si temiera que me aleje flotando.

Lo observo mientras duerme durante un rato. Tiene unas pestañas negras como el carbón e injustamente largas para un hombre. Es el único rasgo delicado de Freddy.

Jamás pensé que volveríamos a este punto. Después de todas las discusiones, deudas y sentimientos de culpa que sobrevinieron tras la pérdida del bebé, creía que nunca volveríamos a este punto en que nos queremos y nos atrevemos a hablar de un futuro que no implica dejarnos el culo trabajando por el salario mínimo.

Cuando suena mi despertador, las bonitas pestañas de Freddy se estremecen. Se frota los ojos con la mano que tenía tendida de cualquier manera por encima de la cabeza mientras la otra permanece apoyada sobre mi muslo. Apago la alarma.

—Lo siento —digo.

Con un gruñido, se restriega de nuevo los ojos.

—Es muy temprano...

Freddy no es muy madrugador.

—Son las ocho.

—¡Pero es sábado! —Sus ojos castaños parpadean hasta abrirse—. ¡Y anoche tuve clase hasta las diez!

Me quedé atónita cuando el tipo que había sacado el bachillerato por los pelos y había jurado no volver a pisar un aula en la vida reconoció que asistía a clases nocturnas para obtener un título en ingeniería informática. A Freddy toda la vida se le han dado bien los ordenadores; cuando se estropeaba el mío, siempre sabía cómo arreglarlo. Así que es un campo en el que encaja y que le permitirá encontrar un empleo mejor pagado que los trabajos no especializados que ha encadenado desde que salió del instituto.

Lo más sorprendente es que me ha convencido de que retome los estudios también. Empiezo las clases en otoño. Aunque parezca mentira, me hace ilusión. Sigo sin saber qué quiero ser de mayor, pero siempre viene bien tener opciones.

Me inclino hacia delante y lo beso en la nariz.

—Tengo que ir a un sitio, pero tú puedes quedarte en la cama.

Me atrae hacia sí para darme un beso más intenso. Lo juro: Freddy es el único hombre del mundo a quien no le huele el aliento por las mañanas.

—¿Volverás para comer?

—Pues claro.

Una hora más tarde, tomo el metro de la línea D en dirección a Manhattan. Sentada en un vagón, navego por internet con el teléfono para pasar el rato. He adoptado la costumbre de consultar antes de nada los sitios de noticias, por si mencionan a Adam Barnett.

Después de encontrar a Adam apuntándome con la pistola en el cobertizo, Freddy llamó a la policía. Al principio, Adam intentó salir del apuro a fuerza de mentir, como siempre, pero las pruebas en su contra eran abrumadoras, así que acabó por declararse culpable del homicidio de Glen MacNeil e Irina Brunner. Fue una decisión inteligente: a cambio de su confesión, renunciaron a acusarlo del intento de homicidio de Victoria... y evitaron el circo mediático que sin duda se habría montado en torno al asesinato de dos personas a manos de un escritor de éxito. Además, se llegó al acuerdo de no ahondar en la investigación por la muerte de sus padres y su hermano.

En la actualidad, Adam cumple dos cadenas perpetuas consecutivas revisables a los veinticinco años en una prisión estatal de Nueva York, así que existe la pequeña posibilidad de que salga de la cárcel algún día. Cuando tenga ochenta y cinco años.

Encuentro una noticia sobre él, pero es muy breve: todos los fondos recaudados por la venta de *La devorahombres* se donarán a organizaciones en defensa de mujeres maltratadas. Algo es algo, supongo.

Mi destino cuando salga del metro es una pequeña cafetería de Manhattan. He estado trabajando muy duro y pasando casi todo el tiempo libre con Freddy, así que, cuando Maggie me mandó un mensaje para invitarme a un brunch, acepté sin dudarlo. No he vuelto a verla desde el funeral de Victoria. Lo último que había sabido de ella era que su novio había conseguido trabajo más cerca de la ciudad y que se habían mudado.

Llego a la concurrida cafetería a las diez menos cuarto, justo antes de la hora punta de media mañana. Según Maggie, aquí sirven las mejores tostadas francesas, aunque me apetece más una tortilla. Cualquier cosa menos copos de avena. Creo que en la vida podré volver a comer avena.

Maggie ya ha cogido mesa. Está apretujada en un rincón un poco apartado para que podamos charlar tranquilamente. Lleva su cabello rojo suelto en torno al rostro, y está más guapa que cuando limpiaba aquella enorme casa. Lleva una camiseta de tirantes verde que la favorece mucho, y un precioso y centelleante collar que nunca le había visto antes. Cuando me ve, agita la mano, emocionada.

—¡Sylvia! —exclama—. ¡Aquí!

Me abro paso entre una familia con cuatro niños y dos camareros con bandejas repletas de comida para llegar a la mesa. Cuando me dispongo a sentarme delante de ella, se levanta de un salto y me abraza. Típico de Maggie.

—¡Qué alegría verte! —dice, entusiasmada.

Ambas nos acomodamos en nuestros asientos, y le echo un vistazo por encima del borde de la carta. Está estupenda. Me deja sin aliento. Su nueva vida le sienta de maravilla. Supongo que había algo en aquella mansión de Montauk que le chupaba la energía vital.

—¿Qué tal tu nuevo trabajo? —le pregunto.

En nuestra última conversación telefónica, Maggie me contó que tenía un nuevo empleo como asistenta en Queens. Parecía bastante contenta con él.

—Bueno, ya sabes. Lo de siempre. Nada muy sórdido. ¿Y tú?

—Sirvo mesas —digo. No menciono que voy a volver a estudiar. No quiero que se sienta culpable por no hacer lo mismo.

Nuestra camarera se acerca para tomarnos nota. Maggie pide tostadas francesas con salchichas, y yo una tortilla con jamón, cebolla y pimientos. Cuando la camarera se aleja, Maggie se inclina hacia mí.

—¿Has ido a verlo? —me pregunta en voz baja.

—¿A quién?

Me mira con extrañeza.

—¿A quién va a ser? A Adam.

Niego con la cabeza.

—No. Claro que no.

Vi en las noticias las imágenes de cuando lo condenaron, y estaba hecho polvo. Un hombre como Adam no se desenvolvería bien en la cárcel. Daba la impresión de que habría deseado estar muerto. Si se aplicara la pena de muerte en Nueva York, quizá le habría parecido preferible una inyección letal que pasarse el resto de su vida entre rejas.

—¿Tú sí? —inquiero.

Juguetea con el colgante de diamantes que pende de la cadena. Hay algo en ese collar que me suena mucho. No puedo dejar de darle vueltas.

—Una vez —reconoce.

—¿En serio? —La miro, desconcertada—. ¿Por qué?

Se encoge de hombros.

—A mí me sorprende que tú no hayas ido.

—¿Por qué? ¿A qué te refieres?

Suelta una carcajada.

—Venga, Sylvia. Que soy yo. Conmigo no hace falta que disimules.

—¿Que disimule qué?

Mis ojos vuelven a posarse en su collar. De repente caigo en la cuenta de por qué me resultaba tan familiar.

Es el copo de nieve, el que lucía Victoria el día que la conocí. El que Adam le regaló.

¿Cómo ha acabado en poder de Maggie? ¿Se lo llevó de la casa? Aunque, en el fondo, ¿qué más da? Pertenecía a Victoria, que ya no está.

Pero, por alguna razón, el hecho de que Maggie lo lleve puesto me perturba. Recuerdo lo que me dijo Victoria la noche de la primera tormenta.

«Mío».

Por lo visto, Adam fue muy generoso con las pertenencias de su esposa. Especialmente hacia ciertas mujeres.

—Oye —digo—. ¿Puedo… preguntarte una cosa, Maggie?

Asiente.

—Claro.

Escudriño su pecoso rostro. Hay una pregunta que ha estado rondándome la cabeza desde aquella gran tormenta, pero no me había atrevido a formularla. Hasta hoy.

—Bueno, me dijiste que viste a Victoria lanzar una tostadora en la cocina, y que por eso había una marca en la pared.

Suelta una carcajada.

—Eso no es una pregunta.

Frunzo el ceño.

—Supongo que la pregunta sería: ¿es verdad?

Todo rastro de humor desaparece de su semblante.

—¿Que si es verdad qué?

—¿Realmente la viste? ¿O te lo inventaste todo?

Remueve el agua de su vaso con su pajita.

—No te entiendo, Sylvia. Creía que opinábamos lo mismo.

—¿Lo mismo sobre qué?

—Tú ya me entiendes. —Menea la cabeza—. Todo el mundo actúa como si Adam fuera el malo de la película, pero tú y yo sabemos la verdad. No había más que ver a Victoria. Se pasaba el día apalancada, atiborrándose de chucherías. Soy testigo de eso. Y tú... fuiste testigo de cómo la cuidaba él después del accidente. ¿Y ella se lo agradecía? Ni por casualidad.

—Entonces... ¿ella no tiró la tostadora?

—No. —Maggie cruza los brazos sobre el pecho—. No la tiró.

De pronto me siento mareada, con ganas de vomitar.

—¿Qué hiciste? —susurro.

—MacNeil era un armario de tío. Pesaba demasiado para que Adam lo llevara hasta el cobertizo él solo. —Se sorbe la nariz—. En fin, mi trabajo era limpiar lo que él me indicara, así que, cuando me pidió ayuda con la limpieza, se la di. —Tras una pausa, añade—: Del mismo modo que tú lo ayudaste a deshacerse de Victoria.

Por un momento, me quedo sin voz.

—Eso fue un accidente.

—Sí, claro. Lo que tú digas.

—¡Que sí!

—¿Acostarte con él también fue un accidente?

Ni siquiera sé qué responder a eso.

—No, pero...

—Oye, no soy nadie para juzgarte. —Vuelve a encogerse de hombros—. Yo también tuve una relación así con él. ¿Por qué crees que Eva nos odiaba tanto a las dos? —Desliza el dedo por el borde de su vaso—. Es una máquina en la cama, ¿a que sí?

Y además muy considerado. Cada vez que había tormenta, me llamaba para preguntarme si estaba bien.

Se me encoge el estómago. Me acuerdo de cuando Adam habló con su «madre» antes de la primera gran borrasca. Pero eso no es posible; su madre estaba muerta.

Estaba hablando con Maggie.

—Steve es buena gente y todo eso —prosigue—, pero no tiene ni punto de comparación. Lo habría dejado por Adam sin pensarlo dos veces si él me lo hubiera pedido. —Suspira—. Es una pena que esté en chirona. Un crimen, la verdad.

La camarera se acerca con nuestros platos. Cuando me pone la tortilla delante, me quedo contemplando aquella masa amarillenta. Maggie le hinca el diente a su tostada francesa con avidez, pero yo he perdido el apetito.

—Tengo... tengo que irme... —balbuceo.

Maggie alza la vista con brusquedad.

—Sylvia, no estarás pensando... Puedo confiar en ti, ¿no?

Agarro mi bolso, que cuelga del respaldo de mi silla.

—Tengo que irme.

Antes de que pueda levantarme, noto que algo se cierra sobre mi muñeca como un tornillo de banco.

La huesuda y blancuzca mano de Maggie me sujeta para impedir que me marche. Apretándome con más fuerza, se inclina hacia mí.

—¿Adónde crees que vas?

Paseo la mirada por las otras mesas, para ver si alguien se ha dado cuenta. Esto es Nueva York, claro. Aquí todo el mundo se ocupa de sus propios asuntos. Nadie va a intervenir, como cuando aquella anciana se atragantó y tuve que practicarle la maniobra de Heimlich. Parece que hayan pasado siglos desde aquel día.

—Solo... necesito salir a que me dé el aire.

Maggie me acerca tanto la cara que percibo el olor a tostada francesa con canela en su aliento.

—Fuiste tú quien mató a Victoria. Como te chives de mí, te arrastro conmigo. —Sus ojos castaños son gélidos. Sus dedos se me clavan tanto en la piel que sé que me dejará moretones. Debe de ser muy fuerte si ayudó a Adam a cargar con el cuerpo de un hombretón como Mack—. ¿Queda claro? —dice.

Hago un gesto afirmativo.

—Sí.

—Dilo. Di que te ha quedado claro.

—Me ha quedado claro.

Me estudia el rostro unos instantes antes de soltarme. El corazón me late con tanta fuerza en el pecho que temo caer fulminada de un momento a otro de un infarto. Lo peor es que no puedo hacer nada.

No hay ninguna prueba de que Maggie hiciera algo malo. Como ella ha señalado, Adam no ha dicho una palabra. Fui yo quien empujó a Victoria escaleras abajo. Si hay alguien que puede acabar en la cárcel, soy yo.

Sería la palabra de Maggie contra la mía.

Tras lanzarme una última mirada, ataca de nuevo su desayuno. ¿Cómo puede tener hambre en un momento como este? Se lleva un trozo grande de salchicha a la boca, y el tenedor sale inmaculado. Mastica y traga.

De pronto, veo que se le desorbitan los ojos y abre mucho la boca. Parece que quiere decir algo, pero no emite sonido alguno. El pánico se apodera de su expresión. Me invade una sensación de *déjà vu* cuando me viene otra vez a la memoria ese día de otoño en que salvé a aquella mujer de morir ahogada.

Maggie se está ahogando.

En la fracción de segundo siguiente, me imagino que el rostro se le pone azul poco a poco. Imagino que se desploma mientras sus pulmones piden oxígeno a gritos. Luego llegaría una ambulancia…, pero sería demasiado tarde. La trasladarían al hospital, o tal vez directamente a la morgue. Veo cómo toda la escena se desarrolla ante mis ojos.

Actué como una heroína en una ocasión, y ya ves a lo que me condujo.

Así que esta vez no muevo un dedo.

Agradecimientos

Cuando termino el primer borrador de una novela, lo primero que digo es «Lo he acabado, pero es una basura». Así que les estoy agradecida a todas las personas que han contribuido a que esto no sea una basura. Gracias, mamá, por tu entusiasmo desenfrenado y sin límites. Gracias, Kate, por tu positividad, tu apoyo y tu fabulosa y concienzuda labor de edición. Gracias, Jen, por tus siempre agudas críticas. Gracias, Rebecca, por tus magníficos consejos. Gracias, Rhona, por estar siempre dispuesta a echar un vistazo a otra cubierta. Gracias a mi extraordinario grupo de escritura. Es increíble contar con ese apoyo en mi vida.

Gracias al resto de mi familia. Sin vuestros ánimos, nada de esto habría sido posible.

Y gracias a todos mis pacientes con lesión cerebral. Llevo más de diez años trabajando en este campo, y apenas empiezo a tomar conciencia de lo complicado que es el cerebro. Gracias por dejarme participar en vuestra recuperación.

Queremos compartir más momentos contigo.

Únete a la comunidad de PenguinLibros y encuentra tu siguiente lectura.

¡Únete hoy!

Penguin
Random House
Grupo Editorial